—— 绝地求生 上册 ——

◎漫漫何其多 / 著

长江出版社
CHANGJIANGPRESS

图书在版编目（CIP）数据

AWM绝地求生.上 / 漫漫何其多著.— 武汉：长江出版社，2021.5
ISBN 978-7-5492-7668-4

Ⅰ.①A… Ⅱ.①漫… Ⅲ.①长篇小说－中国－当代Ⅳ.①I247.5

中国版本图书馆CIP数据核字(2021)第082342号

AWM绝地求生.上 / 漫漫何其多著.

出　　版	长江出版社	
	（武汉市解放大道1863号　邮政编码：430010）	
市场发行	长江出版社发行部	
网　　址	http://www.cjpress.com.cn	
责任编辑	陈辉	
印　　刷	北京盛通印刷股份有限公司	
	（地址：北京市大兴区亦庄经济技术开发区经海三路18号）	
版　　次	2021年8月第1版	
印　　次	2024年5月第11次印刷	
开　　本	880×1250mm 1/32	
印　　张	8	
字　　数	230千字	
书　　号	ISBN 978-7-5492-7668-4	
定　　价	39.80元	

版权所有，侵权必究。如有质量问题，请与本社联系退换。
电话：027-82926557（总编室）027-82926806（市场营销部）

目录
CONTENTS

第一章　　　　　　　　/1
第二章　　　　　　　　/17
第三章　　　　　　　　/31
第四章　　　　　　　　/51
第五章　　　　　　　　/69
第六章　　　　　　　　/85
第七章　　　　　　　　/103
第八章　　　　　　　　/123
第九章　　　　　　　　/139
第十章　　　　　　　　/155
第十一章　　　　　　　/175
第十二章　　　　　　　/195
第十三章　　　　　　　/217
第十四章　　　　　　　/235

第一章

下午两点,魔都HOG俱乐部PUBG分部基地,一队队长披着队服,端着水杯,踩着拖鞋,拖着步子,不紧不慢地下了楼,经过冠军墙——直通三楼的一面墙,其上嵌着数不清的奖杯、奖牌,一多半上刻着一队队长的ID:Drunk。

Drunk,祁醉,现役国内电竞选手明星排行榜首席,原HOG俱乐部CF分部队长,曾连续三年带队出征CF世界联赛,稳拿了三年的世界联赛冠军。在祁醉的恐怖统治时期,欧洲、北美、韩国赛区战队全部挣扎在亚军席上,至今翻不了身。

因为出名早,在役时间长,这些年来祁醉花名无数,祁神、7神、毒舌醉、神之右手、电竞之光……说的都是他。

不过荣誉再多,回到基地里,祁醉也就是个长相帅气的网瘾少年。

二十五岁的大龄网瘾少年站在基地一楼训练室的玻璃墙外,面无表情地拧开水杯,喝了一口温开水。

一楼训练室是青训生和战队二队的队员们训练的地方。这些小孩子平均年龄不到十八岁,心理素质一般,且几乎是祁醉的死忠粉,对他又敬又畏,余光扫到祁醉在外面,瞬间如芒刺在背,一个个坐得笔直,敲键盘的声音都隐隐有整齐划一的趋势。

祁醉始终看着一个人,那人背对着祁醉,瘦削的身形被高大的电竞椅挡了个结结实实。站在祁醉的位置,只能看见他纤长的手臂。祁醉看了一会儿,拧好水杯,转身上了楼。

HOG是圈内的豪门俱乐部,PUBG分部更是出了名的财大气粗,战队基地是座连排别墅,坐落在江边,一共三层,一楼杂七杂八,训练室、休息室、厨房、餐厅,什么都有,二楼是所有队员包括工作人员的宿舍,而结构最好、采光最好的三楼,只供战队一队四人使用。

第一章

祁醉上了三楼，径直走进一队专用训练室。训练室里，一队突击位卜那那正在设定下午训练赛的自订服务器。祁醉走到自己的机位前，脱了外套搭在电竞椅上，扫了室内一圈，说："老凯和浅兮呢？"

老凯、俞浅兮，一队的另外两个队员。

"老凯昨晚复盘咱们昨天的训练赛到早上十点，刚睡下。浅兮他……"卜那那盯着荧幕，边打字边道，"他昨晚做直播了吧？好像播到早上八点，这会儿起不来。"

祁醉蹙眉："严控直播时长，不能耽误正常训练时间……"

"嗨！规定都是吓唬楼下的小孩的，俞浅兮刚续签了直播合同，正着急吸粉呢。"卜那那是个好脾气的胖子，笑着帮忙打圆场，"他也没闲着，我看他号了，分段保持得挺好的，私下没少练，甭深究了，你以为谁都跟你似的，一年光拿代言费就能稳赚千万？"

祁醉还欲再说，卜那那忙岔开话题："先别说他，你最近一天天干吗呢？整天下楼看什么？我可是听二队队长跟经理打小报告了，说你无端骚扰二队正常训练，跟个教导主任似的，站在人家训练室外面死盯，几个小孩快让你吓出尿频来了。经理刚来找我了，让我给您捎句话，离你粉丝们的生活远一点，没事儿别总去破坏一楼正常生态圈。"

祁醉笑笑，坐回自己位子上。

"说说，总去看什么呢？"卜那那已把服务器设定好，把密码发给众人后一推桌子，带着转椅滑到祁醉身边，"刚来的那拨青训生里有你认识的？"

祁醉开机，进入自订服务器随手摸了两把枪热身，道："有。"

"真有？"卜那那挺意外，"谁啊？"

祁醉捡了几个配件装在枪上，一边上子弹一边淡淡道："于炀。"

"Youth？"卜那那诧异，"我知道他，Youth，本名于炀，挺出名的，连着三个月了吧？一直稳在亚服前十，这个月登顶好几次了，他来咱们这青训我还挺意外的，好像是浅兮招进来的，我看过他的比赛，单排solo是真的强，就是听说脾气不怎么样，好像有点孤僻，二队的人都有点怕他……你怎么认识他的？亲戚？朋友让你照顾的？"

3

祁醉开了自动射击模式，右手稳稳压枪，一梭子子弹下去，弹孔几乎全固定在了一个位置上。打了两梭子子弹，祁醉放开鼠标，轻轻揉了揉右手手腕，云淡风轻："不是亲戚……是我原本要招进队的人。"

"你要招进来？"卜那那呆滞了片刻，笑了，"那人家怎么才来？来了也不联系你啊？而且……这什么时候的事？我怎么不知道？"

卜那那是祁醉的老队友了。这些年除了年假那几天，他们几乎无时无刻不绑在一起，朋友圈也几乎重合。卜那那实在想不明白祁醉什么时候认识了于炀。

"去年的事了。"祁醉拧开水杯，喝了一口道，"我去火焰杯做指导那一个月。"

火焰杯是去年国内几家俱乐部合办的训练生线下赛，旨在挑选优秀青训生，吸收电竞新鲜血液，因为祁醉所在的HOG战队从不通过这种海选赛招人，公平起见，索性让他们战队出人来做指导。

祁醉和于炀，就是那一个月认识的。

于炀当时没什么名气，但祁醉一进组就注意到了他。

无他，于炀长得太好看了，混在一群宅男里面，想让人注意不到都难。

当然，祁醉不至于这么肤浅，开始留意他，是因为于炀真的很厉害。

厉害到在线下赛第一天的娱乐表演赛里，险些胜了酒后的祁醉。

祁醉那天被几个赞助商请去吃饭，难敌盛情，喝了两杯。偏偏祁醉酒量差得令人发指，两杯红酒下肚，反应力直线下降，晚上的表演赛里，被于炀压得死死的，不过最后祁醉还是险胜了于炀。

再后来……

祁醉懒得回忆了。

"说说啊！"卜那那着急，"为什么现在成陌生人了？有什么恩怨情仇？详细说说，让我开心开心！"

祁醉抬眼看了卜那那一眼，一言难尽："做个人不好吗？"

"说说，说说。"卜那那是真的好奇，"我一直觉得你这个'痞子'已经脱离低级趣味了，可以啊你！悄悄儿的，背着我们认识了个小朋友？"

第一章

"滚……"祁醉躲开卜那那的肥手,"他当时刚成年……就比我小六岁。"

"别岔话。"卜那那不依不饶,兴致勃勃,"怎么认识的?我可听说他那个脾气,怎么说呢……一点就炸,跟个刺猬似的。"

祁醉轻敲键盘,摇头:"那倒没有,熟了以后脾气挺好的,就是容易害臊……"

火焰杯主办方给的福利待遇不错,正值夏日,每天除了各类新鲜水果,晚饭后还给选手们送两个哈根达斯的冰激凌球。祁醉当时随口说了一句味道不错,从那天开始,于炀每天背着人,把自己的那一份送到祁醉房间里,有天让祁醉撞见了,祁醉还没来得及说话,于炀就满脸通红、慌里慌张地跑了。

"说啊,怎么就成陌路了?"卜那那这个不通人性的死胖子没有任何同情心,兴致盎然地追问,"你不说他脾气好吗?"

"你管呢?"祁醉换了把枪,游戏版本更新,几把常用枪的资料变了,祁醉需要重新练压枪手感,他随口敷衍,"脾气不和,相处不来呗。"

祁醉嘴毒又缺德,素质绝对算不上好,但也做不出背后说别人坏话的事儿。

更何况……为什么成陌路,祁醉有点偶像包袱,说不出口。

于炀动态视力超群,意识好,反应快,各种预判精确,在火焰杯比赛里一路畅行。赛后分析上,祁醉毫不吝啬地给了现在想想都有点可笑的夸张评语,就这样,于炀稳拿了那年比赛的第一。

赛后庆功宴上,祁醉趁着于炀还没定下来去哪个俱乐部,背着人,将于炀叫到走廊里,想问他有没有兴趣来自己俱乐部。

那天于炀喝了点酒,脸红扑扑的,招人喜欢得要命。一个月里,两人其实没怎么独处过,祁醉根本没机会跟于炀聊让他进自己战队的事。祁醉一边替酒醉的于炀拍后背,一边把这事儿说了。

也是那会儿,祁醉意识到自己这一个月似乎是让人耍了。

一个月来,祁醉明示暗示过多次,他早就把于炀当自己战队的队友了,没想到……

于炀的脸变得青白,眼神躲闪,和祁醉相握的双手瞬间变得冰凉。祁醉还

没反应过来，于炀就大力推开了他，眼中尽是戒备和惊恐。

于炀的反应太大，祁醉愣了片刻，双手摊开，示意自己不会再动手。

祁醉面无表情，问于炀："你根本就没想来我们战队？"

祁醉回想方才席间，和于炀接触过的其他俱乐部的人，淡淡道："有其他俱乐部联系你了？"

于炀脸上满是冷汗，过了好一会儿双眸才有了焦点，恍惚地看着祁醉，似乎听不明白他在说什么。

半晌，祁醉莞尔："你天分这么高，这种比赛没我也能过的，没必要勉强自己跟我玩心机。"

于炀茫然地看向祁醉，似乎是没听懂祁醉在说什么。

祁醉无意纠缠。他这些年早让人捧习惯了，头一遭这么真心实意地教导谁，没想到让人玩儿了，能保持表面的冷静就不错了。祁醉拿过于炀的手机，当着他的面把自己所有联系方式飞速删除后，把手机丢回于炀怀里，径直走了。

从火焰杯回来后，祁醉带队征战北美，足足打了两个月才回国，几个月后偶然听说于炀一直没签俱乐部，后来又听说他ID正式命名为Youth了，再后来，硬说还有交集的话，就是在PUBG各服的排行榜上相见了。

直接接触是没有，直到上个月，祁醉闲得无聊的时候看战队新招的青训生成绩，意外地看见了这个熟悉的名字。

祁醉是真的想不明白，于炀是把自己想得有多绅士或者多傻，才能这么放心大胆地签到HOG来而不怕自己整他。

祁醉松开鼠标，看向卜那那："你刚说于炀是浅兮招进来的？"

"是啊。"卜那那点头，"我确定，他俩好像还挺熟的，我见他找过俞浅兮好几次。"

祁醉嗤笑。

卜那那摸不着头脑："冷笑什么？"

祁醉摇头不语，拿起耳机戴上，轻轻磨牙……

时隔一年，这个小人又用同一个剧本黏上俞浅兮了？

那太可惜了，俞浅兮不但不蠢，还一肚子花花肠子，去套路俞浅兮……估

6

计得让人反吃得渣子都不剩。

祁醉练了一会儿枪,扔了鼠标退出游戏界面,起身道:"练习赛估计又得放一个小时的鸽子,我去休息室。俞浅兮醒了让他来找我,有事。"

战队的休息室有点器材,还有几个跑步机之类的,但电子竞技不存在体力训练,基本就闲置了,久而久之,休息室成了祁队长单独训话的地方。

卜那那一个激灵:"干吗啊?又要训人?!浅兮最近就直播时长长点儿,没干吗吧?"

"甭紧张,不训话,有点事儿想不明白,问问他。"祁醉拿起手机,"我跑会儿步,记得让他过来。"

祁醉进了休息室上了跑步机,非常养生地设定了慢走模式。

祁醉顺便刷了一会儿微博,看了看评论,女友粉们还是在整齐地哭号,质问祁醉为什么这么久没直播过了,祁醉挑了个头像可爱的回复了下,退了微博,打开论坛。

"Drunk最近在做什么?我不是瞎了吧?刚看游戏记录,他的号昨天只打了四个小时?前天只打了三个小时?他这是在逗我?"

"亚洲邀请赛的小组赛马上就要开始了,HOG战队俞浅兮整天直播,队长Drunk一天只训练几个小时,他们这是要上天?"

"可以、可以,HOG状态集体下滑,这几个人是想在邀请赛上老老实实低头认韩作爹了?"

"坐等你祁神在釜山跌落神坛,我看这次脑残粉们还怎么洗。"

祁醉挺淡然。一如既往,论坛首页大半是在喷自己的战队。

人怕出名猪怕壮,祁醉这些年早被喷子们骂得没皮没脸了,人身攻击当饭吃,垃圾话当肾上腺素使,他往下拉了拉,意外地看见了丁炀的节奏贴。

"劲爆!Youth进HOG了!俱乐部还没官宣,目前炀神还在青训队!大胆猜测,Youth会进二队,还是一队替补,还是直接把一队的哪个不务正业的替了?"

祁醉挺感兴趣,刚要点进去看看这个不务正业说的是自己还是俞

浅夕……

"队长？"

俞浅夕敲敲门进来了。他显然是刚起床，头发乱糟糟的，眼珠通红，不住地揉眼睛。

祁醉下了跑步机，半倚半坐在一旁的器械上，他还没开口，俞浅夕先干笑道："昨天有个粉丝一直刷礼物，砸了好几万，我不好意思那么早下播，就多播了一会儿。"

"没问你这个，一会儿再说。"祁醉轻揉手腕，"你跟于炀怎么认识的？"

"Youth？他……"俞浅夕结巴了下，"他挺出名的啊，两个赛季一直在排行榜上挂着……我看他ID前面没挂战队名字，于是就加了他好友，就认识了。"

祁醉看着俞浅夕一笑："你招他来咱们战队的？你什么时候连经理的活儿也揽了？"

"没、没。他知道我是谁以后，自己跟我说的，说想来咱们战队。"俞浅夕让祁醉看得浑身发毛，眼神躲闪，"过后我就跟小旭哥说了，他们联系的。"

小旭哥，贺小旭，就是HOG战队的经理。

"他……自己要求来咱们这儿的……"祁醉讷讷地重复了一遍，抬眸，"行，没事了。"

俞浅夕松了一口气，正要走，祁醉又道："你直播的事我不管，但下次正常训练赛时间里不能迟到，再迟到一次，按违纪处理。"

俞浅夕短暂地皱了下眉，随即尴尬笑笑，答应着出去了。

今天的训练赛马上就开始了，祁醉拿起手机，跟着也出了休息室。

休息室在二楼，是整个战队公用的，回三楼的时候，祁醉脚步一顿。

二楼楼道口的窗台前，于炀正在低头吸烟。

HOG战队基地很大，毕竟要容纳下队员、经理、教练、资料分析师、心理辅导师、后勤、厨师、司机等二十几个人，且一队、二队训练室和宿舍还不在一个楼层，所以就算在一个战队也不是低头不见抬头见，说来可笑，于炀进队快一个月了，这还是祁醉第一次再见到他。

于炀比之前又瘦了一点，头发更长了，染成了浅金色，不知是不是因为叛逆

第一章

期还没过,细看一下,里面还挑染了几绺奶奶灰。

于炀听到脚步声,转过头来一看,愣了。

祁醉看着于炀,想起俞浅夕刚说的——

"他自己跟我说的,想来咱们战队。"

于炀怔怔地看着祁醉,手掌无意识地攥了下,烟头正烫在他手心,祁醉眉头一紧,于炀猛然松手。

于炀大梦初醒一般,尴尬慌张地蹲下身飞速捡起烟头,转身跑了。

祁醉在窗口站了好一会儿,上楼进了训练室。

"快点快点!进组进组,十分钟后开始第一场训练赛。"卜那摘了耳机叫祁醉,"就差你了,密码发群里了,速度进组。"

祁醉揉了揉眉心,坐到自己的机位上,戴上耳机。

PUBG绝地求生,每场游戏有百名玩家一起参与,初始每个玩家都没有任何装备,大家同时在飞机上沿着同一航线出发,中途根据自己想去的位置,可随时跳伞离开。

武器、防具和药品等随机刷新在地图的各处,落地后即可拾取。在四排模式中,整个地图分散着二十支队伍。各队之间相互拼杀,不用担心地图过大遇不到彼此,绝地大陆内会随机刷新安全区域,非安全区域内出毒,玩家角色会持续掉血,随着时间推移,安全区域会不断缩小,玩家根据毒圈不断转移位置,随之交火,减员,不断减员。一场游戏会在地图中只剩同一支队伍的玩家时结束。

最后活下来的这一队就是这场比赛的胜利者。

今天的训练赛就是四排赛。因为绝地一场比赛要求人数过多,所以每次训练赛基本都是十几个战队一起来,像HOG这种豪门战队则是二队甚至青训队都能上。

"今天还行,一共八十七个人。"游戏开始,卜那抬头看了一眼本场比赛人数,问,"跳哪儿?"

祁醉是一队的队长,也是指挥,每场游戏开始都需要他根据航线判定跳伞位置。

祁醉扫了一眼航线:"机场。"

卜那那啧啧了两声:"可以啊我的祁哥,今天火气这么旺吗?"

机场物资丰富,但地形复杂,跳落人数多,落地就要开始干枪。除非是鱼塘局,不然一队四个人甚少能全员满编地从机场走出来,故而谨慎些的队伍基本不会跳机场。

"跳。"祁醉在地图上随手标了个点,"搜完看圈,我盯观测站,老凯看情况屯油。"

"N港去人了……一、二、三,三个人……"老凯落地,"一队,机场也跳了一队。"

卜那那叹气:"这个航线去上城区不好吗?非要来惹你祁神不可。"

"速度清机场这一队。"祁醉心情欠佳,懒得跟卜那那逗贫。他速度落地,捡了把喷子一边上子弹一边跟一个人绕窗户,"打完机场这队看圈,刷上面就去桥上收过路费,卡N港那一队。"

祁醉一喷子把跟他贴脸的人放倒了,系统公告:

"HOG-Drunk使用S1897击倒了Wolves-Baoliu。"

Wolves,祁醉打倒的是群狼战队的。

祁醉没把这人补死,上了子弹绕回走廊。

游戏机制,在还有队友存活的情况下,玩家倒地不会立即死亡,短暂时间内还活着的队友可以将倒地队友扶起重新参与战斗。

祁醉绕到墙后卡个视角,钓鱼执法,果然不多时就听见了其他人的脚步声……刚才被击倒的人的队友来了。

祁醉预判了下时间,在敌方队友扶起刚才被打倒的Baoliu时,绕过墙把两人都结果了。

"HOG-Drunk使用S1897杀死了Wolves-Baoliu。"

"HOG-Drunk使用S1897杀死了Wolves-Star。"

群狼战队剩卜两个人被卜那那和老凯杀了,机场彻底清干净,四人迅速搜完物资,分好装备后看了下地图,安全区果然刷新在了上面的Y城。

卜那那:"快快,找辆车去东面大桥堵N港的那一队。"

第一章

老凯开车，上了东大桥后将车停好。四人拿桥上的废车当掩体，架上枪等N港的人来。

"那那盯桥底，N港也刷船，他们可能开船过来。"祁醉开镜看了一眼，"我盯桥头。"

卜那那懒洋洋地答应着，等了两分钟后百无聊赖："N港的人怎么这么慢？要不先走？我这场还没拿人头呢。"

"卡着半天了，现在走就是让N港的当靶子了。"祁醉其实比卜那那还烦，从刚才到现在他的心思始终就没在游戏上，翻来覆去……脑子里全是于炀。

祁醉没吸过烟，他不清楚烟头有多烫。

像刚才那样……被烟头蹭了一下，应该会烫伤吧？

他烫在右手手心了，正好是握鼠标的位置。

那他这会儿……

"哎！"卜那那突然高声道，"祁哥！说好了你看桥头呢？！"

祁醉扫了桥头一眼，N港那队人没开车也没开船，已经摸到桥头的掩体后了！

"我的错。"祁醉主动背锅，往右撤找掩体，他开镜看了一眼，"S方向1……"

祁醉开镜的一瞬间里，让对面抓了个空子，被人三枪爆头。

系统公告："HOG-Youth使用mini14击倒了HOG-Drunk。"

祁醉一怔，失笑。

冤家路窄。

跳N港的那一队居然是于炀的队伍。

游戏里，玩家只有在击倒敌方玩家或者被击倒的时候，才能通过系统公告知道对方的ID。

祁醉身边没有掩体，一个失误，已经让于炀卡死位置了。

但失误的似乎不止祁醉一个，大好时机，对面于炀竟收了枪，生生呆在那里，几秒钟一枪不发，没把祁醉补死。

"祁哥往右靠一点。"

老凯放了烟幕弹，把车开出来当掩体挡在祁醉前面，下车把祁醉扶了起来。

祁醉起身打药回血，卜那那不明白："这半天没把你打死，对面等什么呢？"

"不知道。"祁醉淡淡道，"等死吧。"

祁醉刚才是一时失神，和正常状态的祁醉对枪，于炀还是对不过的。

祁醉打满状态，都没开镜，起身拿SCAR-L对着于炀的位置一顿腰射，果不其然于炀往掩体后躲了一下。祁醉卡了那一秒换子弹，开镜甩狙，一枪打在于炀头上。

"HOG-Drunk使用98K击倒了HOG-Youth。"

祁醉没有丝毫犹豫，干净利索地上了子弹又一枪补上去。

"HOG-Drunk使用98K杀死了HOG-Youth。"

基地一楼训练室，于炀的游戏界面瞬间变成了黑白色。他呆呆地看了一会儿屏幕，放下鼠标，摘了耳机。

于炀低头往自己右手掌心轻轻吹气，不知是不是掌心的烫伤太疼了，于炀吹了几下，眼眶渐渐红了。

练习赛从下午三点一直打到晚上九点，祁醉这队的综合成绩还是第一，但第一局祁醉出了重大失误，后面几场俞浅今更是状态差到让人没眼看，练习赛结束后一队四个人全部被教练留堂，一场一场地复盘。

教练赖华是HOG上一任队长，退役后转做了教练，平时不苟言笑，在队内颇有威信，就是祁醉也得老实听训。经理贺小旭见气氛不好，没多说什么，轻手轻脚地下楼，拿了几个饭盒，把几人的晚饭装好送了上来。

职业训练里，复盘是最难熬的一件事。

顺风局就算了，这种状态极差、失误不断、打得稀烂的局，让教练重放录像，放大镜头，恨不得一帧一帧地来分析失误的时候，不亚于公开处刑。俞浅今原本只是熬夜熬得眼红，这会儿脸、耳朵、脖子都红了。赖华盘一局火气旺一分，最后心态爆炸，将俞浅今骂了个狗血淋头，顺便叫了贺小旭来，让他把控俞浅今的直播时长，一天不得再超过四个小时。

"祁醉……"

祁醉一直在埋头吃饭，被点名后抬起头来："嗯？"

12

第一章

赖华是祁醉的老队长了，祁醉十七岁进HOG，赖华先跟祁醉搭档了五年，退役后又给他做了快三年的教练，说看着祁醉长大的也不为过。

故而祁醉不像别人似的怕他，咽下嘴里的饭，抽了一张纸巾擦擦嘴角，坐端正了一笑："队长您说。"

"叫我教练……"赖华蹙眉看了祁醉一眼，叹口气，"你继续保持状态，今天这种失误是什么原因自己去想想，及时规避，下次注意。"

"得令。"

祁醉端起盒饭继续吃饭，中间还时不时地喝口汤。

俞浅兮看了祁醉一眼，低头塞了一口白饭。

因为训练赛打得稀烂，赛后复盘一直进行到了晚上十一点，一队正常训练时间是下午两点到深夜两点，下午日常安排是训练赛，晚上吃了饭后是个人组排或队内组排。俞浅兮心情不佳，说要练单排就走了，卜那那和老凯今天要磨合双排，也手牵手地走了，祁醉落了单。

"祁哥！"贺小旭拦着祁醉，无奈道，"你的粉丝们要把咱们战队的官博炸了，不管我发什么微博，评论都是在说你，你晚上没事儿就直播会儿，安抚一下民心好吧？月底咱们战队网店要上新队服了，还指望着你的粉丝们给冲销量呢。"

"你有那个闲工夫看微博评论，能不能先去联系一下论坛管理封几个IP？"祁醉心情欠佳，懒得直播，故意岔开话题，"老子日常被带节奏，你们已经习惯了是吧？一群人说我一天只训练三个小时是'迟早要完'，他们也不想想，我要是一天真训练七八个小时……"

祁醉拎起队服披在身上，懒懒地笑道："那还有别的队的活路吗？"

教练赖华晚走了一步，跟出来正巧听见了这一句，一言难尽地看了祁醉一眼："要点脸行不行？不训练就直播去！干点正事！一队平均训练时间只有十个小时，就是让你拉低的！二队十四个小时，青训生里面都有十六个小时的！你一天就三四个小时，骂你几句骂亏了？"

"青训生……"祁醉抿了下嘴唇，"谁啊？这么拼？"

"Youth，你赖队长新晋的'亲儿子'。"贺小旭笑笑，"每天最多睡六个小

13

时,吃饭都是在计算机前面吃,唉……还是年轻好啊。"

祁醉含混不清地应了一声,下意识地问道:"对了,咱们队里有没有治……"

"什么?"贺小旭停住脚,"治什么?"

"没事。"祁醉摇摇头,蹙眉道,"我去直播。"

祁醉回到训练室,卜那那他们已经在双排了,祁醉登上游戏,开了直播。

祁醉几个月没直播,没任何通知,乍一开播,不到三分钟人气就上了百万。

等祁醉刷了一会儿网页回来,人气已经三百多万了,弹幕刷得飞快,祁醉微微眯着眼看了会儿,笑道:"我没怎么,就是忙,懒得播。"

弹幕一顿,瞬间刷得更快了。

"三个月了,终于听见你的声音了!啊啊啊啊啊!还是这么好听,我死而无憾。"

"你好绝情但我还是好爱你怎么办?"

"嘤嘤嘤,祁神你再不直播我就要爬墙去粉Banana那个死胖子了。"

"啊啊啊啊,祁神你的摄像头又坏了吗?为什么不开摄像头?"

"今年春季队服什么时候上新?我要跟你穿情侣装。"

"队服队服!今年赞助商又换了吗?我不管!求速度上新!再不上新,为了情侣装我都想去HOG打职业了!可惜我手残。"

祁醉看着"情侣装"三个字,鼠标的游标一顿。

今年春季,HOG战队会有一件和他款式一样,但后背印着"Youth"的队服了。

祁醉捏了捏眉心,关了直播助手里的弹幕,打开游戏界面点下了"play"键。

祁醉选的随机四组排,准备随便打打。进了素质广场,祁醉还在低头看手机,直到游戏里一个人见鬼似的吱哇大叫:"HOG!HOG!"

祁醉怕别人一见他就号,平时自己随机排都是用小号,不知怎么让人认出来了。

不过队友叫的不是他,是组排的另一个人:HOG-Youth。

这是什么情况……

于炀那边显然也没预料到,他ID后的喇叭标志亮了一下,瞬间就灭了。祁醉估计他是关麦了。

14

第一章

祁醉嘴唇动了动，不等他说话，随机组排进来的一个路人比他还意外，先是大吼了半天他们战队的名字，又开始反复叫于炀的游戏ID，叽里呱啦地一通激动，飞机上那么大噪声都挡不住他的热情："Sind Sie Youth? Wirklich? Ich bin Ihr Fan!"

还是个德国人。

于炀ID后的喇叭标志又闪了两下，但不知为何，还是什么都没说。

祁醉标了个位置，淡淡道："跳了。"

于炀的喇叭闪了闪，他结巴了下："好……好。"

祁醉抿了一下嘴唇，在心里叹了口气。

祁神，不争气啊……

四人落地，于炀自动自觉地飘得远远的，不抢祁醉的物资。祁醉说了那句话后再没出过声，气氛微妙到极点。

幸好还有那个德国小哥，他仿佛是专门来调节这微妙的气氛，兴奋地围着于炀转，一直说个不停。于炀不知是被缠得烦了，还是架不住粉丝的热情，尴尬地低声道："我……我听不懂你说什么。"

德国小哥当然更听不懂中文，但他激动依旧。

德国小哥："Sind Sie Youth? Sind Sie Youth?"

于炀一边搜装备一边低声重复道："我听不懂英文。"

祁醉抬手扶了一下耳机，垂眸，顿了一下平静道："他问你是不是真的Youth。"

砰的一声，于炀的枪走火了。

于炀似乎是没想到祁醉会开口，愣了一下连忙道："是，是。"

不知是不是祁醉多心，他觉得于炀的声音里似乎有了点颤音。

祁醉对德国小哥道："Ja, genau."（是他。）

德国小哥哥瞬间更兴奋："Ich bin Ihr Fan! Ich habe Ihren Wettkampf gesehen! Ich mag Sie super!"（我是你粉丝！我看过你的比赛！我特别喜欢你！）

于炀那边安静了片刻，轻轻问："他……说什么？"

15

祁醉静静地看着于炀的游戏ID，半晌没说话。

队内语音安静了足足一分钟。

于炀被晾了半天，尴尬不已，他低头收集物资，识相地不再开口招人烦。

"他……"祁醉换了一把枪，一边上子弹一边慢慢道，"他问你，队伍里这个7DRUNK是不是Drunk。"

于炀愣了下，他没想到除了他还有路人能认出祁醉的小号，下意识道："是……是。"

祁醉对德国小哥道："Danke, Bitte verfolgen Sie ihn aufmerksam weiter."（他谢谢你的喜欢，请继续关注他。）

德国小哥忙点头，凑到于炀的人物角色前道："Ja, ja! Ich unterstütze Sie für immer."（会的会的！我会一直支持他。）

于炀茫然，祁醉搜了几个配件，继续"翻译"："他问你，为什么来HOG。"

于炀的游戏人物愣在车库，停了足有半分钟没动。

于炀嗫嚅："因为……HOG很……很厉害，一直……"

祁醉嗤笑一声，于炀局促地噤声，闭麦不再说话了。

德国小哥什么都不知道，还在因为遇见了Youth开心，他又开麦问："Wohin gehen wir?"（我们去哪儿？）

队内语音又是一阵难言的沉默。

于炀声音很低，拘谨地轻声问："他说……什么？"

祁醉放下键盘，松开鼠标，倚在椅背上。

祁醉看着游戏里于炀的游戏ID，淡淡道："他问你……你喜欢看Drunk祁打游戏吗？"

第二章

　　祁醉话音落地,随手点开了直播助手,他直播间这会儿已经八百多万人气了,弹幕刷得飞快,要爆炸了。

　　"啊啊啊啊啊啊啊啊啊啊……"

　　"这什么情况?!"

　　"这个Youth就是我知道的小炀神吗?是吗是吗?他进HOG了?!"

　　"哈哈哈哈哈哈哈,你们HOG果然是看颜值签人的吗?"

　　"啊啊啊啊啊啊,德国小哥哥为什么这么问?有什么是我不知道的吗?"

　　"Youth是谁?"

　　"虽然我只学过半年德语,但我怎么觉得祁神刚才的翻译有点怪?"

　　"听不懂,但我祁神说德语好好听!"

　　"哈哈哈哈哈,祁醉你这个老痞子,你真以为没人听得懂吗?论坛见,哈哈哈哈哈。"

　　"祁神今天怎么了!啊啊啊啊啊,报警了!他在撩我!"

　　"听懂了的人表示要疯了,我的祁,是你飘了还是我德专八拿不动刀了?"

　　看直播的人这么多,总有会德语的,更别提祁醉每次直播都有屏录,就算现在大家不知道怎么回事,过后经人翻译也会知道的。

　　祁醉常年被带节奏,并不在意,于炀现在听不懂就行了。

　　于炀确实没听懂,他甚至分辨不出来那个外国人说的是英语还是德语。

　　一楼训练室,于炀指尖发凉,胸口怦怦跳个不停。

　　游戏界面里,Youth像个刚玩游戏的菜鸡似的,暴露在窗户口上,呆呆地一动不动。

　　他能怎么说?

第二章

说实话,那祁醉下一句会不会问:你是不是上瘾,还想用一个套路让我在HOG继续照顾你?

"你没必要勉强自己跟我玩这个。"

这是一年前祁醉跟他说的最后一句话。

祁醉走之后,于炀费力地恢复了手机资料,找到了祁醉的联系方式。

他也试着联系过祁醉,但消息石沉大海。

过了多半年于炀才反应过来,联系上祁醉也没用,上次的事他根本就解释不清楚。

于炀紧咬着牙,他现在要是说假话……

三楼训练室,祁醉关了弹幕提示,切回游戏界面……于炀游戏ID旁边的小喇叭始终没亮。

直播间里,弹幕重重叠叠已经满屏了,游戏界面里面却鸦雀无声。

游戏里,安全区已经开始缩小了,德国小哥似乎也觉得气氛有点不对,他试探着又问道:"Wohin gehen wir?"(我们去哪儿啊?)

祁醉怔了片刻,扯回键盘:"我德语一般,大概没翻译对,他说的是……"

"喜欢。"

游戏界面,HOG-Youth后的小喇叭闪了一下。

一楼训练室,于炀眼眶发红,他低头扔了几个多余的配件,把倍镜装上,开镜架枪看着窗外,等着祁醉的冷嘲热讽。

来HOG青训,于炀早就做好准备了。

他听人说过,PUBG战队是祁醉的一言堂,他进HOG,就已经做好了被祁醉整治的准备。

他并不怕祁醉欺负他。

于炀嘴唇微微发颤,他梗着脖子,又沉声重复了一遍:"喜欢。"

说完侧过脸,把脸在自己肩膀上飞速地蹭了下。

"我的妈啊啊啊啊啊啊啊啊……"

"哈哈哈哈哈哈!这是我第一次听见Youth的声音,这小狼狗的声音我喜欢!"

"这是什么情况啊?!"

"HOG今天内部聚餐了?都喝大了吧?"

"淡定吧,玩PUBG的谁不喜欢祁神?你们在激动什么?"

"啊啊啊啊啊,我不活了!有生之年啊!天知道我从火焰杯就萌这个了!有没有人知道祁醉当年指导过Youth?"

三楼训练室,祁醉的嘴角一点一点,慢慢地挑了起来。

祁醉咳了下,抬手扶了一下耳机,打开地图标了个红点,音调里不自觉带了点笑意:"Dort, das rote Zeichen。"(这,红色标志区域。)

德国小哥答应着,另一个始终没开麦的队友找了车过来接上三人,四人上车跑毒,一路开到祁醉标记的安全区的房区里才开始分配装备。

祁醉自然而然地拿了把大狙,祁醉预判的位置极佳,第二个圈还是刷在了这里,几人不需跑毒,继续蹲守房区,四人一人一个方向,卡着毒圈等着收快递。

祁醉守二楼,他开镜看了一会儿,余光扫到Youth站在他身后。

于炀的游戏角色犹豫了下,慢慢地走到祁醉身边,在祁醉脚下放了一个医疗箱。

医疗箱,游戏里唯一可以一次性将角色血量回满的药品,算是比较稀有的消耗品。

一年前,于炀也是这样,把主办方每天给他的冰激凌送给自己。

祁醉其实并没多喜欢吃冰激凌,哈根达斯这种东西对他来说也不稀罕。

但他知道,于炀是喜欢的。

于炀觉得好,才会留给自己。

祁醉轻吁了一口气,开麦:"你不要?"

于炀并不知道祁醉开着直播,他似是怕那两个路人队友听见,低声快速道:"你用。"

说罢于炀又放下两瓶止疼药,然后快速转身下楼,继续去卡分配给他的方向了。

祁醉心里五味杂陈,没再瞎说,于炀也没再开麦,有他俩在,这局游戏不

20

出意外地吃了鸡。

德国小哥恋恋不舍，退出前不忘道："Sehr glücklich, Sie zu treffen!"（能遇见你们，太开心了！）

祁醉莞尔，退游戏前真心实意道："China und Deutschland Freundschaft für immer."（中德友谊长存。）

因为是随机组排，退出游戏后，待机界面上只有祁醉一个人。

直播助手里，祁醉直播间的弹幕疯狂刷屏。祁醉没看，自己盯着游戏角色出了一会儿神，淡淡道："今天就播到这儿吧，大家晚安。"

说罢关了直播，摘了耳机。

一楼训练室，于炀也出了半天神，直到心跳终于正常了些，他才犹豫再三，打开游戏，输入祁醉的ID，发了一个好友请求。

于炀等了快半个小时，祁醉一直没回复。

于炀揉了揉脸，回忆刚才这一局游戏的细节，怎么想怎么觉得自己蠢透了，脑子稍微正常点儿的人，都会觉得自己是处心积虑来示好的。

祁醉没当面嘲自己，大概也是因为有路人认出自己来了。

祁醉还是绅士的……没当着那两个路人让自己太难堪。

设身处地地想，祁醉能不整自己就算好的了，现在恨不得跟自己划清界限才好，大概是……不屑于讥讽了。

于炀心烦意乱，摘了耳机起身，准备去洗一把脸。

于炀出了一楼训练室，脚步一顿。

夜半，一楼走廊里空荡荡的，只开着几盏射灯，走廊另一头，身材高挑的祁醉披着队服倚在墙壁上，手里拿着一管烫伤膏。

祁醉看着于炀，语气淡然："手疼不疼？"

祁醉下了直播后去二楼的活动室翻了翻，果然，基地的医疗箱里只准备了感冒、去火的常用药，并没有烫伤膏。

好在离基地不远就有个二十四小时药店，祁醉没惊动别人，自己出门开车买了一管回来。

下午刚被经理警告过,不许吓唬小孩子们,故而祁醉迟疑了下,没直接进一楼训练室。

碰巧,没等一会儿于炀就出来了。

祁醉微微偏头,看看于炀右手心的伤口:"不疼?"

于炀看着祁醉,眼眶通红,胸口压抑地起起伏伏,心里堵了一年多的无数句话争相涌到喉咙口,快把他胸口挤炸了。

他嘴唇动了动,不等开口,眼泪直直掉了下来。

于炀偏过头,咬牙克制着,不让自己发出声。

祁醉静静地看着于炀。

这要是装的,那于炀来打职业是真可惜了,出门左转去考上戏,将来前程肯定更远大。

祁醉套好队服,往前走了一步:"你……"

"祁哥!你是不是直播一次就要把这三个月的版面都搏回来?"贺小旭在三楼转了半天没找到祁醉,听说他拿了车钥匙出去的,专门来一楼门口堵人,果不其然看见祁醉了,边往这边走边抱怨,"你搞什么啊?!我们还没官宣过Youth,你现在就……呃……你……你们……"

祁醉闭了闭眼。

于炀慌忙侧过身,使劲儿抹了把脸。

祁醉无奈,转头看了贺小旭一眼,压低声音:"嘘……"

"那什么……"贺小旭不明所以,完全不明状况地说,"我就是……我就是找你说说……"

祁醉揉了一下眉心,有气无力道:"能回头说吗?"

贺小旭这才察觉气氛有点微妙,干巴巴道:"能。"

祁醉摆摆手让他快滚,贺小旭看看左右,见一楼训练室里的青训生已经有人抬头隔着玻璃看了,尴尬道:"你们……注意影响,还有那什么……赖华今天刚明确强调过的,严控作息,差一分钟都算违纪。青训生是有门禁的,这马上就要一点了,Youth你注意时间,祁哥你……我去三楼等你。"

祁醉头大,不耐烦道:"滚犊子。"

第二章

贺小旭依言滚了，二队队员和青训生们还在一个个揿着脖子透过玻璃墙眼巴巴地看着他们。祁醉偏头往训练室的方向扫了一眼，诸多脑袋瞬间缩回显示屏后，假模假式地忙乱了起来。

"一天一次，涂好后裹一层纱布，别裹多了。"祁醉把烫伤膏递给于炀，又从运动裤口袋里拿出一盒纱布，"实在疼，可以请假，别跟管你们的人请，他们一般不批，找我就行……我可以批。"

于炀摇头，闷声道："不用，不影响训练。"

"不影响？"祁醉笑了下，不勉强他，"随你吧……"

祁醉拿出手机看了一眼时间……零点五十四分。

青训生违纪一次，这一个月的工资就没了，祁醉估计今天也说不了什么了，道："你先回去吧，有事……再说。"

"我不怕违纪。"于炀匆匆说了一句，说罢马上低下头，道，"我经常三四点才回宿舍。"

"听说了。"祁醉沉默片刻，问道，"你是联系了俞浅兮，让他招你进队的？"

于炀点点头。

祁醉轻笑："他这么热心？我没见他给谁白跑过腿，你答应他什么了，他这么帮你？"

于炀犹豫了下，摇头："不能说。"

意料之中，俞浅兮肯定警告过于炀什么，祁醉并不在意，反正他也能查出来，也许还能查得更多。

祁醉重新倚在墙上，他看着于炀，走廊里寂静无声。

祁醉突然道："你刚才在游戏里说谎了吗？"

祁醉静静地看着于炀，接着道："聪明点，别在这会儿跟我玩套路，说实话。"

于炀抬眸，迟疑片刻后点了点头。

祁醉怔了下，嗤笑，转身上楼。

于炀愣了几秒，祁醉脸上轻蔑的笑意他印象太深刻，一年前祁醉就是带着

23

这个笑容把他的手机扔回来，然后就此消失。

于炀心里瞬间慌了起来，他张了张口，不出意外地，他又说不出话来了。

"我，我……我！"于炀右手紧攥，后背沁出一层汗，他费尽全力，使劲地结巴道，"我! 我来……HO……HOG……"

于炀咬牙，一个字一个字地往外挤："不是……不是因为……战队厉……厉害。"

祁醉回头，于炀羞惭得不敢看祁醉："是……因为……因为你。"

祁醉心里久没被人拨动的一根弦突然发出了一声轻响，震得他心口微微发疼。

"你……"祁醉无意识地揉了揉手腕，"你就说了这一句谎？"

于炀脸颊通红，点了点头。

于炀抬头，费劲道："你……你对我……"

一点整了，一楼训练室的门砰的一声打开。几个青训生陆陆续续地走了出来，于炀尴尬不已。赖华从二楼下来，见于炀忙追过来道："你在这儿呢! 过来下，跟我复盘你今天的比赛。"

于炀一句话还没说完，他怕祁醉走了，着急地看着祁醉。两个青训生挡着，赖华根本没看见祁醉，他皱眉催促："快点，今天光让他们耽误时间了，早点复盘完早点睡觉。"

祁醉迟疑片刻，先上楼了。

于炀心里一梗，执拗地又站了一会儿，直到赖华再三叫他才跟着赖华走了。

"祁神，我这里有个关于你的节奏帖，你要不要了解一下？"三楼，卜那那正在吃夜宵，他笑得肚子疼，"你下播不到半个小时，微博上就出了一个你的视频。你一个德语专八的粉丝全程给打字翻译，哈哈哈哈哈哈哈哈哈，你这一顿操作可以啊。"

贺小旭本想趁着没什么人关注把这事儿悄悄地混过去，不想祁醉粉丝们战斗力惊人，论坛微博上已经满是祁醉的节奏帖了。贺小旭自暴自弃，干脆用HOG

第二章

官方微博也转发了那条视频微博，跟着"哈哈哈哈哈哈哈"了一顿，顺便被迫提前向大家介绍了下Youth。

"你！都是因为你！"贺小旭抱怨个不停，"都还没决定好让Youth去哪儿呢，你先把他捅出去了！现在所有人都知道Youth来咱们这了，俱乐部让我明天就发官宣，怎么发？"

祁醉自知理亏，没狡辩什么，坐到自己的机位上，含混道："没定就现在定呗。我今天跟他对了一次枪，又组排了一次，还不错，技术过关。"

"过关个屁！他连着三次的运动心理考核不过关，按照心理辅导师的意见，他根本进不了二队。"贺小旭头大如斗，"官宣就必须得签合同，签什么？怎么签？真让他进二队？"

祁醉眉头微皱："你刚说什么？"

贺小旭没好气："给他签什么合同！啊？！"

"不是……"祁醉眉头拧起，"这年头还有人心理考核不过关的？"

贺小旭叹口气，点头："有，而且问题非常严重，不然你以为我为什么迟迟不跟他签合同，让他在青训生里混着？"

运动心理考核，这个测试差不多相当于考核长跑运动员是不是有健全的双腿，有的战队招新人甚至不会去审核这个。祁醉在役八年，第一次听说有职业选手会通不过这个测验。

"他……"祁醉心里有一团看不见摸不到的迷雾，似乎就要散开，"于炀他……"

"二队现在正缺一个突击位，于炀擅长跟人贴近战，倒是合适。"贺小旭自言自语，打断了祁醉的思路，贺小旭拿不定主意，抬头问祁醉，"不然就破例让他进二队？"

祁醉回神，想了下摇头："不。"

贺小旭彻底暴躁："那你想怎么办？！你是不是在报复我让你直播？！"

祁醉脱了外套，看看自己机位旁边空缺的一个位置："我们一队，缺个替补。"

25

"替补？替谁？"贺小旭下意识看向一队的突击位Banana同学，喃喃道，"不好吧，那那怎么说也是你的'原配'啊，而且他刚二十二，还能再用两年……"

卜那那看热闹看得正高兴，不想祸水突然东引，他惊恐地看着祁醉，伸着两只油手，坐在电竞椅上，瘫痪似的往祁醉身边使劲儿蹭，哭号："队长，我给你扛过枪，我替你流过血！"

"滚。"祁醉怕卜那那蹭脏自己的T恤，往后避了下，"没说你。"

卜那那趁乱擦手不成，嘿嘿一笑滑回自己机位前，接着撸串。

"那你是想让他替谁？"训练室里现在只有三人在，贺小旭左右看了下，声音不自觉得低了，"你不是对浅仒有什么意见吧？"

"我对他能有什么意见，再说你老猜别人做什么？"祁醉坐下来，轻轻揉了一下右手腕，一笑，"没准儿是替我呢。"

贺小旭心里一紧，皱眉："别瞎说！"

祁醉轻笑："开玩笑。"

"开玩笑适度，OK？整个俱乐部都靠着你拉赞助呢。"贺小旭恨不得找个报纸卷来敲祁醉的头，"你一场不上，知道我们要少收多少赞助费吗？

"而且！"说起钱来贺小旭脑子转得飞快，"二队年薪打底二十万，一队年薪打底一百万，就算他是个替补，只要是进一队，也得按一队的合同签，这一年至少多支出八十万，还不算他的奖金发放比例、直播合同比例、队内福利……"

"他现在人气已经很高了，二十万你觉得你拴得住他？"祁醉打断贺小旭，"他这个技术和……和这张脸，早晚得出头，你等着别人来挖？"

贺小旭犹豫："这倒是……说实话，当时俞浅仒一跟我说他我就同意了，最大原因就是看他长得好看，技术行不行的……包装好了，将来卖出去，咱们赚个转会费，他赚个签字费，各自欢喜。没想到……当花瓶招进来的，其实是个核弹。"

祁醉一笑。

贺小旭想想刚才走廊里的一幕，估计祁醉和于炀以前认识，可能还有点什么误会，无奈道："但你再喜欢他也不能突然给他安排个替补位啊。"

第二章

"跟他没关系。"祁醉收了笑意,"老赖知道,年前Youth没来战队的时候我就跟他谈过,一队需要一个替补,预防我们四个人的个人突发情况,况且现在商务签证卡得紧,万一哪次出国比赛出问题了……至少四排赛就全线崩了,到时候你准备怎么办?"

贺小旭迟疑片刻,道:"那也不能是他,先不说他运动心理测试到现在还没过,二队三个人还没上呢,怎么就让他来?你让我这么安排怎么服众?咱们二队几个人,入队早,每天兢兢业业地训练十几个小时……"

"咱们这行什么时候开始要看资历了?"祁醉轻笑,"电子竞技,'菜'是原罪。"

"二队没有我需要的人,即使没有Youth,我也不会同意让他们来。"祁醉淡淡地看着贺小旭,"怎么安排是我的事,能不能服众是他的事。"

贺小旭也收了笑意:"那好,你让他怎么服众?"

祁醉沉默。

"这里……稍等。"

赖华按下暂停键,掏出手机看了一眼,他抬头看于炀,难以置信:"你跟祁醉……你刚才随机组排到他了?"

于炀坐在离赖华不远不近的一把椅子上,正在埋头记录自己失误的小细节,闻言抬头:"是,怎么了?"

"你……"赖华怜悯地看着于炀,"你知道他在直播吗?"

于炀愣了足有十秒,双耳瞬间红了。

"他……"于炀心跳又开始加快,吃力道,"他……直……直播?"

"直播,除了摄像头,什么都开了,你的ID、你俩队内语音,全都……"赖华咳了下,压下脸上笑意,绷着脸问道,"你们还遇见一个德国人?"

"是……是。"于炀茫然,"怎么了?那个德国人是有点怪……"

赖华看不下去了,叹气:"你有微博吗?你看一个视频。"

于炀茫然:"没有。"

"没有?"赖华挺意外,随即赞同地点点头,把手机递给于炀,"很好,别

27

跟他们一样,整天刷微博,你看我的。"

于炀接过手机,点开视频……

于炀耳朵上的红晕一点一点,从脸颊蔓延到脖颈,烫得他心跳又加快了好多。

于炀看着祁醉那通气定神闲移花接木的翻译,绑了绷带的右手微微发抖,于炀不敢自作多情,深呼吸了下,低声结巴道:"他说……他德语不太好……"

"放屁。"赖华冷冷道,"几年前祁醉和卜那去欧洲做集训,前后加起来一共在德国住了十八个月,那之后我们去德国参加过十几次比赛,因为有祁醉,战队没雇过一次翻译,你说他德语好不好?"

于炀眸子闪烁,嘴唇张了张,心里又疼又酸:"他……德语……很好?"

"专业级别比不上,但这种翻译……"赖华拿回自己手机,拆台拆得彻底,"我保证,不可能出错,除非……他故意的。"

赖华不知内情,以为是祁醉这个臭不要脸的无聊调戏新人,忍不住一笑:"怎么样?以后出门接受采访你可别忘了,是你自己当着八百万人承认的,你喜欢祁醉。"

于炀下意识抿了下嘴唇,点了点头。

"哈哈哈哈哈,职业选手谁不喜欢他?"赖华收起手机,不甚在意,"这群人没一个要脸的,训练起来没精神,骚话都是一套一套的,习惯就行,不用多想。"

于炀垂眸,心潮澎湃。

三楼训练室,贺小旭为难得直抽气,他起身转了一个圈,考虑了半天道:"行,你想要个替补,可以。"

祁醉等着下一句话,贺小旭不可能这么简单地松口。

"下周末,咱们的合作直播平台和赞助商有个在线赛,奖金池一共才二十万,不可能让你们一队去,我一会儿就联系平台,给二队和Youth要求一个名额。"贺小旭看着祁醉,"这个比赛的solo赛里面,如果有人能拿第一,那就直接进一队,来做替补。"

祁醉嗤笑:"我们不去,别的战队的一队也不去?他怎么跟那些老油条比……"

"比不了就说明他没这个能力。"贺小旭打断祁醉,"你把我的话当放屁也可以,你可以不听我的啊,你现在把他椅子抬上来也行,我管不了你,但……你不想他被整个战队孤立吧?"

祁醉嘴唇动了下,没接话。

贺小旭深呼吸了下,语气缓和下来:"给二队其他几个人一个机会,也给大家一个交代,我也喜欢Youth,他的商业价值很高,但规矩就是规矩,我们需要对整个战队负责。"

祁醉抬眸:"即使你明知道Youth比二队的人强?"

"职业选手强不强不是谁嘴炮说了算的。"贺小旭看了祁醉一眼,又补充一句,"Drunk说的也不行。"

祁醉面无表情,随手抄起一包纸巾摔在贺小旭身上。

贺小旭抱住砸在肚子上的纸巾,反丢给祁醉,笑道:"你自己说的,电子竞技,'菜'是原罪。他强不强,能不能服众,只有比赛成绩能证明。"

祁醉拿着纸巾,片刻后默认了。

"这就对了嘛!"卜那那见两人吵够了,笑笑,"行了行了,我叫了好几份外卖,吃吃吃,吃饱了睡觉。"

"吃个屁。"于炀基本上已经被贺小旭官方劝退了,祁醉没心情,"我睡觉去了。"

祁醉拎起外套,想了下,回头道:"明天让谢辰过来一趟,我有事问他。"

谢辰,HOG战队的心理辅导师,国家二级心理咨询师。因为非赛期基本用不到他,所以他多半时间不住在基地。

贺小旭点头答应着,祁醉往外走了几步,又转过身来,看着贺小旭说:"这是Youth来这里的第一场正式赛,你用这种诱惑,硬让他参加有这么多一线战队的比赛,他输了以后,赛后心理调整你准备……"

"他们可以不参赛啊,反正这个比赛我本来也没想给咱们战队报名,再说应战心理是每个职业选手就该有的基本素质,要是这个压力都扛不下来,

29

"那以后还怎么出征日、韩、欧洲、北美？呃……"贺小旭见祁醉沉下脸来了，干笑着转口，"你放心，这是你赖队亲儿子，我哪敢毁了他啊，我肯定提前跟他说明情况，好吧？"

祁醉冷冷道："最好是。"

翌日中午十二点，祁醉洗漱后揉了揉有点酸涩的眼睛，拎着外套往三楼训练室走。

"祁哥。"贺小旭已经在训练室了，他拿着一份报名书，摇了摇，"前因后果我都跟Youth说了。"

祁醉蹙眉："他怎么说？"

"Youth根本没犹豫。"贺小旭一笑，"他说了，他去。"

第三章

祁醉拿过贺小旭手里的责任书。

HOG的对外比赛中,选手都要签署责任保证书,保证在比赛中不会以任何形式作弊,一旦出问题,所有后果选手自己承担。

责任书右下角墨迹未干,一笔一画地写着:于炀。

祁醉把责任书一点点折好:"给我份参赛名单。"

贺小旭心虚地笑了下,转身要用祁醉的电脑联网查名单,祁醉皱眉嘶了一声,贺小旭认命,起身往里走了几步,坐到卜那那机位上,打开网页,低声吐槽:"打职业打疯了吧?把键盘当老婆,谁都不能碰。"

祁醉没理他,随手敲了几下自己的键盘。

贺小旭疑惑地看向祁醉:"这什么声音?"

祁醉面无表情:"什么什么声音?"

"你不是只用青轴吗?"贺小旭看向祁醉的键盘,"刚这声音……是红轴?"

祁醉点头,贺小旭笑了:"以前是谁说红轴太软没感觉?"

"红轴省力气。"祁醉不耐烦,"你有完没?名单呢?"

"好了好了。"贺小旭把名单拷贝下来发给祁醉,"看你微信。"

"IAC、母狮、Wolves……"祁醉拿出手机打开微信,一连串名单看下来脸色越来越沉,"NON、TGC……呵,骑士团一队也来?花落他是闲出鸟儿了?"

骑士军团,国内实力不输HOG的一个老牌游戏俱乐部,花落是他们绝地求生分部的队长。

贺小旭不敢触祁醉的霉头,尴尬一笑:"骑士团肯定看不上这点儿奖金,但最近两个月没什么比赛了……他们最近也招了几个新人,得练兵啊。"

先不说前面那些一线战队,看见花落祁醉就知道于炀没戏了,祁醉跟他交

第三章

手多年，比任何人都清楚他什么水平，祁醉把手机收起来，转身下楼了。

今冬的第一场流感席卷了魔都，心理辅导师谢辰在家不幸中招，不敢把病毒带回来传染给一个个命比金子贵的选手，迟了一个星期，待感冒完全好了才回基地。

就这他还被贺小旭勒令全天戴好口罩，且一星期内不许上三楼。

"长话短说。"祁醉坐在休息室里，看着谢辰，"半小时后有个比赛，我得去盯着。"

"不是二队的比赛吗？又没你的事。"谢辰笑眯眯地坐在祁醉对面，双手交握，期待道，"祁神终于也需要我的帮助了吗？"

谢辰不过刚三十出头，他性格跳脱，非常不沉稳，以至于让祁醉一度想不明白战队每年花那么多钱请这么个人放在队里是为了什么。

如今他戴着口罩倒是有了点心理辅导的架势，谢辰认真道："忏悔吧，孩子，天父仁慈。"

"没心情跟你贫。"祁醉把手机丢到一边，"Youth你知道吧？"

谢辰点头："当然。"

祁醉道："是你跟赖华和贺小旭说，他暂时不适合进二队的？"

"是。"谢辰见祁醉真是说正事，收了嬉闹的腔调，"我不建议。"

祁醉："原因。"

谢辰迟疑了。

祁醉冷笑："你不让我们要他，不给理由？"

谢辰无法，只得道："我初步判断……他有焦虑症的倾向。"

祁醉眉头拧起。

祁醉不太明白："焦虑……焦虑什么？"

"也许没那么严重，只是负性情结。"谢辰一摊手，"我只是个心理咨询师，我不具备诊断权限，不过你让他去正规医院咨询，医生应该会给他做往焦虑方向为主的诊断。"

"怎么得的病？"祁醉脑子里不断闪现一年前的种种画面，不太能接受，"他不就是孤僻了点吗？他……这病怎么治？"

"不一定是病，可能只是负性……算了，跟你说不清。"谢辰放弃解释，无奈道，"是什么原因引起的我怎么会知道，怎么治……祁队，我说了，我就是个辅导师，我不具备……"

"那要你有什么用？"祁醉心里烦躁，反问，"严重不严重你总知道吧？"

"我判断是不算严重，但是……"谢辰顿了下，"我仍然不建议。我听赖教练说了，队里想把他当主力培养，也就是说他将来可能要代表俱乐部出征各类大赛。赛场上你比我清楚，所有问题都会被无限放大，他要是突然出了什么问题，那……你懂得。"

"他什么时候会出问题？"祁醉心中那团迷雾一点一点消失殆尽，有个祁醉不太敢相信的念头呼之欲出，"出问题了，会怎么样？"

"不一定，Youth这个情况一般是有自己特定的负面触发情景，会怎么样……常见的就是一些自主神经紊乱的症状。"谢辰解释道，"比如胸闷、出汗、呼吸困难、躯体震颤……"

祁醉回忆一年前走廊里的画面，闭了闭眼……全中。

祁醉沉默良久，突然砸了一下桌子，骂了一句脏话。

谢辰吓了一跳："怎……怎么了？"

祁醉的手机嗡了一声，他看了一眼……七点四十七分，于炀的solo赛八点钟就要开始了。

"回头再找你。"祁醉出了训练室。

在线赛，选手在各自基地参加即可，二队三个人和于炀就在一楼训练室里参加比赛，祁醉隔着玻璃墙看了一会儿，于炀始终背对着他，祁醉不想影响于炀发挥，回了三楼。

"脸色怎么这么难看？"贺小旭端着饮料上楼，拖了把椅子过来坐到祁醉旁边，"我跟你一起看。"

祁醉没说话，坐到自己位置上点开比赛直播频道。

比赛已经进行了两天，前天是四排赛，昨天是二排赛，今天是solo单排赛。

这两天的比赛里HOG成绩一般，前天四排赛里排名第十一，昨天于炀所在的二排队排名十七。

这次比赛有太多一线战队参加了，HOG派出了二队应战，名次不好是意料中的事。二队三个人本来还很兴奋，贺小旭跟每个人都说了，solo赛拿金锅的人当晚就能上三楼，但两天里让各路大神教做人后个个都冷静了。

水平相差过多，已经不能推锅给运气或者是发挥了。

不行就是不行。

"Youth这一星期都在练单排，昨天一直训练到今天凌晨六点，最多就睡了四个小时……"贺小旭想想就觉得头大，唏嘘道，"他是真能拼，明明已经知道不可能了。"

祁醉静静地看着直播界面里于炀的游戏ID，眼神复杂："他一直是这样。"

那年火焰杯的时候就是，训练室里，于炀永远是最早来、最晚走的那个。

不然的话，也遇不到一时兴起要去训练室练两把手的祁醉。

solo赛一共有五场，比赛成绩是五场游戏的总积分，每场的积分由两部分组成：排名积分和人头积分。

每个排名有特定的积分，第一名，俗称的"吃鸡"是500分，第二名395分，第三名335分……随着名次降低，积分逐级减少，排名低于二十的，获取积分不足100分。

人头积分就简单了，每场成功击杀一个人算一个人头，合算10分，两个人头20分，以此类推。

两项积分加起来，就是选手在这一场比赛中的成绩积分，五场比赛总积分第一的人，就是这次solo赛的冠军。

第一局比赛已经开始了。由于一星期前祁醉亲手带的那个大节奏，于炀未战已成名，导播频频把视角切在于炀身上。祁醉微微眯着眼看着于炀，贺小旭并不太懂技术层面的东西，忍不住问祁醉："于炀跳的位置行吗？我还没看过他的单排呢，这局怎么样？"

祁醉轻轻摇头。

于炀选点并没错，他跳的是废墟，但这局的安全圈位置太垃圾了，刷在了

35

矿山，实实在在的天谴圈，透过导播的上帝视角，于炀要进安全圈，至少要被三路人卡。

于炀没有上帝视角，游戏里，他只能透过脚步声、草丛声、敌方暴露出的身体，还有自己对地形场景的熟悉来判断进圈路线，于炀已足够小心，他开车去了伐木场，准备等机场那拨人进圈后再走，没想到骑士团的花落一直"苟"在M城没离开，就等着收割最后一拨进圈的小朋友，于炀一个身位没卡好，被花落收了人头。

solo赛的参赛者没有队友，不存在队友扶起的情况，倒地就直接出局了。于炀的名次出来了——第二十七名。

"哎呀！这完了！"贺小旭惋惜地咋舌，"我算算……他人头收了五个，但名次太低了啊！名次积分80分，人头50分，一共才130分！完了完了完了。"

成绩是按五场游戏的总积分来计算的，于炀第一场失利太大，后面想追上来基本是不可能了。

更何况……这是第一局。

"这孩子心态不会崩了吧？"贺小旭有点后悔了，"下面四场不好打了吧……这个打击……"

祁醉静静地看着屏幕，不发一言。

十分钟后，第一局比赛结束。骑士团的花落不出意外拿了第一，他这一场收了七个人头，总积分一共570分。

一场比赛，已经和于炀拉开了440分的距离。

第二场比赛开始。

于炀似乎并没有太受影响，他这次选点更谨慎了些，落地后避开众人，找了艘船去了Z城，这次安全区刷在了学校，没太针对他，于炀一路稳扎稳打地拿着人头，成功进了决赛圈，最后一共收了十二个人头，名次第七名，积分325。

第三场比赛，于炀杀了十个人，名次第三，积分435。

贺小旭微微摇头。

这两局勉勉强强，但被第一局拖累，还是差了太多。

祁醉始终没说话。

第三章

他心思并不在比赛上。

谢辰说,于炀可能有焦虑症。

所以……于炀当时情绪激动地推开自己,大口呼吸,不断用手抹脸……

也许并不是因为厌恶自己?

也许并不是私下联系了其他俱乐部?

也许……他只是病发了……

要是真的……

祁醉回想自己当时的反应,再回想一星期前,自己开着直播,当着无数粉丝的面,半开玩笑的那些话。

于炀当时声音发抖,但重复了好几遍。

祁醉咬牙……自己是畜生吗?

这要是真的……

祁醉甚至不敢细想,于炀当时是什么表情。

"祁哥……别这样。"贺小旭以为祁醉还在对自己的苛刻要求耿耿于怀,眼见于炀夺冠无望了,贺小旭讪讪道,"比赛不是多的是吗?这次不行,下次咱们再找机会。"

祁醉心里五味杂陈,自言自语:"晚了。"

"嗨!这有什么晚的,你放心,Youth不至于太沮丧,再有机会,他还能这么拼。"贺小旭看着比赛直播界面,笃定道,"肯定的。"

祁醉没理他。

"真的。"贺小旭不明内情,怕祁醉真怪他了,忍不住卖好,"我没跟你说过于炀家里的事吧?"

祁醉偏过头:"什么?"

一队其他几人都在忙自己的,都戴着隔音耳机,贺小旭还是不放心,下意识地往祁醉身边凑了下,轻声道:"你知道的,青训生必须得查查履历,好多都在别的战队青训过,很多职业选手的合同不清不楚,硬转会,万一有什么事,一些烂摊子都是我来收拾……

"我查于炀的时候,发现不少问题。"

第四局比赛开始。

于炀积分落后过多,他大约是急于赚积分,这次直接跳了机场。

"我们查到,他的学籍停留在了高一。"贺小旭压低声音,"虽然年纪轻轻出来打职业的不少,但高一就出来……就比较少见了。

"他长得小,刚看见他我以为他没成年,特意多注意,还问他了,需不需要他父母来了解一下,免得以后有什么分歧,不好解决……他说不用。

"我后来才了解到……他父亲在他很小的时候就死了。

"他跟着母亲改嫁,他继父的资料……就有些不太体面了。

"他继父,几次因为酗酒滋事被刑拘,好像还有家暴倾向。"

直播界面里,一共六个人跳了机场。

祁醉转头看向贺小旭。

"别说出去。"贺小旭低声道,"不出意外的话,于炀从十二岁就没人管了。"

"十二?"祁醉难以置信地看着贺小旭,"十二岁他能做什么?"

"多了……白天上课,学校总能待着吧?晚上……去网吧看机子,替网管卖卖点卡,总能有个落脚的地方。"贺小旭苦笑,"少爷,你以为谁都跟你似的吗?"

砰的一声,于炀解决掉机场最后一个人,绑好绷带,打好状态,带着五个人头,从机场拼出来了。

祁醉胸口像是杵进了十把重型大狙,沉得他说不出话来。

第四局比赛结束,于炀杀了六个人,排名第二,积分455。

贺小旭心里一动,翻开统计界面……没戏,于炀总积分排名第五。

"我那天就想跟你说,不用总怕他心态崩了影响以后的训练。"贺小旭摊手,"说实话吧,比起你们这些少爷,我更喜欢这样的选手。

"泥坑里长大的孩子,别说给他递绳子,拉他一把了,你就算在地面上不停地对他砸石头,踩着他的肩膀往下踩,只要有一个机会……"第五局比赛开始,贺小旭关了统计界面,"他就能从泥里一点点爬出来。"

祁醉眸子微微颤动,起身下了楼。

第五局比赛开始。

一楼训练室,于炀关了比赛统计……他现在总积分比排名第一的骑士团花落差了300分。

解说刚才已经说了,不出意外,这次solo赛冠军是花落了。

打了四场,于炀能感觉出来,那个人是真的强。

但于炀感觉,他没祁醉强。

只要没祁醉强……

于炀戴好耳机,深吸一口气,跳下了飞机。

只要没祁醉强,于炀就觉得自己还能再拼一下。

从小到大,任何机会,他从来都不会放过。

于炀跳的G城下城区。

"呃……咱们的小Youth这把有点冒进吧?这个航线G城是人满为患啊。"解说员甲摇摇头说,"你看……肉眼可见已经超过十个人了,他这个名次前期还是谨慎些比较好吧?这么冲动,一不小心被人收了人头,就不一定能进前三了。"

比赛只有前三有奖金。

解说员乙点头说:"是,他大概只是来搜物资的,我刚看他已经找到车了,应该是大致搜一下就撤,稳妥起见,前期一定要避免和人硬来。"

一楼训练室,于炀嘴唇微动:"去他的前期避战。"

于炀躲了个侧身,他看着两人落了同一座楼,飞速捡物资,扣上一个二级头,拎了一把SCAR-L就闯了进去。

"这……这么刚的吗?哪儿人多去哪儿。"解说员乙自嘲一笑,"Youth你是不是不想要奖金了?"

"也许他想要的更多。"解说员甲笑笑,"Youth可能要拼第一,那确实……光保名次已经没用了,除了名次积分,还要有一定的人头累积。"

解说员乙闻言笑了:"哈哈哈哈,也可能,毕竟是'少年'。来,我们看看现在最可能拿金锅的选手,花落。"

导播把视角切到花落身上,解说员乙"嚯"了一声,意外道:"花队长这把也很刚,他跳的上城区!那……这很可能跟Youth在前期就遇见啊。"

"两个人就隔着一条大桥。"解说员甲看了一眼地图,"隔海相望,Youth快让你们队长给花落打个电话。"

解说员乙意外地说:"你今天似乎很关注Youth?这么八卦吗?"

"不不不,别瞎带节奏。"解说员甲笑着摆摆手,道,"跟八卦无关,我只是听了个小传闻,HOG一队正在物色一个替补,录取要求就是这次的单排赛第一。"

解说员乙做了个打电话的姿势,认真道:"喂?怎么了花落?好好的队长不想当了?你终于在骑士团待不下去了?这么着急进HOG当替补?"

解说员甲大笑。

说话间,上城区里花落已经收集好物资并收了两个人头。

"三级头三级甲,一把98K一把M416。"解说员乙点头,"花落这把基本没什么问题了。"

解说员甲笑着点头:"HOG的替补位基本稳了,让我们等待一个转会新闻。"

祁醉回到三楼训练室,坐回自己的机位上。

"你干吗去了?"贺小旭从头到脚看看祁醉,"你怎么了?"

"冲了一把脸。"祁醉的刘海上还带着点点水珠,他静静地看着计算机屏幕,"没事。"

贺小旭心有余悸:"吓死我了,我还以为你真给花落打电话去了。"

祁醉皱眉:"我给他打什么电话?"

"让他放……"贺小旭咳了下,"放水啊。"

"小看我祁哥了。"卜那那不知何时把耳机摘了,他刚打完一局游戏,退出游戏界面,也打开了直播,"放心吧,别说这局游戏只关系到于炀能不能来一队,就算是他这局不能拿第一就要被轰出HOG,祁哥也不会帮他去求情……就是这么无情无义的。"

贺小旭笑笑:"是是,我小人之心,我小看祁哥了。"

第三章

"你不是小看我了。"祁醉看着屏幕,淡淡道,"你是小看他了。"

游戏里,于炀在房区听到远处的98K枪声,右下角实时刷出系统公告:"Knight-Flower使用98K杀死了TGC-Yeah"

于炀看着击杀公告眸子微微发亮……

Knight-Flower,骑士团花落。

三楼,祁醉轻敲桌面:"花落没搜到消音器。"

"什么?"贺小旭完全状况外,"你怎么知道的?"

卜那那糟心地看了贺小旭一眼:"亏你也玩了这么久'绝地',刚导播切Youth视角,你没听见上城区桥上98K枪声?再看击杀公告,傻子也知道那枪是花落放的了。"

贺小旭茫然:"什么大动静?我怎么没听见?刚有枪声吗?有声音我听不见?"

"你这耳朵……"卜那那怜悯地看了一眼这个普通玩家,"没事,当我没说。"

一楼,于炀左手抬起调整了一下耳机,大致估算了下花落的位置。解决掉了住宅区的人后,他找了一辆车。横穿集装箱区后,他远远地停了车,自己下车慢慢蹭到了桥口掩体后,静静等着。

"哇,Youth这是来狙花落了!"解说员甲兴奋起来,"小少年果然是对第一有想法的!"

解说员乙笑道:"不过Youth这一手有点太冒险了吧,这要是被花落反吃了,他前三都进不了了,我们看看他的装备……"

"满一级甲和百分之六十的三级头,一把迷你一把SCAR-L……"解说员甲摇头说,"从装备上说,这个就跟花落差得有点多了啊。"

解说员乙道:"我看他刚才经过集装箱时没有停下来搜,不过他也没时间了,再耽搁花落就走了。"

"有点难啊……花落应该是能预测到有人要来收过桥费的。"解说员甲摇头说,"这要是被花落发现他位置,反过来对枪的话……哈哈哈哈哈,第一局的经验告诉我们,Youth似乎对不过花落。"

解说员乙点头说:"太难了,何况花落本身阴人的经验应该比Youth足。"

说话间,花落已经出城了。

他果然没上桥,这条河并不宽,花落选择把桥当掩体,从桥下游过来。

不过于炀停在相反方向的那辆车还是吸引了花落的注意力,花落预判车后有人,特意贴着桥的另一侧上岸……正好跟于炀贴脸。

等的就是这一刻!

四倍镜里,于炀瞄着花落的头,准星随着花落走……开火!

于炀连点三枪,中了两枪,奈何花落防具太好,迷你14伤害又低,花落残血撤回桥底,找到了掩体。

"哎呀!"贺小旭紧张死了,"可惜了可惜了,Youth要是有把大狙,花落就真凉了!可惜了可惜了。"

解说员甲也觉得很可惜,摇头道:"差一点……不过还好,现在还是于炀位置占优,他现在上车先走,花落不一定会出来狙他,先进安全区,他还能保个名次。"

于炀卡了个背坡,趴在地上,静静地瞄着花落的位置。

"Youth还不走!"解说员乙失笑,"他还准备跟花落对枪!我们的小Youth似乎已经忘了第一局是谁让他'落地成盒'了!"

解说员甲惋惜道:"还是走比较好吧,这马上缩圈了,一会儿就要吃毒了啊!再不走……那很可能又要重复第一局的剧本了。"

还有三十秒缩安全区,于炀伏在背坡后侧身吃了一瓶止疼药,重新开镜架枪。

花落露了头,于炀几乎是同一时刻射击。另一边,花落甩狙,一枪爆了于炀的三级头,于炀血量见底,只剩下了血皮,瞬间缩回背坡。

"说了别对枪!"解说员甲替于炀着急,"头部防具没了,现在开车走都来不及了。"

于炀当然不会走,他在背坡左侧露了半个身位,半秒钟后,左侧耳机不出意料发出一个微弱的拉栓声,于炀迅速右撤打药。

几秒钟后,一颗雷炸在了于炀左侧。

第三章

"漂亮!"解说员乙赞叹,"这个躲雷漂亮。"

一颗雷的时间,足够于炀打满了血,但三级头已经没了,花落随便给他一枪就能要了他的命。

于炀换了SCAR-L,继续慢慢地往右侧蹲。

"Youth换突击枪了,还要刚。"解说员甲不敢相信,"很少见啊……这种情况下还能这么沉稳。"

于炀没有手雷,只有一个烟幕弹,他拉了引线,往自己那辆车的方向扔了过去,车周围瞬间烟雾弥漫。

解说员乙快速道:"这是要做什么?Youth终于发现对不过要开始战略性撤退了吗?但有点晚了啊少年,你现在上车肯定要被花落打的啊!"

花落也换了M416,都没开镜,直接腰射扫车。

"花落怎么可能让他走啊!"贺小旭着急,"这车再没了就真完了,名次都……咦?咦!"

"HOG-Youth使用SCAR-L杀死了Knight-Flower。"

"棒!"解说员甲愣了一下后大笑,"导播,快!把视角给Youth!他根本就没去车上!我们现在不能看重播,但刚才应该是放出烟幕弹后,Youth没往车那边走,他一直在原地,就等着花落扫车的那一秒从背坡出来扛着毒打花落一个背身!棒!Youth这次对枪厉害!第一局的这一枪他还给花落了!"

于炀嘴角微微勾起,深呼吸了下,连续五局,他第一次露出个笑意。

太爽了!

毒圈已经来了,于炀又吃了一瓶止疼药扛着,迅速跑到花落盒子的位置上捡起花落的98K还有三级头。

花落物资丰富,于炀稳赚一拨!

"可以可以。"卜那那忍不住赞了一声,"活生生把花落磨死了!"

祁醉紧紧地盯着屏幕,指尖微微发颤……花落这局名次是第二十七,他已经收了六个人头,这局积分140,于炀总积分要超过他,这局要拿到超过440分,但这只是花落的,排名在于炀前面的还有三个。

贺小旭打开实时积分界面,前五里面剩下三个都还活着,有一个已经拿了

43

七个人头。

"花落已经解决了,但还是难……这局必须得吃鸡才有可能,那三个人里随便一个人拿了第一就彻底没戏了。"贺小旭不自觉地也跟着兴奋了,喃喃道,"加把劲儿啊Youth,三楼你的机位我马上给你准备好。"

于炀收了花落的物资,安全区又刷了,他看了一眼地图……

解说员甲失笑:"又是一个天谴圈!Youth这命是多不好!"

祁醉心里一疼,眸子瞬间缩了下。

冥冥之中似有注定,偏偏就要作弄于炀,这次安全区刷在了M城,和于炀隔了半张地图!

于炀扔了包里的垃圾,收好药品后迅速跑毒。不出意外,他应该是最晚进安全区的了,前面不知道多少人卡着毒圈在堵着他,要顺利进圈肯定少不了要交火,但……

于炀眼睛发亮,他很期待。

天谴就天谴,被人一层层地卡就让他们卡,被迫一次次交火就交火,那能怎么样?

每次交火,只要他不死,对面就得死。

他就能收下一个人头。

一个人头10分,每多10分,就意味着他距离一队又近了一步。

于炀最不怕的,就是这么一步步地往前爬。

游戏界面右上角的存活人数不断刷新,26、22、17、8、3……

于炀还活着!

导播的视角又给到于炀,解说员连续解说了好几个小时,嗓子已经微微发哑却丝毫不现疲态。解说员甲语速飞快:"现在只剩下Youth和目前积分排名第一的TGC-Caesar了!两个人的血线都不健康!Youth已经把98K扔了,只剩下一把突击、一把喷子,看来是要继续拼了,Caesar现在手里也是有一把喷子,而且他的药非常多,显然他现在是想跟对方吃毒拼药了!Youth刚才一路杀过来,药品已经所剩无几了!两个人现在积分只差60分,如果Caesar吃鸡,那他将获得本次比赛solo赛的冠军!我相信大家已跟我一同见证了这个金锅的含金量!不知道Youth现在还会不会继续选择正面刚,如果刚赢了他拿了第一的话,他不单单会拿走我们的奖金,他还会……啊啊啊啊啊啊!"

"砰!"

于炀摘了耳机丢在桌上,眼眶发红,胸口剧烈起伏。

"HOG-Youth使用S1897杀死了TGC-Caesar!"

"Youth神!"

"Youth神厉害啊啊啊啊啊!天谴第一!"

"一喷倒地!"

"本次PUBG比赛solo赛冠军为HOG战队的新锐Youth!恭喜Youth!"

"恭喜Youth!恭喜HOG!恭喜战队又收入一员猛将!非常期待有了Youth神的HOG一队!"

骑士团基地,队长花落关了游戏界面,捞过手机拨了个电话。

"长话短说,有急事。"

"你能有什么急事。"花落笑吟吟,"小朋友很厉害嘛,只当替补有点可惜了吧?给兄弟个面子,让他转来骑士团吧,反正你也不缺他。"

"你有毛……"祁醉顿了下,嗤笑,"可以,你自己去问他……看他会不会理你。"

想起于炀刚才那一枪,祁醉心跳还会加快,他嘲讽一笑:"菜。"

"哎呀,一时失误。"花落无奈地笑笑,"我没跟你开玩笑,让他来骑士团吧,我真的想要他。"

祁醉匆匆下楼:"没正事我挂了。"

"这么不给面子?"花落饶有兴味,"他不就是你的一个青训生吗?"

祁醉下楼:"不是。"

花落好奇:"嗯?"

祁醉走到一楼,隔着玻璃墙看着于炀,声不可闻,"还是我未来的……"

"Youth厉害!"贺小旭先祁醉一步已经在一楼训练室了,他没预料到于炀单排能这么厉害,也有点兴奋地说,"国内solo赛一直是短板,没想到你单排这

么厉害，可以可以……这样，听我安排好吧？"

"solo赛冠军奖金三万，我代表战队，不要Youth的任何奖金分成了，分到二队这个月的奖金里，好吧？大家虽然没拿到名次，但这一星期准备比赛都蛮辛苦。"贺小旭朝于炀递了个眼色，笑道，"可以吧，于炀？"

于炀坐在桌子上，心跳还快着，脑子里不断闪现刚才比赛的片段，指尖还在微微发抖，他闻言抬眸，片刻明白了贺小旭的言外之意。

贺小旭怕别人因妒生恨，暗地里给自己使绊子，暗示自己送个人情。

"我那份也不要了，三万全归到奖金里吧。"于炀点头，"大家一起分。"

贺小旭放下心，到底是自己一个人在外面混过的，比毛头小子们懂人情世故。

"不好吧。"二队队长辛巴不好意思地一笑，"solo赛，我们也没出力……"

于炀刚才不自觉地出了不少汗，头发已经潮了，几绺碎发沾在额头上，颇不舒服，他从裤兜里摸了个皮筋出来把一头半长的黄毛随意扎了下，摇头："四排二排都出了力的。"

另外两个二队队员本来还有点情绪，闻言瞬间不好意思起来，纷纷看向贺小旭，贺小旭笑笑："也好，听于炀的吧。大家这一星期都不轻松，今天晚上二队的外卖战队报销，大家辛苦了。"

大家纷纷谢过贺小旭。二队队员和青训生们想恭喜于炀，但忌惮着他的性格又不太敢，只有二队队长辛巴对于炀真心实意道："今天最后这一局是真'天秀'，服气。"

辛巴靠得有点近，于炀不太适应地往后让了下，微微点了一下头。

大家都习惯于炀这样了，并不觉得怎么，几个人纷纷谢过于炀的分红，打闹着嚷嚷点外卖，辛巴笑笑："沾你光了，我也点夜宵去……用不用给你点一份？你吃什么？"

"打扰一下。"

有人轻轻敲了敲一楼训练室的门框。大家看过去，嘈杂的训练室瞬间安静了，几个勾肩搭背的青训生迅速推开彼此立正站好。

第三章

于炀还坐在桌子上,他下意识侧头看过去,猛地咳了下,跌下桌子,迅速站到自己电竞椅后面。

祁醉站在训练室门口,一笑:"你们应该不是要聚餐吧?"

辛巴咽了下口水,摇头说:"不是。"

"那就好,Youth……"祁醉看向于炀,捏了捏手里的车钥匙,"你……吃不吃夜宵?"

于炀嘴唇动了动,心跳又加快了。

贺小旭一愣,来回看看两人,见于炀没说话,突然道:"他吃!他肯定吃,都这么晚了,准假准假,去吧去吧。"

于炀攥了一下手,拎起外套披上,拿了手机走了出来。

于炀穿好衣服,出了基地,上了祁醉的车,直到祁醉将车开到路上,他都是浑浑噩噩的。

比赛赢了,他马上就要进一队了,祁醉找他出来吃夜宵……

于炀几乎觉得自己是因战后兴奋出现幻觉了,他下意识想摸烟,乍想起祁醉从不吸烟,登时打消了这念头。

祁醉侧头看看于炀,见他指尖微微发颤,以为他是冷,将温度调高了点:"好点了吗?想……想吃什么?"

"都……都好。"于炀尽力让自己语气平静一点,"我不挑,都好。"

祁醉极力回忆,但很可惜,之前短暂的一个月相处时间里,两个人日夜都在封闭集训场地,吃的都是举办方准备的饭菜,祁醉实在想不起来于炀偏爱什么。

于炀偏头看了祁醉一眼,怕祁醉以为自己兴致不高,匆匆补充:"我是真的都行,要不吃……吃……吃面吧。"

"面?"祁醉忍不住笑了下,随即点点头,"你是真的饿了……好,想吃就带你去。"

于炀话音落地就后悔了,祁醉叫他出来,怎么也该去个安静点的环境好点的场所,如果有机会,自己又说得出话来的话,没准还能多聊几句。

奈何祁醉答应了,于炀愤懑地抓了一把头发,闭嘴等着。

47

祁醉掉转车头，往江边方向开了过去。

于炀的顾虑完全没必要，祁神的包袱比他重多了，吃个夜宵，也要找个优雅静谧的馆子。吃碗面，也要点铺满蟹黄撒上金箔的。

"吃吧。"于炀是北方人，祁醉不确定他的口味，"这家醉蟹还可以，尝一点？"

于炀摇头："不了。"

不能接受吃生的东西，祁醉在心里默默道。

两人都是一肚子的顾虑，一时间相对无言，只能低头吃面。

祁醉并不饿，吃了两口就放下了，他一边喝汤一边拿出手机不动声色地飞速给心理辅导师谢辰发微信。

祁醉：你说于炀有特定的负面触发场景，是什么场景？

谢辰：这我哪儿猜得到？他上次表现出抵触情绪，是什么时候？

祁醉：前年，我搂着他拍他后背的时候。

谢辰：什么玩意儿？！你跟于炀早就认识了？！

祁醉：他有没有可能是接受不了别人靠近？

谢辰：你跟于炀那么早就认识了？！哇！瞒得够可以啊！呃……有可能，但不能肯定，毕竟那个场景很复杂，没法直接判断，再说焦虑症情况很复杂，不是有个引线一点就着，情况也要分很多种……你跟于炀到底什么时候认识的？！你这是要轰炸整个电竞圈吗？！

祁醉：闭嘴。

谢辰：好吧，这些只是咱们的分析……包括我猜测他有焦虑症。

谢辰：我建议你稍微和缓一点，等他完全信任你的时候，说服他，让他自己来找我谈，或者找个更专业的心理医生，都可以。

谢辰：这个事儿急不得，不要贸然冲动，反复刺激他，一定要他自己渴望治疗才行，他这个情况是要先做心理引导，自己不主动没办法进行。

祁醉：怎么主动？

谢辰：假设亲密行为就是他的负面触发导火索，那他在非常想和你多接触，又得到你的回应的时候，自然会想主动治疗。

祁醉：要不是呢？

谢辰：那……我无能为力，只能是他自己说出来，自己配合，才能进行治疗。猜是猜不到的。

谢辰：我之前跟他交流过，也尝试着想帮他，但他防备心很强，很抵触。所以就算不是……还是需要你，让他信任你，你来说服他，让他意识到他有一些小病症，需要治疗。

谢辰：总之，别太冒进。

祁醉：……

谢辰：哈哈哈哈，温柔点，安抚个小男生而已，简单了。

"你……有事？"于炀见祁醉一直在看手机，咽了一口汤，"我吃得差不多了，可以回去了。"

"抱歉，没事。"祁醉把手机扔到一边，"你接着吃，我还没吃饱呢。"

于炀拿了颗花生放嘴里慢慢嚼着，他趁着自己还说得出话来，低声道："你叫我……是有事吗？"

祁醉闻言筷子一顿。

祁醉默默咽下嘴里的面，心里五味杂陈。

有事，当然有事。

祁醉有好多事想问于炀。

他家里到底是怎么回事。

他是不是真的有焦虑症。

他十二岁离家，到底经历过什么。

来HOG，到底是不是为了自己。

还有……

祁醉放下筷子，抿了一口姜茶："那年，你是真心关注我的吗？"

于炀愣了一下，突然觉得这场景无比熟悉。

他现在如果说"是"，祁醉会不会又以为，自己在骗他，好靠他在战队里更吃得开？

最近几次和祁醉碰面，祁醉已经不再那么针对他了，现在还可以同桌吃饭

49

了,要是再误会他……

有团东西突然堵在了于炀喉咙口,于炀费力地张了张口,浑身的骨头都在跟他较劲。于炀不知道这个情况下说什么会更好一点,说点什么能不再次搞砸,能让祁醉相信,他是真的想和他一起打比赛……

"不好意思说,还是不想说?"祁醉轻叩桌面,一笑,"别这么紧张,你可以先反问我。"

于炀下意识顺着祁醉的话道:"你是真……"

"我是。"

于炀一怔,眼眶瞬间红了。

祁醉静静地看着于炀,认真道,"那年是,现在也是。"

AWM

第四章

于炀额角沁汗,指尖掐在茶杯上,微微泛白。

现在对祁醉坦白一切?自己那些荒诞的过往,祁醉会相信吗?

于炀不想重复那年走廊里自己奋力把祁醉推开的画面,和祁醉的关系恢复到现在太不容易。于炀小心到极点,不敢搞砸。

"我那时候……没耍你。"于炀嘴唇发干,他来回舔嘴唇,尽力让自己说清楚一点,"不用你我也能拿到第一,总是去找你……不是为了别的……"

"我……"刚拿了solo赛冠军的炀神难得地示弱,"我后来找过你……"

祁醉回忆了下自己那几个月的行程,默默无言。

"我当时……"于炀心跳又开始加快了,他费力道,"我不适应……"

于炀在心里拼命祈祷,祁醉千万别问他为什么会不适应。

以前那些烂事……他没法让祁醉知道。

祁醉轻轻吸了一口气,果然是。

祁醉比于炀更不想刺激到对方,一笑,占了个口头便宜:"那算什么?"

于炀愣了下,原本发白的脸颊迅速红了。

祁醉的手机振动了下,他垂眸看了一眼……

谢辰:他要是愿意跟你交流,别太着急,慢慢来,一定要让他自己主动想接受治疗,等着让他来找我,别把他吓回去。

祁醉把手机收回兜里,看着额头尽是汗珠的于炀轻轻叹了口气,再问下去的话,于炀真的要发病了。

"别这样,好像我带你出来刑讯似的。"祁醉放松道,"以后在一个队伍了,有的是时间,不过……"

祁醉放下手里的小茶杯:"希望你记得,我曾经在不确定你是不是耍我的情况下,第二次向你摊开双手。"

第四章

于炀眸子一颤,心口狠狠地疼了下。

"对我来说这事儿有点难,希望你能记得,将来可以的话……"祁醉尽力把控着语气,一笑,"可以'好好'报答我。"

于炀嘴唇微微颤动,后背开始一层层地冒汗。

"不早了。"祁醉察觉到他的不适,不再说这些,看了一眼时间,"吃饱了吗?"

于炀点点头,他双手发僵,习惯性地掏钱包。祁醉失笑,没理他,自己先一步结账了。

"贺小旭是说把你的奖金给二队当分红吧?"回基地的路上,祁醉突然问道。

于炀下意识点了下头,忙又摇头:"不是,是我自己说的。"

"不用理他……他一贯这么安抚民心,奖金等比赛主办方拨过来,他还会原封不动给你,那点儿空子战队会补上。"祁醉边开车边淡淡道,"贺小旭有时候挺烦人,但人情处理上可以信他,不会让你吃亏。"

于炀这才明白过来,贺小旭刚才是纯让自己做人情,忙道:"没事,我出就行,反正……我有钱。"

"有钱……"祁醉禁不住笑了下,摇头,"好,我知道了。"

于炀没太明白祁醉笑什么,嘴唇动了动,最终也没问。

不过翌日他就清楚了。

"因为是你进队的第一年,还是替补,所以只能按底线来,年薪一百万,按季发钱。"贺小旭早早拟好合同,搓搓手,"这只是底薪,其他还有每月咱们队内的奖金、你的比赛奖金、你的个人代言费、你和直播平台的签约费……这些就全靠你自己了,加油,等你混得和祁队一样,就能躺着数钱了。奖金和代言的分成你早就了解了,直播这个……肯定是要在咱们的合作平台直播的,可以吧?"

在哪儿都一样,于炀并不在意,点点头。

"直播签约费是一百二十万,不包括打赏,要求是每月不少于六十个小时。"贺小旭把直播合同递给于炀,"有一点记得,队内规定,练习赛的时候不能直播,其他时间随意,但也不能影响正常作息,最近刚有人因为这个被罚了。"

"知道。"于炀低头细看合同,虽然已经打了几年电竞了,还是忍不住低声叹,"这么多……"

"这算多?"贺小旭笑笑,"知道直播平台给祁神提的签约费是多少吗?"

于炀摇头,也不想打听这种隐私,贺小旭笑了:"没事儿,这个能说,四千万。"

于炀呛了下。

"哈哈哈,但是祁醉没签。"贺小旭叹气,"他不缺这个钱,嫌直播耽误练习,没办法,也没人能劝他……不过不签也有好处,他不签,但是偶尔会在咱们战队频道无偿直播一两个小时,就为了这个,直播平台给咱们战队队员的签约费都抬得高。"

贺小旭一笑:"你这一百二十万是沾祁醉的光了。"

直播容易被观众影响,确实不利于训练,于炀迟疑片刻,道:"那我也别播了……"

"别、别、别,别不学好!"贺小旭吓出一身汗,"你还没攒下家底和人气呢,别跟那老东西学。"

于炀犹豫了下,签了。

"别跟他比,祁醉也不是一开始就这么随性,他刚入行那会儿,国内电竞行业不景气,为了给战队拉赞助,他跟老赖他们什么比赛都打。"贺小旭唏嘘,"你们是赶上好时候了,卜那那刚进队那会儿也吃过苦。现在跟老凯和俞浅兮他们说,他们都不信。"

贺小旭怕于炀年纪小,拿了钱乱花,忍不住嘱咐:"估计你这些年也攒了些钱了,不至于跟真新人一样,但我还是多说一句,别学他们乱买跑车,攒多了买套房子,不懂理财的话就别乱投资。想打职业的数不胜数,但能混到你们这一步太难了,珍惜点,都是青春饭,说是拿命换钱也不为过。"

于炀自然比谁都清楚钱来得有多不容易,他点点头,低头签字。

"妥了。"贺小旭收好合同，正色，伸出右手，"欢迎你，Youth，不管是什么席位，从你正式入队这天起，HOG每一分每一秒都需要你。"

于炀深吸一口气，迟疑片刻，抬手用拳头在贺小旭手上撞了下。

"呃……好。"贺小旭头一次在欢迎新队员的时候遇见这么酷的，愣是没反应过来，他攥了一下手，干笑了下，"走，带你去看你的机位，你看看有什么需要的。"

两人上三楼，贺小旭边走边道："你的机子跟几个正式队员的一样，都是顶配，外设是赞助商提供的，也算是不错的了。但一队那几个都还是用自己喜欢的，特别是祁醉，他那个键盘和耳机，顶我一个月工资了，奢侈！你们对外设要求都太高，这个队内就不报销啊。"

于炀摇头："我不挑。"

"那就好。"贺小旭进了训练室说，"这，你的机位。"

训练室采光最好的机位前，祁醉正倚在桌边看手机，见人来了便收起手机，看向自己旁边的机位："游戏已经给你下好了，我给你……添了个耳机。"

于炀看了一眼那耳机，心里一动，耳朵有点热……

那耳机跟祁醉桌上的是同款。

"键盘！看看那键盘！哥哥我给你添的。"卜那那瘫在电竞椅上，指指自己身边的人，"这是老凯，他给你换了个鼠标，没我给的键盘贵啊，记清楚，别弄混。"

老凯正在单排，不方便打招呼，抬手挥了挥，顺手给了卜那那一掌。

于炀愣了下，他最不擅长应对这种场合，心里发热，面上僵硬无比："谢……谢谢。"

"哎呀小意思，有空双排啊，我跟你一样是突击位。"卜那那挑眉，"咱俩一起刚机场去，击杀刷屏，吓死他们。"

祁醉嗤笑："两突击双排？"

"那那……稍微在意一下我的感受。"老凯，一队的副狙击位一边跑毒一边道，"昨天你还跟我约今晚冲分呢。"

卜那那忙改口："开玩笑开玩笑。"

55

俞浅兮脸色铁青，似是忍无可忍一般，起身要出训练室。

"浅兮。"祁醉收起手机，偏头看向他，"有急事？没有就先打完你那一局。"

俞浅兮停住脚，咬了咬牙，想走又不敢不听祁醉的，转身回到了自己位置上，送了人头才冷着脸出去。

"他……"卜那那尴尬，"他怎么了？"

老凯抬眸扫了于炀一眼："有点情绪吧。"

卜那那无辜地拍拍肚子，习惯性地和稀泥："招来个突击位替补，该有情绪的是我吧？他……嗨，应该是不舒服，病了。"

祁醉淡漠道："心病。"

"先别管他，你们该训练训练，我一会儿找他谈谈。"贺小旭笑笑，"好了，迎新结束，该做什么做什么，训练训练！"

祁醉淡淡地看了门口一眼，坐回自己位置上，打开游戏，单排冲分。

贺小旭蹑手蹑脚地拿出个摄像头给于炀安上，一笑："该送的他们都送了，我给你个摄像头，一会儿开直播把摄像头开开啊，吸点颜粉……对了，你这个衣服……"

贺小旭心心念念网店上新卖队服的事，看了于炀身上的衣服一眼，皱眉，商量道："你的队服还没印好，反正名字在后背，别人也看不见，一会儿直播能不能先穿老凯的？宣传效果好一点，你俩身材差不多，应该合适。"

于炀自然无可无不可。

"等下啊。"老凯答应着，"打完这局我去拿件洗过的。"

"不用了。"祁醉这一局比赛已经开始了。他落地先解决了一个人，找了个安全的房间躲好，摘了耳机。

游戏界面，祁醉藏的楼上又摸上来人了。祁醉眼睛盯着屏幕，拉下拉链，脱下队服外套，扔到了于炀桌上。

老凯看了贺小旭一眼，两人心照不宣地一笑。

于炀拿起祁醉的队服，耳郭微微发热。

贺小旭看着这明显大一号的队服彻底服气，他懒得跟这个老痞子讲道理，

第四章

嘱咐于炀穿好了再开直播，自己便去找俞浅兮了。

卜那那闷声笑了一声，自己也去打单排了。

祁醉则好似什么也没发生一般，戴上耳机，在游戏里继续跟人绕房区。

直到余光里，看到于炀红着脸默默地穿上印着"Drunk"的队服时，祁醉的嘴角才微微勾起了一个弧度。

"好好的，你闹什么脾气？"贺小旭把俞浅兮叫到休息室，关上门，苦口婆心地做他工作，"你没看见祁醉脸都放下来了？幸好赖教练不在，不然看你单排送人头不得骂死你？当着新人的面，你非要找骂不可？"

"他们平时就少骂我了？"俞浅兮埋头玩手机，冷笑，"新人？不是我，他能进战队？哦，不能叫新人了，马上就不是了吧？"

贺小旭没听明白："我……我到现在还不知道你怎么了，从昨晚就一直这样，你有什么情绪？"

"行，敞开了说。"俞浅兮扔了手机，看着贺小旭冷笑，"好好的，祁醉招个替补来做什么？准备替谁？"

贺小旭失笑："你以为Youth是来替你的？"

俞浅兮反问："不然呢？"

俞浅兮自嘲一笑："老凯，明明天分一般，就因为会卖苦力又不抢风头，祁醉和赖华就喜欢他。

"卜那那？呵……更不行了，人家是祁醉老队友，祁醉自己采访的时候都说过，跟他的感情和别人不一样。

"他俩都是祁醉的亲兵，祁醉肯定不舍得赶走吧？那还能是谁？"俞浅兮这股气憋了太久，话一出口就收不住了，他看着贺小旭讥讽一笑，"还是说……电竞之光、神之右手他终于想退役了？"

"闭嘴！"贺小旭勃然大怒，"你疯了？！"

"看吧。"俞浅兮一摊手，"他更是连提都不能提了，整个战队的赞助都靠着他呢，是，我们连签个直播合同都要占他便宜……你自己也清楚，他们三个都不可能下，那还剩谁？

57

"我入队晚,刚半年,还不像他俩似的,是祁醉亲自挑进来的。赖华那次骂我不还说了吗,"俞浅夕阴冷一笑,"要不是之前的队员退役仓促,实在找不到合适的人,怎么也轮不上我。"

"赖教练那是气话!而且你当时做了什么你不记得了?"贺小旭彻底听不下去了,怒道,"需不需要我提醒你啊?你当时明明只请了三天的假!但出去足足耽搁了快一个星期!"

贺小旭起身,转了一圈走回来看着俞浅夕,压着火:"你这个不跟祁醉比了?啊?你至少还有假期!你看看祁醉!除了年假回家几天,他离开过基地吗?这些年他有过假期吗?!"

"我当然跟他比不了。"俞浅夕讥讽道,"一天只训练四五个小时,一个月也不一定能直播一次,还得是你们哭着求着让他播。我呢?我快累死了!就因为多直播了几个小时,就被祁醉、赖华挨个教训。"

"只是这几个月而已!他当年一天只睡四五个小时的时候还没你呢!"贺小旭怒不可遏,"你跟他比?他训练得少也能稳定在巅峰状态,你呢?!"

俞浅夕冷着脸不说话。

"而且……"贺小旭深吸一口气,尽力平复了一下情绪,"这点儿事你都记着呢?赖教练平时骂他们骂得不狠?你看谁记仇了?"

"不记仇,随便骂,所以受他们喜欢。"俞浅夕耸耸肩,"我不想像他们似的愿意被骂,所以看我就更不顺眼了……"

贺小旭没想到俞浅夕怨气有这么大,根本没法正常交流,自己倒被气得肺炸,贺小旭放弃沟通,摆摆手:"你……你先去冷静冷静,准你半天假,出去兜个风……"

俞浅夕起身就要走,贺小旭坐到椅子上,揉了揉眉心低声道:"浅夕……我知道你现在听不下去,但是我明确跟你说,祁醉要替补绝对不是针对你,我跟赖教练沟通过,赖教练没跟我细说,但他清楚,祁醉有自己的安排,他们完全是为了战队来考虑的……Youth是你们每个人的替补,不针对任何一个,也不是要挤谁走。"

俞浅夕脚步一顿,没说话,带上门走了。

第四章

三楼训练室，于炀适应了下新机子，更新了几个驱动，下了几个自己常用的软件，打开游戏，设定好自己熟悉的键位，单排热身。

"官宣已经发了，半小时后，八点整你开播。"贺小旭心理素质惊人，抗压能力堪比于炀，不到一个小时就已经调整好心态，心急火燎地来三楼教于炀捞钱，"热不热？热就调低一点温度，不用怕冻死他们，这衣服千万别脱，不合适也好看的，特别帅。"

"直播弹幕爱看就看，不看就算，带节奏的少不了，我们给你配了两个房管，但也不一定能控场，你自己注意，不是非要解释澄清不可的事可以不用回应，记住一点，千万别生气，别跟弹幕对骂。"贺小旭嘱咐于炀，"弹幕里指点江山的一般连游戏都没买呢，不用理，你就打你自己的，播两个小时就行，别有压力啊。"

于炀原本没感觉，生生让贺小旭说得有点紧张了，于炀看看夹在自己屏幕上面的摄像头，不太自在道："必须开这个？"

当然不是必须的，但贺小旭一心把于炀包装成明星选手，哪能不让他露脸，含糊道："开吧……唉，长得这么帅还怕人看啦？你看卜那那，他都整天开摄像头。"

卜那那和老凯一局游戏刚结束，恰巧听到这一句，不满地拍拍桌子道："唉！唉！怎么的？怎么还人身攻击了呢？我开摄像头怎么了？咱们战队除了祁队，就胖那那我人气高，我不是你们战队的台柱子了？"

"纠正一下。"祁醉正在自订服务器上练压枪，闻言边上子弹边道，"台墩子，谢谢。"

卜那那愣了一下后恼羞成怒："祁醉我去你大爷！"

祁醉试了试偏头压枪，无所谓道："去吧，他最近好像回了。"

"别闹行不行？！"贺小旭烦得要死，"先听我说！"

贺小旭继续耐着性子跟于炀道："热的话也可以把头发扎起来，跟你昨天似的，也好看。直播的时候注意点，不能抹黑平台，不能说俱乐部和战队不好的话，当然也别说别人战队什么，注意不要被有心之人带节奏，你应该知道

59

的吧?"

于炀本来话就少,更不是嘴碎事多的人,自然点头:"知道。"

"别的就没什么了……好了,七点五十了,你准备下,我不影响你们了。"贺小旭看看于炀耳边被耳机夹乱的头发,想替他捋一下,想着于炀刚才那一拳又觉得不方便,只得参着手比画,"你这个头发……"

于炀拨弄了几下不得其法,摘了耳机,索性扎了起来。

"完美!"

贺小旭彻底满足,比了个加油的姿势下楼了。

祁醉将视线从屏幕上移开,瞄了于炀一眼,轻轻一笑。

有这张脸在,怕什么直播。

心里这么想着,祁醉缩小了游戏界面,打开了直播平台网页,进了于炀的频道。

HOG官方微博已经宣传了半天了,于炀虽未开播,频道里已经有十几万人等着了,经过昨天solo赛的事,大家对他颇为好奇。

毕竟是打败了骑士团战队队长花落的选手。

"Youth小哥哥还没来吗?着急!"

"Drunk粉日常提问:我祁神最近一个月有可能直播吗?"

"刚看了昨天比赛的录播!啊啊啊啊啊炀神好帅啊!"

"炀神超帅!绝地翻盘,赢了花落!"

"赢了就赢了,别一直刷好吧?还炀神,笑死我了,骑士团最近几天练习赛安排得爆满,花神要不是太累,能让这种青训生打死?"

"这里是HOG战队的频道我没走错吧?骑士团的能自动出门左转吗?我们战队赢了你们还不能说了?"

"别带节奏行吧?等着看Youth呢,房管禁言了。"

"Youth啊啊啊啊啊!你怎么还不出来!我要给你砸礼物!"

"都八点啦!炀神呢?"

祁醉偏头看于炀,视线正和于炀撞上。

于炀忙偏过头。祁醉笑了下,知道他有点紧张了,没说什么,打开游戏好友界面。

于炀看着直播助手里疯狂刷的弹幕，游戏提示音响了下。

Drunk：小哥哥，开播吧，等着看了。

于炀一怔，修长的食指指尖害臊地挠了一下鼠标。

于炀不敢看祁醉，他轻轻吐了一口气，打开了摄像头。

弹幕静止一秒后，彻底疯狂。

"啊啊啊啊啊啊啊啊啊，这是Youth吗？啊啊啊啊啊啊，妈妈啊我恋爱了！"

"Youth你有这个颜值何必来打职业啊！你知不知道这行多辛苦啊！"

"哈哈哈哈哈哈哈，果然你们HOG是看颜值招人的。"

"砸钱砸钱砸钱砸钱，下半个月我不过了，Youth看我看我看我。"

"后勤要死吗？为什么不给我们炀神一件合适的队服？最好别让我知道有人欺负他，不然继续轰炸你们微博！"

"啊啊啊炀神你别看镜头！你别看我！我受不了！"

弹幕太过热情，于炀有点生硬道："大家好，我是HOG的Youth。"

"声音也这么好听！我不活了……"

"Youth你真的成年了吗？哈哈哈哈哈哈……"

"炀神你有女朋友了吗？没有的话……你看看我！"

"Drunk粉日常念经，祁神你再不直播就要失去我了，这不怪我，天下好男人太多了，太多了……"

"我恋爱了，这次是真的。"

于炀咳了下，打开游戏界面，挑了几个弹幕回答。

"成年了，已经十九岁了。"

"没女朋友。"

"嗯，替补。"

"不替谁，就是替补。"

"都对我很好。"

"队服外套……"于炀耳朵有点红，幸好被耳机遮住了，他闷声道，"过几天就合适了。"

于炀选了单排，跳了机场。

"哇，Youth果然很能刚啊！"

"Youth看镜头！看镜头！"

"颜粉能不能消停点？刚落地看什么镜头，找死呢？"

"啊啊啊啊啊啊，这一枪好帅啊！怎么办他做什么都好帅。"

"开场跳机场，这是没脑子还是蹭昨天比赛的热度？"

"有病？昨天solo赛的热点本来就是Youth，OK？"

"花神连续一周训练赛没间断过望周知，花神连续一周训练赛没间断过望周知，花神连续一周训练赛没间断过望周知。"

"花落的玛丽苏粉还能不能走了？"

"平台你家开的？我们来看看不行？不是很厉害吗？怕人看？"

祁醉看着弹幕，微微皱眉。

花落是如今现役电竞圈里人气仅次于祁醉的选手，粉丝数之庞大，不亚于祁醉的"太太团"。不管什么群体，基数大了就容易引节奏，于炀昨天对枪赢了花落，拿了冠军，花落不觉得怎么样，粉丝们就不一定了。

祁醉侧眸看看于炀，很意外地，于炀看着满屏的节奏，波澜不惊地回答。

"我KD（每场平均击杀数）下滑了，刚机场容易涨KD。"

"昨天比赛？赢了。"

"Flower他很强。"

"不是靠运气。"

"承认他很厉害和承认我不是靠运气不冲突。"

"不怕他，期待再遇见。"

祁醉嘴角微微挑起：不卑不亢，非常给HOG争气。

于炀不紧不慢但寸土不让的语气莫名地有说服力，直播间节奏瞬间少了许多。

祁醉放下心，看着于炀的操作，默默记下他每个小失误点。

偶尔回复几个弹幕并没影响于炀的发挥，第一把单排，于炀稳稳地拿了第一。

第四章

　　于炀的steam收到了个新消息,他退出游戏界面,点开……弹幕瞬间又炸了。

　　Knight-Flower请求加你为好友,是否同意?

　　"啊啊啊啊啊啊啊啊,这是什么节奏?花落加Youth好友了?!"

　　"哎哟,刚还一直在聊花神呢,怎么回事?你们到底什么关系?"

　　"不打不相识?哈哈哈哈哈哈。"

　　"我突然萌了是怎么回事?"

　　"萌了萌了萌了……"

　　祁醉脸上的笑意渐渐淡了。

　　祁醉拿了两粒口香糖扔进嘴里,慢慢磨牙……花落也在看直播。

　　于炀也愣了,这是什么情况?

　　于炀不清楚战队和战队之间的关系,只知道按规矩,自己不能联系其他战队的管理,但花落似乎并不是管理,现在还在直播着,这……

　　于炀足怔了半分钟,直播界面不断刷过萌于炀花落的弹幕,有的甚至编起小剧场来了。祁醉静静看着,一手将键盘推了进去,起身……

　　"鼠标借我用下。"

　　于炀没注意祁醉站在自己身后了,吓了一跳,他本能地点点头,往后靠把鼠标让给祁醉。

　　祁醉出现在摄像头下,直播间彻底爆炸。

　　祁醉面无表情地嚼着口香糖,一手撑在于炀桌子上,一手拿过于炀的鼠标,看着屏幕,毫不犹豫地点下了"拒绝"。

　　"你接着排吧。"

　　祁醉干脆地放下鼠标,回到自己位子上,继续看直播。

　　祁醉出现在于炀直播间的镜头下总共不超过十秒,于炀直播间人气一分钟内涨了二百万。

　　"啊啊啊啊啊啊啊啊,刚才是我祁神出镜了吗?是吗是吗是吗?啊啊啊啊啊啊!"

63

"我终于看见我祁神了啊啊啊！他怎么还这么帅啊啊啊啊啊……"

"啊啊啊，虽然是在别人直播间，但终于看见祁神了啊啊啊啊！帅死了！"

"哈哈哈哈这是什么节奏？"

"我突然想起来了！前些天祁神直播调侃的那个小朋友，是不是就是Youth？"

"妈呀萌错人了，这才是正主！"

"不要调侃我Youth！"

"Youth你听姐姐的！离他们两个人远一点！"

"啊啊啊啊，Youth不要被做奇怪的事啊！"

"我是不是来晚了？哭死了！小炀神求求你叫我祁神过来我看看他！"

于炀脸涨得通红，他尴尬地抹了一把脸，忽视弹幕，继续单排。

另一边……

祁醉的手机嗡嗡振个不停。

祁醉拿起手机来看了一眼，挂了。

花落又打了过来。

祁醉接了起来，处变不惊："不好意思，亚洲邀请预选赛马上就开始了，虽然都是兄弟战队，但我认为还是得稍微避一下嫌，最近咱们就先少联系了，好吧？"

祁醉和于炀的机位挨得太近，祁醉的话一字不漏全收进了于炀的麦里，同步传送到于炀的直播间里。

"哈哈哈哈，这是花神打电话过来了？笑死我了。"

"哈哈哈，这俩人这么正式的语气是怎么回事？"

"嗷呜，听到两个神在打电话的我死而无憾……"

"听！这是我祁神的声音！他说什么都好听！"

花落："骑士团什么时候和你们是兄弟战队了？"

祁醉点点头："嗯，我们也在积极准备，大家一起加油。"

花落也看见于炀直播间的弹幕了，瞬间明白过来，让祁醉恶心得够呛："谁跟你加油了？拜托你们预选赛就出局好吧？我一点儿也不想在釜山看见你和芭娜娜。"

"嗯……好的，也祝骑士团在预选赛有个好成绩。"祁醉抬眸看着屏幕，总结陈词，升华主题，"HOG和骑士团友谊长存。"

"我去你大爷！你别挂……"

"嘟……"

祁醉把手机丢到一边。

于炀的直播间里，几路粉丝纷纷得到满足，已经开始过大年。

"撒花！撒花！隔空听到了祁神的声音，满足！"

"哈哈哈我求你们去花落直播间听一听，双开的人表示要笑炸了。"

"满足满足！最喜欢的三个人同框了！"

"感谢官方指明路！"

"对哦！预选赛快开始了，嗷呜，Youth你会去吗？想见你啊啊啊！"

"Youth你一定要去啊！我要给你买外套送去！你身上这件真的不合适啊你知道吗？告诉我你喜欢范思哲还是巴宝莉？"

"嗷呜！就是这周六吧？求去现场的人多拍几张我祁神照片！"

"还有Youth的！"

祁醉心情舒畅了不少，他缩小于炀的直播网页，打开游戏界面进自订服务器继续练枪。

另一边，窝了一肚子火的花落队长只能在社交软件上轰炸祁醉。

花落：祁醉你有病？！

祁醉：谁有病谁清楚，非在他第一次直播的时候来带节奏造话题不可……浪呢你？

花落：我现在是代表我们俱乐部，向他抛出来自骑士团一队的橄榄枝。

祁醉：谨代表HOG一队替他回答，谢谢，用不着，滚。

花落：你没带节奏？我最多发个好友邀请，你呢？直接露脸，你不浪？

祁醉：我不啊。

祁醉放大于炀的直播界面，看看弹幕刷的自己和于炀的小段子，心情

65

甚好。

祁醉：粉丝们年纪小太单纯，可能一时糊涂判断不清。

花落：……

祁醉：练枪了。

花落：有正事跟你说。

祁醉：不约。

花落：滚。

花落：你们队的俞浅兮……你多注意一下。

祁醉：？

花落：具体哪个战队我不能透露，俞浅兮私下联系过他们的管理。

祁醉眉头一点点皱起。

只是个国内预选赛，HOG和骑士团必然都会出线，花落实在没必要在赛前跟自己玩这种脏战术。

且两人相识多年，虽然一直是对手，但私交并不差，玩笑归玩笑，祁醉是信任花落的。

不然也不会把于炀和自己的事告诉他。

花落说俞浅兮在联系别的俱乐部，那应该就是真的了。

花落：你给他的待遇不行？

祁醉：正常待遇。

花落：人心不足蛇吞象啊……特别是你们战队，有两个收入排行榜前十的选手，俞浅兮天天看着你和卜那那日进斗金，心情不会太好吧。

祁醉：关我什么事。

花落：我以为你已经知道了，你招于炀，真不是为了替俞浅兮？

祁醉：真不是。

花落：那你把他让给我战队能死？你……老孟和soso退役以后，你知道我整天过的什么日子吗？

花落：老孟走了，我觉得没事，还有soso，我俩能撑得住，当年老赖退役的时候，你和卜那那不也挺过来了吗？

花落：结果呢？不到半年，soso才跟我说了实话，没办法，也退了。

花落：练习赛就没停过，就这么练，还是达不到战队以前的标准。

花落：要是soso没退……

祁醉看着聊天界面里这个熟悉的ID，微微出神。

骑士团soso，和祁醉一样，是圈里为数不多的手臂流选手。

FPS游戏选手大致分两派，手腕流，手臂流。

二者鼠标DPI相差甚多，右手着力方法也不一样。简单说，手腕流选手的鼠标更灵活，稍稍移动就可以完成一段距离的操作。同样是这个操作，手臂流的选手则需要控制鼠标在鼠标垫上做出更大幅度的位移。

大幅度动作可以换来更精准的准星定位，祁醉擅长玩狙，一手甩狙至今无人能敌，时空转换，昨晚solo赛上如果和于炀对枪的是祁醉，那于炀是势必不能上三楼了。

当然，长时间更大幅度操作也要付出代价，比如……祁醉下意识看向自己的右手，传说中的神之右手。

花落：soso退的时候，我想过，我是不是也该走了。

花落：老人越来越少了，新人偏偏还不争气，要不是为了战队，我真的……

祁醉默默看着聊天视窗，打字：说人话，别卖惨。

花落：……

祁醉：也别煽情，煽不动。soso退役那天，贺小旭和卜那那本来要去买一车烟花爆竹普天同庆的，是我拦下了。

祁醉：这份恩情，你要记得。

花落：周六预选赛，你们JHOG最好带着保镖去，我不确定会不会跟你真人solo一下。

祁醉：随时恭候。

花落：呕……恶心，你把聊天记录删了吧，早知道你这个人没人性，我多余跟你装。

祁醉：呵呵。

花落：别太开心，我可提醒你了，俞浅今已经有异心了，自己小心吧。

花落：等你们战队凋零了，我不买烟花，去租LED屏缅怀你。

祁醉：放心，不会。

花落：呵呵？怎么不会？

祁醉莞尔，打字：老将不死，薪火相传。

祁醉敲下回车键，顺便给花落发了一则电竞新闻过去——

"绝地solo在线赛惊现黑马，十九岁新人Youth逆袭骑士团队长花落，HOG再获一员猛将。亚洲邀请赛预选赛在即，Youth或将以替补位参赛，东征釜山。"

AWM

第五章

祁醉将自己和花落的聊天记录复制下来,删删减减,隐去花落ID,去掉没意义的扯淡内容,发给了贺小旭。

几天后,深夜两点,三人在娱乐室里开会。

贺小旭已经考虑良久,坐下就道:"和他解约吧。"

祁醉和赖华沉默。

贺小旭来回看看两人,等了半天不见他俩开口,瞠目结舌:"今天这是怎么了?你俩不生气?这还不解约?你俩……你们偷着喝我的太太静心口服液了?!"

祁醉上下看看贺小旭,目光复杂。

"我一直以为我是为战队付出最多的人。"祁醉看看贺小旭不甚明显的喉结,英雄惜英雄,"是我自大了……"

赖华烦躁皱眉:"说正事!"

"这不就是在说吗?"贺小旭一摊手,"都已经私下联系其他俱乐部了,这事儿还有什么回旋的余地吗?不是……现在是什么情况?你俩的暴脾气呢?"

祁醉和赖华继续沉默。

贺小旭莫名有点不安,不确定道:"有什么事……是你俩知道,但我不知道的吗?"

"这拨青训生里,除了于炀,还有谁有一线选手的潜力吗?"祁醉没接贺小旭的话茬,看向赖华,"你和他们天天在一起,有没有发现谁……"

赖华摇摇头。

祁醉吁了一口气,靠在椅背上:"那完蛋……"

贺小旭越听越不明白:"不是你自己说的,Youth是真的有天分,你只想要他吗?俞浅兮走了就让于炀顶上呗。"

贺小旭从跟俞浅兮吵了一架以后就已经做好了这个心理准备。他很看好于炀,年轻又有天分,肯吃苦还能拼,最难得的,他是少有的solo强手,就算现在四排赛双排赛还不出色,但他一直也没匹配过真正厉害的队友,等将来和一队的人磨合好,也不一定比俞浅兮差了。

"你们就非得要一个替补吗?"贺小旭越想越觉得奇怪,"以前没有,不也这么过来了吗?再说我就不明白,咱们需要替补?个个都这么强,Youth就不说了,老凯,那那……还有祁醉,开玩笑呢?谁听到Drunk的名字不跪?只要有祁醉在,队长在,指挥在,更换个队员算什么大事?什么比赛咱们不能……老赖?"贺小旭看着赖华,"你……怎么了?"

赖华眼睛通红,嘴唇微微颤动,闻言起身走到窗前,背对着两人半晌不说话。

祁醉无奈一笑,轻声劝慰:"别这样。"

贺小旭无语:"你俩到底怎么了?!"

祁醉静了片刻,低声道:"别激动,我跟你说个事……"

贺小旭出了娱乐室,进了洗手间,在里面待了足有半个小时。

"别弄得像是我要死了一样好吧?"祁醉看着眼睛通红的两人,忍不住笑了下,"这个气氛我不太习惯……"

贺小旭抬起红彤彤的眼瞪祁醉,刚要说话,又低头把脸埋在手里了。

"别哭哭啼啼的。"祁醉皱眉,"说正事。"

贺小旭抹了抹脸,深呼吸了下道:"我听你俩的。"

赖华清了清嗓子,道:"俞浅兮做的这些事……早就足够和他谈解约了,但现在的情况不太好,一队凋零,亚洲邀请赛马上就开始了,夏天的世界邀请赛也在筹备,我们……我们还没做好准备……"

"你以为我为什么能忍他到现在?"先不说俞浅兮和于炀那点儿见不得人的交易,单是俞浅兮对训练的轻忽,就足够让祁醉开除他一百次了。祁醉想起花落跟自己说的话,自嘲一笑,"照这么看,过不了多久,没准真要跟骑士团变成兄弟战队了……"

祁醉憋不住笑了下:"凋零战队手牵手,谁先崛起谁是狗。"

71

"你!"贺小旭恨不得咬祁醉,"你……还能坚持多久?"

祁醉摇摇头:"不好说,我已经在注意了,会尽量打完亚洲邀请赛。"

贺小旭心里一沉,并不乐观。

PUBG游戏有一定运气加成在,大赛上为保公平,需赛多局来消耗掉每局中运气的成分。

先不说釜山的邀请赛,这周六马上要打的国内预选赛四排赛,就足足要打十场。

一场比赛平均时间半个小时,再算上赛前热身的时间,每场比赛中间休息、采访的时间,一天的赛时至少有七个小时。

这还只是四排赛,大赛上还会有单排赛、双排赛,连续三天,按祁醉现在的情况,贺小旭不敢保证他能撑得下来。

祁醉如果不能参赛,战队成绩下滑,那第一时间受到冲击的不单单是祁醉自己,还有整个战队。

赞助商会赞助连连失败的战队?

代言商会看上没有祁醉的战队?

合约平台会继续提供这么优厚的合同?

俱乐部会继续支持PUBG分部?

贺小旭低头,突然有点喘不上气来。

"年前祁醉一直没跟你说,不对外透露,就是怕影响今年的赞助……"赖华眼睛通红,"三个月前我就建议他暂时休息半年,看看能不能养好,他不听……"

祁醉嗤笑:"别天真了。"

贺小旭回想祁醉这几个月的状态,扯过赖华扔在一边的队服,盖在了脸上。

"现在你信了吧?于炀真不是给俞浅兮准备的。"祁醉讥讽一笑,"他也配?"

"现在只能是继续招青训生,同时留意俞浅兮。"赖华闷声道,"小心他反咬一口,小心他里通外合,但还不能让他走……"

赖华和祁醉一样,对电竞都是眼里不能容沙的人,这种话说出口太难,赖华咬着牙:"不是我不想他走,主要是……你得……你得给我时间。"

第五章

祁醉冷静道:"最重要的是要给战队时间,不管是队员,还是高层,还是要面对的各种有可能的撤资情况……大家需要做好准备。"

贺小旭抬眸看祁醉,哑声问:"那那和老凯他们……"

祁醉轻轻摇摇头。

整个战队,都还不知道。

"我会尽量坚持,不光是这些,还有……还有于炀。"祁醉揉揉右手腕,低声道,"我们没有指挥位,老凯肯定不行,那那也不行,如果我真的……"

赖华低声接道:"队长的位置,大约就要让Youth顶上了。"

贺小旭惶然:"他……他也不知道?你俩不是……"

祁醉摇头:"所以更不知道怎么跟他说。"

赖华捏捏眉心,叹口气:"刚十九岁。"

"我不知道你准备怎么跟他说,不过我感觉……他可能不太好接受。"贺小旭起身,打开书柜拿了个资料夹出来,打开,抽出一沓纸递给祁醉,"这是Youth刚进队青训前填资料时写的。"

祁醉接过,这是战队给每个来报名的青训生的问卷表,内容稀松平常,就是调查统计青训生个人情况的。

贺小旭吐了一口气,低声道:"你看最后一页。"

最后一页,只有一个问题:你为什么来HOG?

青训生们答案五花八门,多是慷慨陈词,歌颂战队,畅想自己的辉煌将来,就于炀的最简单,他就写了五个字母:

Drunk。

我为了Drunk来HOG。

祁醉放下问卷表,疲惫地揉了揉眉心。

一晚上,不管贺小旭和赖华怎么哭,祁醉都挺平静,没觉得怎么样,现在看见这个,不知怎么的,心口突然就疼了。

贺小旭低声道:"他不知道你们想怎么培养他,可能也没那么大野心,他就是为了和Drunk并肩作战来的,你们……"

贺小旭心累不已,摆摆手:"我先去休息,明天我找俞浅兮谈谈,看看还有

73

没有可能。"

赖华盯了一天的训练,这会儿也累了,跟着休息去了。

三楼训练室,老凯和卜那那都去楼下拿外卖吃夜宵了,只剩于炀一个人还在。

于炀左边桌上摆着一大盒半凉的海鲜炒饭,右边放着一张纸,上面写着祁醉给他勾画的,他的一些常见失误点。

于炀登的自订服务器,反复跳Y城纠正一个落地习惯,已经持续了快一个小时。

于炀跳下去再退出来,跳下去再退出来,努力培养手感,让自己形成肌肉记忆。

每个人的团队定位不同,像是老凯,每次跳下飞机后他都是第一个开伞的人。不是他喜欢这样,而是团队需要一个人高飘,这人会拥有更大的视野,清楚团队落地附近区域有多少敌人,分别在什么位置。

而于炀和老凯恰恰相反,他是突击位,四排赛里,团队需要他以最快速度落地,第一时间捡到枪,和跳了同一位置的其他队伍正面刚。

落地时间的偏差,控伞的一丁点失误,都会影响到他的发挥。

总结经验的间隙,于炀低头扒几口饭,囫囵咽下去。

祁醉在门口看着他,心情复杂。

于炀一天能训练十六个小时,不是赖华无脑吹的。

只要发现自己的一个不足,他就能不知疲惫地反复进行纠正,一连几个小时,最多出去方便一下,抽根烟,其余时间都是在计算机前。

三楼突然上来这么个废寝忘食的,衬得一队这几个常年没规没矩的越发不是个东西。卜那那、老凯他们咬牙,生生地被于炀逼得每天加训一个小时。

祁醉转身,接了一杯热水。

"先休息一会儿。"祁醉把水杯放在于炀桌上,往前推了推,一笑,"冷饭这么好吃?"

于炀抬头,忙咽下嘴里的饭,他看看面前的水杯,上面刻着一个字母D,愣了下:"这是……你的?"

第五章

祁醉揣着明白装糊涂，反问："是，怎么了？"

"没……没事。"

于炀忙摇头，他迟疑片刻，端起水杯喝了一口，又喝了一口。

放下水杯的时候，于炀的脸颊微微红了。

祁醉装看手机，余光里把于炀看了个够本后放下手机。

不止贺小旭，祁醉也不知道，回来该怎么和于炀开口。

在役八年，祁醉只学会了嘲讽和骚话，并不知道怎么安慰人。

特别是于炀这样……特殊的人。

祁醉想了片刻，打开网页，搜索：

"送男性朋友什么礼物他会开心？"

相关网页异常贫瘠，相关搜索倒是不少，祁醉一个个点过去……

"送男性朋友什么礼物好？"

"告白送什么礼物好？"

"求婚送什么礼物好？"

祁醉看了半天，最终找了个相对靠谱的，帖子里说最能彰显诚意的礼物，是用自己三个月的薪水买的戒指。

祁醉似懂非懂，觉得这个可行。

他并不戴首饰，不太懂行，遂拿起手机，联系自己一个做奢侈品的朋友，给他报了个价，让他帮忙推荐枚合适的戒指。

不多时，朋友哆哆嗦嗦地回复过来：祁哥，你这是要买个古董？

祁醉：……

朋友：祁哥，我不做这个的，你知道，犯法的事……

祁醉闭了闭眼，减去自己那些乱七八糟的收入，只算俱乐部给自己的签约费，再报了个数字。

朋友：你再减个零，我可以替你打听打听……

祁醉：你侮辱了我的诚意。

祁醉扔了手机，看着全神贯注的于炀，突然道："咱俩排一局？"

于炀抬头，眼睛发亮，点点头。

"我……我能开直播吗？"

祁醉戴耳机前，于炀试探地问道。

"嗯？"祁醉看了一眼显示器右下角的时间，已经是凌晨三点多了，"这会儿开播没什么人气吧？"

"无所谓。"于炀根本不在乎那点儿数据和礼物，低声道，"我混个时长，早点混完六十个小时，这月就不用播了。"

卜那那、老凯他们的直播都是能拖一天算一天，每月月底的时候为了凑时长，开着摄像头直播吃外卖这种事他们都干得出来。祁醉头次见到这种一放暑假先做作业的选手，挺意外，点头："随意。"

反正是跟自己组排，就算是凌晨三点，人气也不会太低。

于炀开了直播。

于炀有点心虚地看了祁醉一眼，退出自订服务器。

于炀没说实话。

他不是为了混直播时长，只是因为直播时有自动录制功能，和祁醉组排一次不容易，他想录下来，拷到计算机上，将来想回味的时候拿出来看。

于炀一开播人气就上了二十万，弹幕唰唰唰地开始呼朋引伴。

"哇Youth开播了！我去群里通知一下！"

"睡眼蒙眬……Youth你都不睡觉的吗？我看你账号，好像一直在线？"

"电子竞技，没有睡眠。"

"Youth你怎么又这么晚睡啊，你还在长个子你知道吗？！"

祁醉打开游戏用户端，侧头问："这个时间……上美服？"

于炀都听祁醉的，他开了加速器，登了北美服务器。

"啊啊啊啊啊，这是什么声音？祁神？！"

"大晚上的，你俩……"

"嗷呜！我就知道蹲Youth的直播间是没错的，又遇见我祁神了！"

"啊啊啊啊啊啊，祁神也在！你俩到底是怎么回事！啊啊啊啊啊，心跳加速了……"

第五章

祁醉打开于炀直播间看了看,笑道:"我跟小朋友双排一会儿,你们早点睡。"

话音未落,直播间又炸了。

"小朋友"于炀有点害臊,要遮掩什么似的,低头拿了根烟叼着。

于炀的姐姐粉们疯狂刷屏让他少吸烟,于炀咬着烟含糊道:"我不抽……在训练室里呢,就叼着过瘾……"

游戏开始了,于炀关了弹幕助手,专心打游戏。

不过也没什么可专心的,祁醉这个号没怎么在美服打过,刚两千分,对他俩来说是完全的鱼塘局,两人一路完虐普通玩家,轻松吃了鸡。

"大吉大利,今晚吃鸡。"

统计界面出来,于炀十一杀,祁醉十七杀。

直播弹幕上一片"666",于炀想不明白这有什么六的。

"要不然……"祁醉活动了一下手腕,"试试四排?炸鱼没意思,我都快打困了。"

于炀自然都听祁醉的,换了四排模式。

等待进入的时间里祁醉边给自己的人物换衣服边斟酌着语气道:"你……要不要试试指挥位?"

于炀不解:"指挥位?"

"突击位也可以指挥啊,再说之前赖教练不也让你练过狙吗?"祁醉语气自然地说,"练得怎么样了?"

"还好,但跟你……还是差得太远。"于炀像是突然被老师问到成绩的差生似的,不太好意思地垂眸道,"我会多练……"

祁醉失笑:"我不是在训你,别这么紧张。"

"不会的可以问我。"祁醉关了于炀直播间的网页,道,"你单排很厉害,思路很清晰,试试指挥位也不错,你比赛的时候话太少,可以试试多说一点,尝试一下指挥。"

于炀不懂祁醉的意思,低声道:"不是有你吗?"

于炀对自己的定位很明确,他是突击位,就是保护指挥位和狙击位,随时

随地要跟别人刚正面的人，指挥……那是队长的事。"

祁醉道："你是替补，谁需要你，你都得顶上。"

于炀不知怎么的，听祁醉说这个心里格外不痛快，闷声道："那我也不顶你……我就想听你的。"

祁醉心里莫名软了一下，轻笑："听我的？那我让你好好练指挥，你听不听？"

于炀语塞，只得点点头。

"而且……"祁醉无奈，"就算你四排的时候不想指挥，你二排呢？正式比赛的时候，二排赛的时候你不指挥？"

"二排……"于炀动了动嘴唇，欲言又止。

"哇哦，小哥哥……"祁醉挑眉，"比赛的时候，二排也要跟我打？你问过芭娜娜那个胖子的意见吗？"

于炀脸红了。

弹幕上一片谐谑的调戏，还有黑粉嘲讽于炀自不量力的，于炀有点尴尬，叼着烟硬邦邦道："我没这么想。"

祁醉喷了一声，进了游戏，叹息："少见，有人不想跟我打二排赛……"

这把游戏已经开始了，四排模式，随机组进来两个队友。还好，随机队友并不认识这二人，祁醉的steam上有个好友信息，祁醉随手点开了。

Youth：想的。

祁醉愣了下，嘴角一点点挑起了。

要不是于炀开着摄像头，祁醉已经想要过去看看他的脸红成什么样了。

坦诚的孩子总该有奖励的，祁醉想了下道："我听赖教练说，你们周六还有训练赛？"

于炀虽然是一队替补，但每天的训练赛上一队用不到他，于炀还是和二队的三人组队一起打训练赛。

于炀嗯了一声，低声道："跟日韩那边的战队约的训练赛，赖教练说预选这种比赛用不到我，不用去那白耽误一天时间，让我……让我在基地训练。"

"老赖这个人真是耿直……"祁醉无奈莞尔，"你自己呢？想去吗？"

第五章

答案当然是肯定的。

但开着直播呢,好多话于炀说不出口,于炀犹豫半天,才忍着害臊梗着脖子道:"想。"

"那就去。"祁醉开伞落地,"给你一天假,赖教练那边我去说。"

"谢……谢谢队长。"

祁醉心里一动,于炀这还是第一次这么叫自己。

"先别谢我,有条件的。"祁醉打开地图看了看安全区的位置,道,"你游戏里开麦,指挥一把我看看。"

于炀犹豫,有祁醉在,自己指挥……班门弄斧就算了,万一有失误,多丢人。

祁醉轻笑:"不想去了?"

于炀咬咬牙,开了游戏里的自由麦,问队友道:"喂?是……是中国人吗?"

很可惜,于炀的运气从来就没有好过,随机组排到的两个路人都是美国人。

两个国际友人丝毫没感觉到于炀的局促,非常热情,见有人开麦,纷纷打招呼。

于炀头大。

祁醉憋笑,于炀这个运气真的是他从未见过的差。

四人搜罗装备,于炀搜肠刮肚,尽力回忆自己会的那点英文,在安全区快要缩小时,于炀给两个路人分了配件和药品,标了个点,费力道:"Go……Go to the……"

于炀突然卡壳了。

气氛莫名紧张,两个路人一言不发,等着听大腿的指挥。

于炀架着一把满配UMP9,枪口对着两个路人队友,沉默许久。

"红色……对!red!"于炀突然磕巴着生硬道,"Go to the red."

两个路人恍然大悟,纷纷点头,跟着于炀跑路。

祁醉一样听从指挥,忍着笑不远不近地跟在于炀后面。

79

"等……等下。"于炀远远看见正对面的车库房的二楼窗户边有半截枪一闪而过,皱眉,"停,停!你们……Wait!"

祁醉愣了下,开镜扫了一眼,果然有人。

祁醉失笑,于炀这个动态视力真强。

可惜,两个外国友人没于炀的视力,也没祁醉的意识,还在往前冲。

"哎!听到没?"于炀皱眉,"你们!You! do Not 动!"

祁醉破功,忍不住低声笑了下。

祁醉轻笑的声音通过7.1声道的监听耳机清晰地传到于炀耳朵里,好似在于炀耳边笑的一般。于炀耳朵一红,好不容易想起的那点英文单词全没了。

两个老外不知道房里有人,还要往前走,于炀受命指挥,不得不继续硬着头皮道:"你!You!跟着我!Go……Go left!"

老外一心进房子再搜点装备,根本听不懂于炀说的什么。

于炀深吸一口气,祁醉还看着呢,他不能让俩队友就这么死了,声音不自觉地就大了,"说你呢!You! Go left!你!让你Go left你没听见?房子里有人你听见没?!去送快递?"

老外不明所以,飞速地说了一串鸟语。

"Don't 说话!"于炀彻底暴躁,僵硬道,"我队长说了,我是指挥!听我的!我让你……"

于炀运了一口气,消了一下火,平心静气,口齿清晰,尽力想让国际友人听明白:"加油!!Go left! OK吧?"

很可惜,对方依然没听懂,依旧叽里呱啦地往房里跑。

"爱去哪儿去哪儿,不识好歹。"于炀彻底放弃,红着脸叫祁醉,"我们走吧,这俩人听不懂英文……"

祁醉紧攥鼠标,拼命克制,不让自己笑出来,点点头,睁眼说瞎话:"嗯……是,我感觉他俩说的是西班牙语。"

"我说呢……"于炀皱眉,"英语也听不懂。"

强行被划分到欧洲的两个美国土著已经被车库房里的人打死了,不多时就退了。

第五章

祁醉心中那点儿郁结瞬间消散,他忍着笑点头:"指挥得还不错,可惜了,语言不通,下一把再试试?"

于炀跟着祁醉跑毒,闻言嗯了声,半晌小声道:"指挥不好,你别笑……"

祁醉嗯了一声,轻声一笑:"慢慢来,不笑。"

于炀入队后甚少能和祁醉组排,同框这一次不容易,两人的CP粉吃粮吃到撑,连夜开开心心地做了好几版剪辑视频出来。祁队长第二天看见了,大大方方地用自己微博大号点了赞,论坛里瞬间又是一片节奏。

于炀也是看了祁醉微博才知道一开始遇见那俩人就是美国人,回看自己当时的录屏,于炀羞愤地蹲在三楼天台上抽了半盒烟,吹了半个小时的冷风才让自己的脸物理降温成功。

于炀当着祁醉的面丢了人,颇下不来台,之后整整两天,于炀躲躲闪闪,回避跟祁醉对视。

"吵架了?"周六,贺小旭起了个大早,督促网瘾少年们吹头发做造型换衣服,免得一会儿比赛时被切特写不好看,贺小旭左右看看不见于炀,低声问祁醉,"两天了吧?"

"吵什么。"祁醉失笑,"是他自己脸皮薄。"

贺小旭一天到晚有操不完的心,叹气:"知道他脸皮薄你就收敛点!我求求你了好不好?你俩好好的,别搞事!万一哪天吵架吵崩了,再来个因兄弟失和黯然转会什么的,我就真的要跳江了!"

祁醉失笑:"吵什么……之前的事还没说清呢。"

"没有?"贺小旭悻悻,"那就抓紧点,夭寿了……别的战队都是不许队员分心,怕耽误训练,我呢?"

祁醉一笑,他随意抓了几把头发,穿好队服,一抬眸,正看见于炀。

于炀没想到祁醉在休息室,尴尬地看了看,退了出去。

贺小旭上下看看祁醉,觉得挺满意,又去催老凯吹头发了。

祁醉则跟着于炀出了休息室。

于炀往三楼训练室走,祁醉就慢慢地跟着;于炀顺着楼梯下楼,祁醉也转

个弯,跟着下楼。

一楼二队队员和青训生们看见祁醉忙立正站好,祁醉面无表情地点点头。于炀尴尬不已,闷头进了洗手间……终于被祁醉堵住了。

"忒惯着你了?"祁醉倚着洗手间的门框,半笑不笑,"脸贴脸了,都不跟队长打个招呼吗?"

"队……"于炀垂眸,"队长好。"

"视频又不是我做的,我也没笑你,你跟我闹什么脾气?"祁醉跟于炀保持着一段距离,忍笑,"就算怪我,那冷战了两天了,也消气了吧?"

"没……"于炀皱眉嗫嚅,"没冷战。"

"嗯,没有,是我多心了。"祁醉想笑又怕他更难为情,点头道,"是我臆想过多了。"

于炀愣了下,脸更红了。

于炀其实并不讨厌粉丝们剪辑他和祁醉的视频,甚至是喜欢的,他自己都整天看,他只是在祁醉面前露怯,秀了一把狗屁不通的英文,觉得太丢人了。

"没有就别躲了。"祁醉差不多能猜出来于炀想什么,他微微后仰,看看走廊里,确定没人后笑道,"你一直躲我,贺小旭都怀疑咱俩又跟以前似的……吵架了。"

于炀愣了下,干巴巴道:"贺经理……为什么知道咱俩以前认识?"

祁醉:"……"

一时嘴快,说出来了。

于炀有点紧张,低声道:"他怎么知道的?他会不会……"

"不会不会。"祁醉心虚一笑,"他虽然有点烦人吧,但是是自己人,不会害你。"

于炀更害怕了:"那会害你?!"

祁醉心里一软,轻笑:"我是他的摇钱树,他害我做什么?"

于炀想了下觉得有道理,高悬着的心慢慢放下,耳朵又红了,顺口低声道:"你……没再告诉别人吧?"

祁醉倚在门框上,看着于炀,皱眉出神。

第五章

这些天……但凡有个来跟自己聊天的,自己好像是都把这事给说出去了……

祁醉是真的记不清他告诉过多少人,自己跟于炀之前的事了。

"嗯,没什么事……这就要走了。"祁醉把这话苍含糊过去,催促于炀,"换队服去,马上出门了。"

祁醉让开路:"我去车上等你。"

周六上午十点,众人换好衣服,带好外设,准备去比赛场地。

祁醉把外设包放好,自己早早上车,低头玩手机等其他人。

"教练。"卜那那倚在车门口,看着基地大门,喃喃道,"我也想这么穿……"

祁醉偏过头看过去……

于炀扎着头发,戴着一副超大墨镜,里面穿着一件黑色T恤,外面套着一件黑金相间绣满字母的宽大棒球服,脚下踩着一双老虎纹矮帮鞋。

祁醉眯眼细看了下……于炀那细细的手腕上还缠着一条粗粗的金链子。

"他……知道一会儿下车会被粉丝堵吗?"祁醉不确定地看向赖华,"他队服呢?"

赖华也看愣了,下了副驾驶,皱眉:"怎么没穿队服?"

"他刚穿了,队服不合适,我让他回去换的。"贺小旭跟在于炀后面出了基地大门,"怪我,没提前让他试,他那个队服上身勉强还合适,裤子太短,穿上露着脚踝,运动裤露脚踝……哎呀辣眼睛。"

贺小旭上下打量了于炀一眼,挺满意:"反正他也不上场,就是去看饮水机的,穿私服就穿私服呗,粉丝应该喜欢。"

赖华颇看不上这穿金戴银的打扮,要是俞浅兮他早骂上了,碍着于炀是看个视频都能去天台吹风的性格,只拧着眉头对贺小旭道:"不合适就早点让他们送合适的来。"

"知道知道。"贺小旭安抚赖华几句,对于炀眨眼使眼色,"上车上车,好看的。"

于炀摘了墨镜,微微蹙眉:"这个外套是不是太鲜艳了……"

"不不不,特别好看。"贺小旭真心实意,"长得好就得穿鲜艳点,你看卜那那,他要是穿成这样,就像是收保护费的,你就不。"

卜那那低头看看自己肚子,有点抑郁,放弃问于炀衣服在哪儿买的念头,转身往车上爬。

"咳……"

祁醉低头看着手机,意有所指地咳了一声。

卜那那呆滞一秒,凭着和祁醉多年队友的默契明白了祁醉的弦外之音,愤懑地瞪了祁醉一眼,和俞浅兮坐一排去了。

于炀上来的时候,七座的商务车上,就只剩下祁醉身边一个位置了。

于炀束手束脚地坐在祁醉身边。

祁醉手机振了下,赖华给他发了条消息。

祁醉点开……

赖华:比赛少说要八个小时,我……我包里有止痛药,缓释的,起效慢,你要不先吃了?

祁醉:用不着。

赖华:你确定?

祁醉:我绑了肌内效贴,足够。

副驾驶位上,赖华叹了一口气。

祁醉体质特殊,对止痛药非常敏感,吃了就犯困,必定影响发挥,赖华就知道劝不动他。

祁醉侧头看看于炀,给赖华发消息:撑不下来也无所谓,还有Youth。

赖华回过头来看看于炀,苦笑,打字:没系统地练过四排的配合,也没应对这种大型线下赛的经验,贸然顶上,怎么可能成?

祁醉轻笑,回复:不一定,主力队员出问题了,他不上也得上。

祁醉一语成谶。

AWM

第六章

AWM 绝地求生

"大家好！这里是亚洲邀请赛中国区预选赛现场。"

"本次预选赛国内共有二十四支队伍参赛！其中有我们非常熟悉的HOG、FIRE、骑士团、母狮……"

"众多一线豪门战队将在两个小时后开始角逐，共同争夺这六张通往釜山的门票。目前各战队已经陆续抵达赛场，导播可以切换一下镜头，给不能来到现场的粉丝们看一眼正在进行准备工作的选手们！"

于炀一下车，就被十几个摄像头和一群粉丝围住了。

HOG的粉丝小姐姐们举着应援牌，看到印着战队队标的车过来后迅速挤了过来，疯狂地喊队员名字。于炀头一次见到这个阵仗，险些转身钻回车里。

"我……"于炀有点招架不住，结巴道，"我是后勤，别采访我……"

祁醉憋不住笑了。

"我不是后勤，采访我。"祁醉下车，不着痕迹地把于炀挡在身后，对自己粉丝温柔一笑，"好久不见。"

"啊啊啊啊啊啊啊啊！"

"祁神看我！"

"Youth呢？哪个是Youth？怎么只来了四个人？我给他带礼物了！"

"Drunk我也给你带礼物了！我自己写的信！"

"啊啊啊啊啊啊，卜那那看我！胖子我爱你一辈子！"

几人接受了短暂的采访，被保全护送进场。

"呼……"

于炀松了一口气。

"这算什么，你没看过比赛赢了以后的。"贺小旭挑眉，得意一笑，"主办方都要给我们分配保全，不然根本出不去。"

第六章

于炀心有余悸,抬头看了看场地……

太壮丽了。

同其他电竞比赛不同,PUBG比赛每一场都有近百名职业选手参加,每次线下赛就是一次电竞盛宴。电竞豪门一线战队百名选手全部同时到场,一同入席,随手一拍,就有几个明星选手入镜。

"一会儿带你去认识几个人。"贺小旭对于炀小声道,"可以要签名的。"

于炀抵触和人接触,摇了摇头。

卜那那一笑,打趣道:"都跟Drunk在一队了,还能稀罕别人的签名?"

祁队长正接受主办方的单独采访,闻言回头看了看,笑了下。

"他们得先去热身,主办方那边的人要检查他们的外设,得反复确认一个小时呢,咱们去休息室。"贺小旭给几个队员加油打气后招呼于炀,"走吧,别低头!有跟拍的……哎呀哈哈哈摄影小哥哥,给我们Youth个侧脸,对对哈哈哈哈谢谢,没办法,粉丝们都想看哈哈哈哈……"

于炀硬着头皮,一路被跟拍到休息室。

"行了,等着祁神拿冠军吧。"贺小旭坐下来,放松道,"唉……其实我最烦在后台等,无聊。"

"怕无聊早点去给他们准备水。"赖华看看主办方给准备在休息室里的矿泉水,皱皱眉,"一个比一个事多,还只喝依云的,矫情。"

贺小旭耸耸肩:"没办法,我们队员就是这么娇贵,喝其他牌子的会呕吐,会不适,会头晕……等下我让人去车里搬。"

于炀拿过一瓶水,觉得挺好,刚要拧开,贺小旭抬手抢过去,道:"别动,喝我们自己带的。"

"卜那那以前喝过'带料'的。"赖华在一旁低声解释,"病了半个月。"

于炀愣了下,然后把矿泉水放了回去。

贺小旭给于炀讲了快一个小时的人心险恶,又歌颂了快一个小时自己战队有多么人性化,比赛终于要开始了。

于炀同贺小旭还有赖华坐好一同看直播。

第一场是Z城机场线,HOG在G城就跳了,但他们没有迅速落地,而是选择高

飘,看方向,应该是想去靶场。

"我以为他要跳下城区了,祁醉还挺谨慎的。"贺小旭看着航线,自言自语,"也好也好,前期还是要避战的。"

赖华蹙眉,随后释然,自我安慰,祁醉这样选点也不错,稳妥,安全。

赖华没祁醉那么乐观,连续打十场,最后几场的时候祁醉必然会因为手伤状态下滑,所以他们必须在前几场就打好基础,攒下足够的积分来应对后面几场的未知可能。

赖华并不贪心,也没指望拿第一,他甚至想好了,如果前几局打得好,积分遥遥领先于第二名,确定能进前六后就让祁醉下来,由于炀顶上。

能拿到亚洲邀请赛的资格就行了,赖华不想冒太大风险,过多消耗祁醉的身体。

只有于炀有点想不明白。

祁醉的选点和落地处理堪称完美。像这个航线,他状态佳预判好的时候,甚至会选择跳机场,再不济,也会选择G城、P城这些物资丰盈的点,去小物资点打野……并不像是祁醉会做的事。

不单于炀,其实祁醉自己也没想到会去靶场。

"浅兮,下一把再有这种失误,我不可能再迁就你,你自己打野吧。"祁醉飞速搜索物资,声音淡漠,"我没说话你就跳,着急上坟?"

俞浅兮额头冒汗,咽了一下口水:"有点紧张……没想到按到F,提前跳了……"

"唉,跳都跳了,先别说这个。"卜那那吹了一声口哨,"有小姐姐在监听队内语音吗?我们战队犯了个蠢,拜托拜托,卡掉这一段谢谢。"

老凯去防空洞绕了一圈,不确定道:"有车声,可能是去S城了。"

"已经去了。"祁醉方位判断比老凯精确,他扶了一下耳机,快速道,"注意N方向,随时准备接客。"

卜那那:"OK,防空洞肥不肥?"

老凯从防空洞出来,摇头:"不肥,就搜了几瓶药。"

祁醉飞速换配件,淡淡道:"报数。"

第六章

卜那那忙道:"二一三。"(两个急救包、一瓶能量饮料、三瓶止疼药)

老凯:"零二二,两桶油。"

俞浅兮:"一三二。"

卜那那咋舌:"我这就一个全息瞄准镜,祁醉一个全息一个红点,老凯一个红点,浅兮一个二倍……我去,靶场什么时候这么穷了?连个四倍镜都没有,这怎么打?"

俞浅兮理亏,不发一言。

安全区已经刷了,位置十分可怕,是机场圈。

祁醉没说什么,让队员火速平分药品和子弹,找车边打野边跑毒。

落地位置不好,物资少得可怜,又遇到了天谴圈,HOG因为药品和弹药不足,愣是在第三个圈刷新前被活活耗死了。

名次出来的时候,休息室里赖华噌地站了起来,克制了再克制,没骂脏话。

HOG首场四排成绩:17名,Drunk4击杀,Banana2击杀。

队伍总计积分160。

"别着急别着急,刚第一场。"贺小旭自己也心虚,但还是要安抚赖华,"打完三场有半小时的休息时间,我叫他们过来,你给他们好好分析。"

"分析什么?就不该跳靶场!"赖华克制半天,一开口声音不自觉地大了,"祁醉想什么呢?都快到废墟了,突然往靶场飞!飞什么飞?!打个对勾飘到靶场的时候人家TGC的已经拿到车去S城了!足足让人家卡了一路!"

于炀不发一言。

祁醉的选点确实有问题,但他还是觉得……哪里不太对。

于炀前天还和祁醉双排四排过,虽然是鱼塘局,但祁醉的大局观和统筹意识还是频频让于炀觉得可怕,祁醉怎么会突然……出现这么大的失误。

贺小旭不知在安慰赖华还是在安慰自己,不断念叨:"就一把,很正常的,第二场吃一次鸡,积马上就赶上来了,没事没事……"

但很可惜,头号种子战队HOG在第一场跳水般扑街后,下面完全迷乱了。

第二场,S山P港航线,HOG跳的Y城,这次物资肯定是没问题了,但俞浅兮

贸然开枪，暴露了位置，被跳了法院的骑士团"教做人"了，一顿交火后，只剩下了祁醉一个。

"蠢货！纯种的蠢货！俞浅兮已经失误了，他们几个还送，还送！"前期状态和赖华预想的差太多，赖华彻底爆炸，"俞浅兮倒在这个位置，还去扶他！还去扶他！对，一个一个往里送，好样的，一个个的想什么呢？"

赖华肺要气炸了，狂飙了半天的粗话，暴怒下口不择言："他到底是手出问题了还是脑子出问题了？啊？想什么呢？"

"别瞎说⋯⋯"贺小旭脸色也不太好，他下意识看了于炀一眼，"祁醉还在，至少还能苟一下名次。"

赖华盛怒："要名次有什么用？他们现在需要吃鸡！再说他一个人，现在还被骑士团他们堵着，能苟出什么名次来？我就想知道祁醉脑子里在想什么？！"

赛场上，祁醉同样好奇，队友脑子里在想什么。

祁醉架着枪，微笑："真棒，一个接一个，你们这是葫芦娃救爷爷呢？"

卜那那干笑了下，尴尬道："浅兮说他那安全，可以救⋯⋯"

老凯本来就是医疗兵，队友倒了，下意识就要去扶，更别说有人说安全了，他没想到花落已经摸到近点来了，刚摸过去，就⋯⋯

俞浅兮额上满是汗珠，结巴道："我的错，但刚才我确实看位置没问题，我怕减员⋯⋯"

祁醉屏息，一枪放倒了花落，淡淡道："闭嘴。"

俞浅兮额上的冷汗流了下来。

花落被队友扶起来了，HOG三个人已经死了，只剩祁醉一个。花落其实挺想团灭HOG的，免得祁醉后期阴他，但现在自己战队位置全部暴露，跟祁醉对枪也对不过，房区里还不好绕，硬要冲房也行，肯定能打死祁醉，但自己战队很可能会减员，花落左右权衡，被扶起来后就撤了。

祁醉打满状态，等了片刻后跑毒。

他现在只剩一个人，游戏机制，在没有队友存活的情况下被击倒就直接死亡，祁醉不能再轻易和人对枪，只能苟名次保排名，好在祁醉意识超群，生生苟到了第六名,击杀两人。

第二局积分:225。

统计排名出来了,第一名TGC战队总积分940,第二名骑士团战队总积分825,第三名母狮战队总积分710……第十七名HOG战队总积分385。

赖华脸色黑如锅底。

他原本计划得挺好,前六局,吃两次鸡,把积分拉开,早早让祁醉下来休息,让于炀上去随便去打一打,保住前六名次就算圆满,现在看……

别说让于炀上场,战队能不能进前六都是问题了。

贺小旭看过积分榜后匆匆就关了,他犹豫了下,打开论坛……

贺小旭脸色一点点变白,刚要关APP,于炀低声道:"我看看。"

"哎呀,看这个做什么。"贺小旭迅速撑起一个笑脸,收起手机,"全是喷子说的垃圾话。"

于炀没勉强,他拿出自己手机来,也下了个APP。

"666,少爷团就是厉害,这是要反向吃鸡?"

"TGC粉发来贺电,我的祁,说好的一起去釜山呢?哈哈哈哈是不是不用等你了?"

"我之前说什么来着?队长每天只训练几个小时,队员整晚整晚直播,这样的队伍能出成绩就见鬼了,活该!"

"HOG凉了啊……"

"咦?你祁神的脑残粉呢?怎么不见了?说个笑话,神之右手电竞之光,在国内预选赛打出了十七名的好成绩!恭喜恭喜!"

于炀看了一会儿,出了休息室,点了一根烟。

于炀手指微微发颤。

他很久没跟人打过架了。

但在刚才,他非常想回基地,回到自己机位前,下个CH,人肉一下那几个最能说的,和他们线下solo一把。

在线游戏里,于炀只怕祁醉一个人,线下约架,于炀还没怕过谁。

91

于炀回到HOG休息室的时候，第三局比赛已经开始了。

贺小旭闻到于炀身上浓浓的烟味，皱眉："少吸烟，伤眼睛。"

于炀没说话，嗯了一声，坐回自己位置上继续看直播。

赛场上，俞浅兮一阵阵地出冷汗，恍惚出神，在祁醉喊了跳以后，耽搁了两秒才跳下飞机。

这次卜那那也看不下去了，不满道："浅兮你今天怎么了？"

"紧张了……"俞浅兮干巴巴道，"我马上好。"

他们跳的是核电站，落地后三分钟，俞浅兮连几个仓库房都没搜完。

"浅兮？"老凯跑到仓库房来，困惑不已，"你怎么了？不舒服？"

"不用管他。"祁醉道，"搜你的。"

卜那那蹙眉，下意识看向祁醉的方向，奈何选手和选手之间挡着隔板，他什么都没看见。

俞浅兮放开鼠标，搓了一下手，嗫嚅道："抱……抱歉。"

祁醉没说话。俞浅兮闭了闭眼，深呼吸几下，尽量找状态，但……感觉已经完全不对了。

心惊胆战地演了两局，俞浅兮觉得已经差不多了，他现在需要好好发挥，多拿几个人头，让粉丝们觉得是他力挽狂澜帮助战队拉回了积分，这样也能彻底把前几局的黑锅丢给祁醉了。

最重要的，他要让其他战队的高管看到，自己才是战队的中坚力量，是可以左右战局生死的人，祁醉开场频频失误，因为有自己，才没让名次下滑得太明显……

但现在的情况已经不受他控制了。

前一个小时，费尽心思甩锅给祁醉消耗了俞浅兮太多精力，他现在心慌意乱，完全没了平时的水平，即使想好好打，状态一时也无法快速提升，手和脑子都已经不听使唤了。

第三场，HOG实力三拖一，最终成绩排名第五，收了七个人头，单局积分300。

于炀扫了一眼总积分排行榜，HOG第十五名。

第六章

差得太多了。

"行了,这次有半个小时的休息时间,你跟他们好好说,先别骂人。"贺小旭拍拍赖华肩膀,"大家压力都很大,不是没这个能力,单纯发挥失常,好好说。"

赖华阴沉着脸,不发一言。

贺小旭干笑一声:"这不才三局吗?后面还是能追上来的,主要是第一场祁醉选点失当,成绩……太低了,大家被第一场影响,限制发挥了,但整体上说,后面每场都变好了对吧?"

"跟队长没什么关系。"

"你说什么?"赖华转头看向于炀,隐隐要发火。

贺小旭忙压着嗓子对于炀道:"Youth帮我把那箱水打开,他们一会儿要喝……"

"我说,这几局跟队长没什么关系。"于炀把手机扔进棒球服口袋里,"队里有个'孤儿',他这把能拿到第五已经不容易了。"

赖华当即要骂街,贺小旭烦躁不已:"干吗啊今天?逼我跳江?于炀我是不是忘了跟你说辱骂队友是高压线?这是没被外人听到,要是传出去,你今天晚上就要去二队了你知不知道?"

"对不起,我素质低。"于炀压了半日火,没动手已经算是好的了。他沉默片刻,淡漠道,"三场,他们一共拿了十五个人头,祁……Drunk十一杀,Banana三杀,Kay一杀,俞浅兮零杀。"

"那说明什么?"赖华冷着脸,"祁醉是狙位,他人头本来就比别人多。"

"那第三把,他们拿了个空投,是把MK14,俞浅兮去捡的,他拿了,"于炀冷漠道,"当烧火棍了。"

赖华实实在在让于炀激出火来了:"MK14又不是最好的空投,他拿了怎么了?你的意思,拿了好枪没杀人就是烧火棍?谁教的你这么狂?!"

于炀抬眸:"拿了MK14没问题,但他只配了托腮板,不装补偿器,这种失误不'孤儿'?"

当前版本,MK14配上补偿和扩容,在决赛圈的时候开全自动和人打近战,

93

不说无敌，但绝对是个大优势。

但俞浅兮生生把这把枪玩成烧火棍了。

赖华怒极反笑："你怎么知道他就有补偿器了？！真的有他能不……"

"他有。"于炀打断赖华，静静道，"导播切队长视角的时候，俞浅兮露了一次头，一秒钟左右，他那把SKS上装着补偿器了，我看见了。"

赖华怔住，对于炀说的那一秒钟，他……完全没印象。

贺小旭则完全呆了，他茫然地看看两人："你们在说什么？什么补偿？"

"不信一会儿问他们吧。"于炀不想再说，薄唇抿成了一条线，"他自己清楚。"

说话间，祁醉他们进了休息室。

卜那那和老凯霜打了的茄子似的，俞浅兮脸色苍白，一个个脸色都不好看。

"我要单独待一会儿，你们先出去下。"相比其他几人，祁醉脸色还算好的，他拧开水瓶喝了两口水，平静道，"俞浅兮留下。"

俞浅兮脸色瞬间变得惨白。

大家愣了两秒后，纷纷往外走。赖华皱眉，迟疑了下，但还是被贺小旭拉出去了。

于炀落在最后面，替祁醉关上了门，顺手脱了外套把房间里的监控摄像头盖上了。

卜那那回头看于炀，疑惑道："你遮摄像头做什么？"

于炀摇头不说话，心道打架斗殴不也是你们的高压线吗？

于炀低估了祁醉，让孤儿队友活活演了三局，祁醉情绪还好，没想要动手，甚至还给俞浅兮拿了一瓶水。

俞浅兮紧张地咽了一下口水，嗓子发干："队长……"

"于炀答应给你的钱，打款了吗？"

俞浅兮腿一软，险些倒在地上。

"看来是没给。"祁醉轻笑，"一年的签约费，于炀应该还没攒下。"

俞浅兮声音发抖："你说什么？我不知道……"

第六章

"无所谓,不认也可以,我顺便问的。"祁醉坐下来,心平气和,"新东家找到了吗?"

俞浅兮彻底崩溃,虚弱地扶着椅子坐了下来。

祁醉嗤笑,废物。

俞浅兮胸中如擂鼓,半晌平复了下心情,他脑子里闪过无数个念头,又被自己一一否定,祁醉和赖华都是眼里不揉沙的人,既然已经被他们知道了,那说什么都没用了。就算是卜那那,敢联系其他俱乐部,敢打假赛,祁醉他们也会毫不犹豫地把他踢出队伍,更别说是自己了。

俞浅兮抹了一把脸,一个念头一闪而过,抬眸质问:"你们都知道了?哈……你们知道了,但不问我,装没事,让我继续给你们打卖命比赛?"

"哦,反咬一口。"

祁醉自嘲一笑,他看着俞浅兮,目光复杂,想起半年前,俞浅兮刚进队时,桀骜不驯地对自己说,要给大家看看有了俞浅兮的HOG。

才半年……

半年,俞浅兮拿到了翻了十倍的签约费,拿到了优厚的直播合同,零星接了几个代言,买了跑车,买了名表,慢慢地开始羡慕卜那那的大房子,羡慕祁醉一车库的跑车,羡慕圈里那些成名已久的明星选手骇人的收入和存款……

祁醉自觉年纪大了,不能细想以前的事,摆摆手:"算了,没什么可聊的了。"

"你们耍我呢?"俞浅兮看着祁醉淡漠的表情,心中无名火起,破罐子破摔了,"好,真好,你们永远这样,你们才是一个战队的,你们什么都知道,但就是瞒着我,什么都不跟我说!现在还想骗我?知道我跟于炀要钱,知道我联系别的战队,都不说!哈哈……"

俞浅兮心跳飞快,恶毒道:"耍我很好玩?让我白给你们打比赛,然后等我拿到预选赛门票以后,踢了我,让于炀顶上?!

"你早看我不顺眼了吧?所以叫于炀来一队,就准备找个合适的时候把我踢了吧?"俞浅兮胸口起起伏伏,大怒,"让我给他铺路?别做梦了!"

祁醉抿了抿嘴唇,无奈一笑:"你是真的觉得战队没了你就不行?"

"我再不行也是一线选手,你不承认也得承认。"俞浅兮上下看看祁醉,冷笑,"你们除了资格老一点,哪儿比我强?卜那那……呵,只会莽冲,老凯,那就是你养的一条哈巴狗!你?呵呵呵呵……"

俞浅兮上下看看祁醉,低声道:"神之右手,你还能打几年?半年?一年?明年差不多就得收拾收拾准备退役了吧?!"

祁醉静静地看了俞浅兮几秒,迅速起身。俞浅兮吓得猛地往后一退,祁醉理也没理他,径自出了休息室。

于炀和其他人在不远处的走廊拐角,卜那那已经把前三场比赛细节跟众人说了,赖华暴怒。贺小旭也气炸了,但怕别人看见爆出丑闻来,还在尽力安抚众人。

于炀见祁醉出来了,第一时间走了过来,于炀扫了休息室里一眼,确定没打起来后抬眸看祁醉,小声道:"我替他?"

积分落后成这样了,这会儿谁顶上谁背锅。

祁醉心里一软,摇头:"不用,你先做准备。"

赖华忍无可忍,对着休息室里破口大骂了半分钟,他喘息着看向祁醉,皱眉:"别闹了,就让于炀替他……"

"我说了。"祁醉打断赖华,平静重复,"不用。"

大家瞬间静默,没一人敢再说话。

半小时的休息时间马上过去了,第四局比赛开始。

HOG开场跳了机场。

祁醉落地随手捡了一把UMP9,上好子弹,开了全自动,一梭子下去将俞浅兮打了个透心凉。

几个解说呆滞,几秒钟后,直播间瞬间爆炸。

俞浅兮表情空白,一时间一句话也说不出来了。

"我来兼顾自由位,其他照旧。"祁醉语气一如往常,"老凯盯观测站,有人来马上报点。"

老凯愣了足有三秒后才飞快道:"好!"

"那那随时报药品,装不下了给老凯,我怀疑又是个天谴圈。"祁醉更换枪支，低头看看倒在地上还没退出游戏的俞浅兮尸体，刚想起来似的，"哦，手滑。"

俞浅兮咬牙，他抬眸，看看比赛位前面的摄像头，想要起身又克制地坐了回去。

"正好，躺在地上看得更清楚。"祁醉扣上一个三级头，装上二级甲，"看看莽夫、哈巴狗和要退役的神之右手，是怎么打比赛的。"

第四局，HOG名次第一，顺利吃鸡，队长Drunk共击杀12人，包括队员一名。

第四局，HOG排名第一，队伍总击杀22人，单局总积分710分，总排名迅速蹿至第十一名。

第五局，祁醉开场手滑，错赏了俞浅兮一套绝地三连喷。HOG最终排名第二，队伍总击杀13人，单局总积分485分，总排名持续上升，蹿至第九名。

第六局，祁醉落地后再次手滑，在仓库房顶用一把mini机瞄打鸟，错将还在高飘的俞浅兮射杀。HOG最终再次吃鸡，队伍总击杀9人，单局积分580分，总积分力压群狼战队，强力逆袭，挺进了前六。

"Nice！Nice！Nice！"贺小旭爽疯了，狠捶了一下桌子，"来！让老子看看论坛喷子现在又说什么了！"

"HOG这是什么操作？祁神是在进行什么古老又神秘的仪式吗？开场血祭一个就可以吃鸡？"

"不好意思，我们HOG随便拖出哪个来都能一扛三，三个人吃鸡怎么了？"

"这……这真是手滑？祁神也会手滑吗？我一直以为他是从不失误的。"

"第六局的时候俞浅兮又想飘走了，在天上就活活被你祁神打死了！"

"Drunk这是怎么了？这一顿神操作秀得我头皮发麻，今年开年大戏开始了？"

"乖乖，不说别的，这三场太爽了吧？你祁神还是你祁神啊。"

"我觉得有问题是俞浅兮吧？不说这三局，前三局呢？一个人头都没拿！怎么了我俞哥？不声不响地修佛啦？不能杀生了？！"

97

"不杀生就算了,俞浅兮第二局那个死亡之枪才是亮点,想去干骑士团,让花神回手就是一通父爱教育,要不是祁醉苟下来了,现在还不一定能进前六呢。"

"不光第二局,细想一下前三局都有问题,等出了录屏我要仔细复盘一下。"

相关论坛和直播平台基本上已经被HOG刷屏了,不少人已经看出俞浅兮在演戏,还有质疑祁醉射杀队友的,几拨人吵吵嚷嚷个没完。

贺小旭有心买个三无号跟着撕,奈何第七局比赛已经开始了,贺小旭收起手机,专心看直播。

第七局开始。

导播的视角都不带犹豫的,直接就给到了祁醉。

几个解说,现场的观众,直播间粉丝们……万众瞩目、翘首以待,想看祁醉这一把要怎么杀俞浅兮。

甚至一同在比赛的选手们都频频看向游戏里的公告区,等着看俞浅兮的击杀公告。

但很可惜,祁醉似乎已经玩够了,他这次没动手,好似什么都没发生一般,一切如常,按部就班地指挥。

反观俞浅兮,他心态全崩,浑浑噩噩,已经不知道该做什么了。

俞浅兮脸色惨白,躲躲藏藏,尽力避免和祁醉站在一起,生怕祁醉一开心,抬手给自己一枪。

俞浅兮怎么也没想到,自己联系外俱乐部的事被祁醉知道了,也没想到,祁醉早就看出自己前两局在演了,更没想到,祁醉不但完全不怕自己离队,居然还直接在赛场上和自己撕破脸了。

"你以为呢。"卜那那刚刚才知道俞浅兮干的那些破事,恶心得想吐,老好人终于也生气了,凉凉道,"前些年,TGC有个选手赛前对着老凯的海报竖中指。祁醉那天比赛从头到尾只盯他一个人,简直可以说是虐杀,老虎不发威,你真以为他没脾气?"

终于冲进前六了,卜那那心情挺好,吹了一声口哨,问老凯:"唉?那个人现

第六章

在做什么呢?"

"不知道啊……"老凯认真想了下道,"真没他消息了,应该是退了吧?估计是被教育得太惨了,都怪队长……祁·职业终结者·醉。"

俞浅兮脸色灰白,呼吸都不顺了。

祁醉蹙眉:"他自己不想打了,关我什么事?搜完没?搜完装备马上走。"

"好嘞。"这几把打得好,卜那那的状态完全上来了,他看看远处的俞浅兮,冷冷道,"老实点,再敢阴人,突突死你!"

祁醉打开地图看安全区,计划进圈路线,始终没跟俞浅兮说一句话。

后台,贺小旭挖心挠肝,着急道:"祁醉等什么呢?打他呀!打呀!哎呀他等什么呢?怎么还不打死俞浅兮?"

"他们跳的大厂……"赖华揣测,"大厂那个地形……物资不好搜,应该是用他帮忙搜东西,等他搜好了,再结果了他,捡他东西。"

于炀静静地看着,摇头:"队长不会再打他了。"

两人闻言看向于炀,于炀愣了下,不自在道:"我随便说的……"

"没。"贺小旭真心实意道,"我觉得你说的都挺准的。"

于炀抿了一下嘴唇,沉声道:"俞浅兮……他演了三局。"

赖华愣了下,了然。

俞浅兮演了三局,祁醉杀了他三局。

在这次比赛第六局结束的时候,对祁醉来说,他和俞浅兮之间的羁绊就已经了断了。

在祁醉心里,俞浅兮已经不属于HOG,不再是自己的队员,自然不会再对他做什么。

祁醉不是个感性的人,更抵触尴尬又恶心的回忆杀,所以他懒得跟俞浅兮说自己曾真的相信过他,相信年轻的俞浅兮会带给所有人一个不一样的HOG。

同队半年,没这个缘分,就只能没这个缘分了。

从此大路朝天,大家各走一边。

祁醉不会像卜那那暗示的那样通过自己在电竞圈的人脉去害谁,当然也不会去祝福谁。

祁醉不屑,俞浅兮也不配。

"还是这样……"赖华不知道想到了什么,半晌低头笑了下,自言自语,"表面上跟流氓似的,其实是难得的一个电竞绅士。"

在役八年,被无数职业选手称为祁神,不单单因为他的神之右手,祁醉这个人,血液里、骨子里都刻着电竞的魂。

于炀紧紧地盯着屏幕,摄像头扫过祁醉的时候,于炀心跳一阵加速。

这就是祁醉。

明明可以俯视所有人,但偏偏要平视所有人的祁醉。

"跟俱乐部打声招呼,让法务部门准备一下……"赖华沉默许久,叹了口气,"准备解约吧。"

贺小旭释然,点头:"好,解约吧。"

第八局比赛结束的时候,HOG总积分排名已经爬到了第四名。

贺小旭看看第五名、第六名和第七名战队的积分,松了一口气:"行了行了,终于把分数拉开了,稳了。"

赖华眉头还紧皱着,贺小旭笑笑:"行啦!最差他们再反向吃鸡,也能稳在前六了,你看第七名的NON,积分那么低,他们上不来了。"

赖华摇头:"我不是担心这个。"

贺小旭一愣,马上懂了赖华的意思,脸色也不太好了。

于炀不明所以:"队长已经杀了他三局了,应该可以了,我替他?"

贺小旭脑子有点乱,脱口道:"你替谁?"

于炀蹙眉:"俞浅兮啊。"

"啊,对,是啊。"贺小旭咳了下,"造孽哦……选手不能带手机,也不知道需不需要,我跟赖华去问问,你在这看东西啊,别乱走。"

贺小旭说着起身,推着赖华出去了。

祁醉状态其实还可以,他上一局去洗手间的时候又在自己右手臂上缠了一层肌内效贴,只剩两局了,他还能坚持。

"别说能不能坚持,我就问你疼了没?"赖华不听祁醉这些话,"反正已经稳了,下来吧,让Youth上来,随便打打。"

第六章

"对对。"贺小旭点头,给俩人宽心道,"就当练兵了!Youth还没参加过这么大型的线下赛,让他试试吧,好吧?马上就是主力队员了,得好好培养啊。"

走廊里空无一人,祁醉倚在墙上,轻轻揉手腕,一笑:"不想要前三了?"

"哎呀要什么前三。"整天念叨叨拿金锅的贺小旭瞬间改口,无所谓道,"早就说了,我们就是来拿个亚洲邀请赛资格的,谁跟他们似的,小家子气,一个国内赛奖杯都要抢,要死了,我们队奖杯早就放不下了好吧!"

祁醉莞尔。

几分钟后,接到贺小旭电话的于炀拎着自己的外设包出来了。

祁醉脱了外套,对于炀一笑:"小哥哥,轮到你了。"

于炀接过印有Drunk的HOG外套披在身上,和祁醉击了一下拳,走向前台。

十分钟后。

于炀面无表情,穿着大一号的队服,坐在了队长祁醉的位置上。

所有关注这次比赛的人在安静了几秒后,再次疯狂。

于炀换上自己的键盘和鼠标,迅速调试好DPI,他戴上耳机,示意裁判OK了。

裁判检查了于炀的外设后拿起对讲机通知后台,所有人确定于炀已经没问题后,第九局比赛开始。

于炀暂代祁醉的指挥位和狙击位,他前几天刚被祁醉指导过,选点什么的颇有祁醉特色,卜那那和老凯还算适应。当然,于炀从祁醉那学到的不止这些。

第九局落地,于炀用一把SCAR-L把俞浅兮打得爹妈不认。

第十局落地,于炀直接给了俞浅兮两喷子,送他归了西。

俞浅兮盛怒,直接在队内语音里骂:"于炀你有病?"

"队长是绅士,我不是。"于炀冷冷道,"我素质低,你不早就知道吗?"

俞浅兮嘴唇动了动,想继续骂,又憋了回去。

祁醉是神,他并不在意网上那些黑粉的恶毒揣测和诅咒,但于炀不能。

于炀没文化,涵养差,他记恨俞浅兮害祁醉背锅,也不想让俞浅兮在自己队伍里妨碍自己冲名次,所以就要第一时间结果他。

101

于炀看着俞浅兮的盒子道:"我是替队长上来的,要是因为你,掉了他攒到现在的积分,你赔得起吗?"

俞浅兮让于炀噎得直喘气,不发一言。

第十局结束,HOG名次第一,总积分排名第二。

三个解说同时起身,短暂地恭喜过第一名TGC战队后大声激动地向大家介绍HOG和他们的新队员,赛场上HOG粉丝疯狂地喊于炀的游戏ID:"Youth! Youth! Youth! Youth! Youth! Youth!"

后台,祁醉听着粉丝们整齐划一的欢呼声,嘴角微微勾起。

他的小少年,他的Youth。

导播把镜头给到于炀,祁醉紧紧地盯着于炀,眸子突然一动。

直播显示屏里,于炀呼吸比平时也急促了几分,他平复了一下心情,对着镜头,脱了队服外套。

于炀双手举起队服,将队服背面展示给了镜头。

摄像马上给了特写:Drunk。

后台,贺小旭愣了下,眼睛倏然红了。

Drunk。

祁醉一怔,胸口瞬间涌过了一股热血。

赛场上,粉丝们安静两秒后彻底疯狂,一阵尖叫后开始大喊祁醉的名字——

"Drunk! Drunk! Drunk! Drunk! Drunk! Drunk!"

AWM

第七章

国内预选赛结束，有关HOG战队的新闻占据了各大平台电竞版块的头条。

有恭喜的，有猜测的，有质疑的，论坛和微博也是争执不断，战队粉丝和队员个人粉撕个不停。

HOG、Drunk、Drunk杀俞浅兮、Youth杀俞浅兮、HOG开场杀俞浅兮、HOG不杀俞浅兮就不能赢、HOG到底还有谁想杀俞浅兮……一系列相关话题纷纷被顶上热门榜。大家对这邀请赛的热情全部倾注在了HOG队内大乱斗上，场面堪比世界赛结束后的大狂欢。

"我，Banana，本名卜那那，在役五年。五年了，如果说有遗憾……"赛后回基地的车上，卜那那摸着肚子，感叹，"就是没在赛场上，击杀一次俞浅兮。"

老凯跟着叹了口气："第十局的时候，我看Youth想杀他，我偷偷跟着补了一枪，但人头没算我的。"

"主要是Youth手太快，我刚落地，俞浅兮已经凉了。"卜那那唏嘘，"小青年脾气很暴的，防备心也很强，这是怕我们偷你人头吗？"

于炀还在遗憾自己第九局的一个失误，闻言闷声道："没，我怕他反过来杀我。"

"高估他了，他都慌了，还敢杀你？"卜那那来回抚摸着肚子，摇头，"可惜了……以后再见面，怕就不在同一队了。"

祁醉道："那不好吗？同一队杀了都不算积分的，在别的队伍，他的头至少还值10分。"

卜那那一拍大腿："说的是啊！"

"你们有完没？不知道我烦得要死？！"贺小旭黑着脸坐在副驾驶的座

第七章

位上,战队内部出了这么大的问题,他身为经理难辞其咎,刚被俱乐部总部骂了一顿,心情极差,他柿子捡软的捏,喷卜那那,"赛后不反思一下!说什么骚话!"

"反思也轮不着我……"卜那那刚才上车最晚,还没反应过来,他看看前后,"俞浅兮呢?你们把他塞车后备厢了?这要查出来可是要扣分的,提前说好啊,今年你们谁的分扣完了也不能再拿我驾照去销分了……"

"没人要用你驾照!"贺小旭彻底没脾气了,奄奄一息,"赖教练带他先走了,不然呢?跟咱们车走,让你们揍他?擦边球打不够,想要碰高压线爽一下?"

卜那那撇撇嘴,消停了。

回基地的路上,祁醉突然说请客,大家自然没异议,热热闹闹地去吃了火锅。待大家酒足饭饱回到基地时,已经是子夜一点了。

基地大门外面散落着几个纸箱和零星的杂物,于炀看了一眼,突然明白祁醉为什么要请大家吃夜宵了……

俞浅兮已经走了。

祁醉用一顿夜宵的时间,成全了彼此最后的体面。

卜那那跟老凯相互推搡着下了车,看到地上的东西后默然。

"就这样吧。"

卜那那吐了一口气,搭着老凯的肩进了基地。

贺小旭瞥了一眼地上的东西,吩咐司机帮忙收拾了,像是什么也不曾发生过一般。

战队虽没拿到第一,但在这种局势下翻盘拿到第二名的银锅已经非常不容易了。放在平时,二队的小孩子们是要在门口一起恭喜哥哥们顺便跟卜那那他们讨要红包的。但今天出了这种事,一个个安静得像兔子似的,躲在一楼训练室里装认真,其实计算机屏幕上都挂着论坛和微博。

俱乐部总部派了法务部的人过来,贺小旭勒令众人不许开直播、不许发微博后去休息室跟他们商量对策。

祁醉回自己房间，把绑了一手臂的弹性绷带拆了，冲了一个澡换好衣服后去了训练室。

赖华坐在角落里，低头按手机，不知在联系什么人。

老凯眉头紧皱，正在看微博评论。

卜那那开了小号逛论坛，正和喷子们相互问候长辈。

于炀……

于炀正在欧服单排冲排名。

祁醉忍不住笑了。

已经是决赛圈了，于炀打得很认真，祁醉没打扰他，坐回自己位置上。

祁醉调出今天比赛的录像，直接拉到了于炀上场那里。

祁醉复盘于炀的操作，暗暗咋舌。

如果说卜那那有点莽的话，那于炀就是实实在在的刚了。

最后两场，赖华给于炀唯一的任务就是切身体验大赛，感受竞技。

但于炀显然没听进去。

他从始至终就没考虑过赖华和贺小旭是让他来混的，他的目标也从来不是前六的门票，他是实实在在地争第一。

即使他当时已经知道，HOG和第一名的TGC积分相差过多，这是不可能的了。

从选点到进圈的路线的计划都能看得出来，于炀宛若侵略一般，疯狂地抢夺所有能抢夺的积分，每一步每一枪，都在向着第一努力。

明知不可为而为之。

祁醉关了录播，侧头看看于炀，他一局游戏正好打完。

祁醉敲了敲桌面，于炀抬眸看了过来。

"出来一下。"

于炀摘了耳机，迟疑了下，跟着祁醉出了训练室。

休息室让贺小旭他们占了，祁醉想找队员谈话也没了地方，只能在走廊里了。

第七章

祁醉不想惊动卜那那他们，压低声音："今天打得很好，我很惊讶。"

于炀飞快抬眸扫了祁醉一眼，垂眸，半晌……耳朵红了。

祁醉夸他了。

"听贺小旭说，你在休息室一直维护我？"祁醉侧头看着于炀，微笑，"还跟赖教练顶嘴了？"

于炀的脸更红了。

祁醉挺好奇："你怎么知道，我只会杀他三局的？"

于炀沉默片刻，低声道："你就是这样。"

祁醉挑眉："什么样？"

"就是……有涵养。"于炀有点羞于启口，含混道

祁醉迷茫。

"不是，你……"于炀不知该怎么说，结巴道，"你没……报复我。"

祁醉明白了。

祁醉嘴角微微勾起，不知怎么的，他从于炀的语气里感觉到了一丝遗憾的意味。

"你刚来战队那会儿，以为我会怎么报复你？"祁醉倚在墙上，抿了一下嘴唇，"你应该知道这边我说了算吧？基本上……我想做什么，就能做什么。别说贺小旭，就是总部那边，也没人敢管我。"

于炀点头："知……知道……"

祁醉轻轻笑了。

于炀窘迫得恨不得钻到一旁的大花盆里。

他梗着脖子，一言不发。

祁醉低声笑了下。

"反正……"于炀让祁醉"逼问"得浑身发红，闷头道，"我不走。"

"你们……"贺小旭推门，愣了下，"聊什么呢？我是……又打扰你们了吗？"

"没。"祁醉深吸一口气，侧头看看贺小旭手里的文件纸，"开会？"

107

贺小旭尴尬地点头："是。"

"那就开。"

于炀尴尬不已，他不想让别人看见自己脸红，转头去洗手间冲脸。

经过祁醉身边的时候，祁醉微微偏头，在于炀耳畔飞速低声道："别让他们洗脑。"

一刻钟后，一楼小会议厅里。

"半年里，俞浅兮也为战队做出过贡献。当得知其屡次联系其他俱乐部人员时，俱乐部深感震惊与痛心，俱乐部分部经理也曾屡次同俞浅兮交流、谈话，但于事无补。在今天的预选赛上，俞浅兮更是恶意假赛，企图拉低战队成绩，抹黑战队形象，种种行径，令人发指。

"全力对待每一场比赛，不消极比赛，不假赛，谨记身上担负的责任和荣耀，尊重竞技精神，是每个职业电竞选手应具备的基本素养。鉴于俞浅兮的违约行为和他与俱乐部背道而驰的电竞信念，HOG俱乐部决定，立即与俞浅兮解约，并保留追究其法律责任的权利。

"以上。"

贺小旭看着一队四人，二队三人，正色道："2003年，我国体育总局正式批准将电子竞技列为第99个正式体育竞赛项。

"2008年，国家体育总局将电子竞技改批为第78个正式体育竞赛项。"贺小旭敲敲桌子，说，"十几年了，虽然很多人还不认可我们的行业，不承认你们的努力，对你们的职业充满偏见，不知道你们曾在美国、在德国、在韩国，在世界各处为国出征，身披国旗奏响国歌，但是——"

贺小旭深吸一口气："身为电竞人，自己该有的信念，请谨记。"

"好了。"贺小旭拿起另一份文件，"下面说俱乐部对一队队长和一队替补队员于炀的处罚。"

"啊？"卜那那抬起头，"什么意思？处罚他俩干吗？"

贺小旭冷着脸："大赛上，恶意击杀队友，你以为这事儿这么简单就过去了？你们觉得这种事不会有处罚？"

第七章

砰的一声，卜那那愤愤不平地砸了一下桌子，于炀微微皱眉。

"我俱乐部，自成立以来，本着公平、友爱、和谐、上进……"

祁醉打了个哈欠。

五分钟后，贺小旭喝了一口水，继续道："对于二人造成的不良影响，俱乐部深表痛心，决定对其进行最严厉的思想品德教育，并分别处以10000元、3000元的罚款，请广大网友和粉丝共同监督批评。以上。"

二队的辛巴没忍住，噗的一声笑了出来，被赖华横了一眼后马上闭嘴。

处罚完毕，俱乐部总部的人走了。

"签单吧。"贺小旭把处罚公告递给祁醉和于炀，搓搓手，"快快快，终于到了我最喜欢的环节了！"

祁醉龙飞凤舞地签下"Drunk"，一笑："于炀那份也算我的。"

"不用，我有钱。"于炀咬下笔帽，低头签下"Youth"，含糊道，"才3000……"

"拿来拿来拿来。"贺小旭收起处罚公告，开心地宣布，"一万三！明天聚餐！行了，散了散了，睡觉的睡觉，加训的加训，都记着点儿你们队长的好啊！又请你们吃饭了！一天天的……"

翌日上午十点，邀请赛前六名的队伍齐聚魔都某视觉工作室，一同拍摄亚洲邀请赛宣传照。

于炀四点刚躺下，八点就被贺小旭砸门砸了起来，这会儿困得恨不得杵在墙上睡一会儿。

"我已经记不清我上一次中午之前起床是什么时候了……"卜那那也没好到哪里去，他眼睛通红，强打着精神坐在椅子上任由化妆师摆弄，"今天早上要拍宣传片，怎么不早说？"

贺小旭挨个给队员们上消红血丝的眼药水，无奈："昨天那么多事，我微信上未读消息都要爆了，哪儿来得及挨个看，不是今早他们给我打电话确定时间，我现在还不知道呢。"

109

祁醉昨晚两点睡的，比他们稍微好了点，他倚在墙上打盹，揉揉脸道："我不化妆了……让她们给我抓个头发就行。"

于炀戒备地看看化妆师们，跟着低声道："我也不化。"

"随便你们。"贺小旭摆摆手，见老凯也要跟着喊，贺小旭凌厉地一挑眉，"你不行！你长不用化妆的脸了吗？！"

老凯无端受辱，无奈地耸耸肩，坐回去等化妆师。

半小时后，HOG四人开始拍宣传照。

先是队服照，四人强忍困意，尽量打起精神来，摆了几个造型。贺小旭嫌他们精神不够旺盛，摄影大哥倒不觉得，四人困倦的表情莫名嘲讽，颇有点儿睥睨对手的意思，也很好。

贺小旭怀着私心，又让于炀和祁醉两人多拍了几张个人照，盼着宣传出来以后战队的网店能多卖几件队服。

队服照拍好后就是兵装照了，摄影大哥吹了一声口哨："最期待的来了。"

工作人员推着衣架车进来，四人头大。

贺小旭催促："麻利点，拍完还一堆事儿呢，祁醉要去做采访，你们六个队伍还要一起打友谊赛，时间不够用的。"

几人无法，脱了队服外套，穿上迷彩防弹马甲，缠上军用腰包，插上军刀，换上军靴，戴上迷彩露指手套，扣上三级头，走到一边，挑选自己的常用枪。

"哇哦！"摄影大哥赞叹，"帅！"

"脸太干净了，上一点迷彩。"贺小旭指挥着，"化妆小姐姐们注意下，不要抹太多啊，我们战队主要靠队员颜值吃饭的。"

于炀皱眉，有点抵触地看着化妆师，低声道："给我吧，我自己来。"

化妆师尴尬一笑，把油彩递给于炀，于炀用两指沾了点油彩，从自己左眼尾到右脸颊，斜着在脸上画了长长的一道油彩。

兵装照完成，四人衣服稍有不同，祁醉多缠了一条迷彩围巾，于炀肩上搭着一串机枪弹，卜那那腰间多绑了两颗手雷，老凯则拿了一张绝地大陆地图。

第七章

"完美!"

合照拍完后是单人照,于炀和卜那那两个突击位还合照了几张,两人都拎着冲锋枪,挎着整排的子弹,两人一瘦一胖,一个漠然一个狞笑,站在一起显得莫名凶残。

"特别好!"

摄影大哥比了个"OK"的姿势,于炀不自在地动动脖子,看向祁醉,隐隐期待,等着摄影让自己和祁醉合照。

但很可惜,摄影大哥并无此意,摆摆手示意收工了。

于炀抿着嘴唇,想说,又觉得自己要求不太好,最后闭嘴没提。

不知是不是天命就倒霉,从这开始,后面这一天的行程,于炀一处不顺处处不顺。

拍完宣传照,HOG的几人洗了脸换了自己的衣服,依次接受采访,和其他几个战队的队员见面。

中国区邀请赛前六名分别为TGC、HOG、FIRE、骑士团、母狮、Wolves战队,排名第一的TGC自然是采访热点,贺小旭跟TGC的经理有段塑料兄弟情,表面恭维了一会儿后开始相互冷嘲热讽。TGC经理问候贺小旭俞浅今走后战队还撑不撑得住,贺小旭则反问TGC今年又流掉几个代言,并嘘寒问暖,劝TGC多签几个长相好的队员,不然还真的不容易拉赞助。

祁醉在另一个棚里接受采访,卜那那想笑不敢笑,跟于炀小声介绍其他战队。

"在咱们队长前面站着的大高个,叫周峰,就是TGC的队长,比咱们队长小两岁……看着是不像啊,但真的刚二十三,他这人……特别严肃,我就没见过他笑,听说他能把队员骂到哭,平时见面绕道走,不要惹他。

"咱们队长后面站着那个穿粉色衬衫的就是花落,让你一枪轰了的那个,长得还行,人气挺高的,但还是赶不上队长。

"那边那个喝水的,是soso,现在在骑士团当管理了,我跟你说,当年,他和花落配合得可好了,差点压过咱们战队,不过还是差点儿事。后来他退了,骑

111

士团就渐渐不太行了,这次比赛骑士团好像才拿了个第四?当然,比起那些小战队还是强太多了。

"再那边,那个还戴着三级头的,是海啸,TGC的,周峰现在的'亲儿子',也是个突击位,怎么说呢……人莽枪刚。

"后面是卡卡,他以前是骑士团的,现在在母狮战队了……他从骑士团走的时候闹过好大动静,现在花落、soso他们都把他当空气,迎面见着也不说话。

"卡卡旁边,正在说话的是酒桶,母狮战队的队长。

"酒桶后面的是Wolves战队那几个,他们这次能打进前六真还不容易……"

卜那那一通说,听得于炀晕头转向,就记住了周峰、花落,还有什么soso的。卜那那叨叨起来没完没了,于炀只得耐着性子听着。

冗长的采访环节结束,众人吃了工作餐后遵从主办方的安排,在比赛合作平台直播友谊赛。

说是友谊赛,其实只有二十四个人,根本没法正常打,主办方要求选手们只能跳机场,打到最后一组就算完事。

至于分组,更是全打乱了,二十四个职业选手随机双排,轮上谁算谁,一共五局,单算积分,积分最高的选手奖励一个三级头盔……完全是娱乐粉丝。

当然,这点主办方也确实做到了,各大战队的粉丝们从上午看到选手们的宣传照后就开始兴奋,知道会有大乱斗娱乐赛更是高兴坏了,直播平台人气一路暴涨,等比赛开始的时候,频道人气已逾千万。

于炀坐到自己机位上,默默算自己和祁醉做队友的概率。

"都开直播,官方没说不能分流,我看TGC他们已经开了。"贺小旭面对第一名永不服输,在HOG四人旁边咬牙切齿,"都开了!让TGC经理看看咱们战队的人气,拿了个第一,可飘坏他了。"

祁醉哭笑不得,答应着开了直播。

于炀他们也开了。

瞬间,官方直播间人气跌了几百万。

贺小旭哼哼,第一名……可能耐死你们了。

第一局,于炀心里默念祁醉的名字,等了片刻……

匹配队友:Banana。

"爽啊!"卜那那高兴坏了,"咱俩突击位!跳机场!这不突突死他们?"

于炀笑了下,点点头。

于炀偏过头看了看祁醉的屏幕……祁醉的队友是花落。

祁醉挑眉,忍不住嘲讽:"看来今天拿不了第一了。"

花落一脸嫌弃:"这话该我说吧。"

祁醉的弹幕上刷过一片调戏的声音,于炀抿了抿嘴唇,闷头扎进了机场,捡了一把SCAR-L和卜那那齐心协力地把花落轰得面目全非。

花落:"……"

卜那那吼了一声:"爽!"

祁醉苟在房顶,不紧不慢地捡东西,嗤笑:"菜。"

花落:"滚。"

一共只有二十四个人,还只能在机场范围活动,在第一个毒刷过的时候就决出胜负了。

祁醉苟到了最后,拿了第一。

第二局。

于炀轻敲桌面,等着匹配队友出现。

"Drunk……Drunk……Drunk……"

于炀嘴唇微动,不断念叨。

匹配队友:ZHOU。

周峰。

于炀偏头看祁醉……祁醉匹配队友又是花落!

祁醉失笑:"你有完没?我发现你现在抱大腿没够呢?"

花落:"……"

于炀嘴唇抿成一条线,开场后又一头扎进了机场。

于炀不想说话,周峰队长更是不会说话,两人沉默地打了一局,奇妙地吃了鸡。

第三局。

于炀磨牙,怎么也该匹配到祁醉一次了吧?

于炀烦躁地按鼠标,等了半分钟后⋯⋯

匹配队友:老凯。

老凯兴奋:"好好好,我早就想跟你配合一次了!"

于炀勉强地扯了一个微笑,转头看祁醉⋯⋯祁醉匹配到了海啸。

最终花落和卡卡吃了鸡。

第四局。

于炀有点烦躁,两眼紧盯着屏幕。

Drunk⋯⋯Drunk⋯⋯Drunk⋯⋯

匹配队友:周峰。

周峰:"你好。"

于炀麻木道:"你好。"

弹幕爆笑。

"终于让我见到比周大队长更沉默寡言的了,哈哈哈哈哈。"

"周哑巴你也有今天,哈哈哈哈哈。"

"Youth怎么有点兴致不高啊?是不是啊?"

"是有点啊⋯⋯怎么了Youth?"

"哇哈哈哈哈哈求你们去看祁神直播间,哈哈哈哈哈哈,他今天是跟骑士团杠上了吗?"

于炀瞬间转头,脸色顿时更差了。

祁醉的匹配队友:花落。

三次了。

祁醉开了弹幕助手,于炀依稀看见几条弹幕,都在刷双队长CP。

第七章

于炀冷着脸,不再看祁醉。

可惜,于炀的弹幕也在刷祁醉和花落。

"Youth快去看,你们队长又遇上花落了,哈哈哈哈。"

"哈哈哈哈哈哈,我估计花落要哭死了,今年是怎么也摆脱不了HOG了。"

"哈哈哈哈,队长和花花又在互呛了,笑死我。"

"哈哈哈哈哈,花花被欺负得好可怜,哈哈哈哈……"

"好萌好萌好喜欢他们俩,哈哈哈哈哈哈……"

于炀关了弹幕助手。

第五局。

于炀已经不抱希望,他低头看着键盘,心里不太痛快。

他就是想跟祁醉一起打场比赛。

娱乐赛也无所谓。

邀请赛上,他很想替俞浅分,就是想能跟祁醉一起打一场比赛。

他不喜欢在鱼塘局里秀枪法,他就是想在这些高手面前,把自己的枪法亮给祁醉看。

让他看看,自己不是混来的。

自己真的很厉害。

第五局,于炀的匹配队友出来了,于炀抬眸一看,心态彻底崩了。

匹配队友:花落。

花落:"嗯……虽然你还没开麦,但我已经感觉到了一股浓浓的不欢迎的气息。"

于炀抬手扶了一下耳机:"没有。"

"哈哈哈那就好。"花落开朗一笑,"虽然听说你要转为HOG正式队员了,但不知道你有没有兴趣了解一下我们骑……"

于炀淡淡道:"没有。"

花落悻悻:"哦。"

于炀忍不住又开了弹幕助手,有弹幕在刷,说祁醉队友是卜那那。

随便吧……反正也不是自己。

弹幕还在疯狂刷祁醉和花落,于炀心烦意乱,他第一个落地,捡枪上子弹。

砰的一声,于炀让人一枪射了个对穿。

"HOG-Drunk使用98K击倒了HOG-Youth。"

于炀咬牙。

祁醉看着击杀公告,噗的一声笑了出来。

"别补他别补他!"祁醉眼睛发亮,勒令卜那那不许碰于炀,自己走了过去,看着伏地的于炀,忍着笑,开了公共语音,"这是谁啊?"

于炀:"……"

丢死人算了!

"你开麦,我就不杀你。"祁醉把枪收了,一笑,"真的。"

于炀莫名地害臊,又有点难堪,没开麦。

祁醉在掩体后面,还算安全,他顺手开了弹幕助手看了一眼,大概清楚于炀心里为什么不痛快了。

"唱首歌,我就不杀你。"祁醉忍笑逗于炀,"我刚没看击杀公告,你到底是谁啊?"

于炀的弹幕上刷过一排"哦哦哦"。

"你是哪个战队的啊?"祁醉索性半蹲在于炀身边,憋着笑问,"叫什么名字?"

"几岁了?"

"队长是谁?"

"微信多少?"

"单身吗?"

于炀羞愤欲死,偏偏倒地没法自杀,只能任由祁醉逗。

于炀和祁醉的弹幕彻底爆炸,粉丝们要笑疯了。

"让花落来拉你吧。"祁醉扔下一个急救包和两瓶止疼药,一笑,"决赛

第七章

圈见。"

祁醉转身走了，于炀脸颊发红，心情莫名地好了。

预选赛结束，各大俱乐部陷入了大赛后的倦怠期。

一连两天，练习赛都凑不齐，战队近期成绩还可以，贺小旭索性给每人放了一天的假，卜那那这些本地的回家了，于炀则趁着这个时间去办了护照，为出征釜山做准备。

基地里，空巢老队长祁醉独自在美服冲排名。

"这一拨青训生的工资全结了，都已经送走了。大过年的，小孩子们都不容易，我做主，每个人多给了三千红包。"赖华合上手里的资料夹，叹口气说，"两个月，只留下了Youth这一个。"

祁醉一边打游戏一边淡淡道："正常，一期能有一个就算不错了，我前天跟周峰聊……TGC年前招的那十几个青训生，训了三个月，一个没留下，也是白费了一场力气。"

"青训这事儿本来就是大海捞针。"贺小旭愁得要长皱纹，"不想费事也行，买现成的，但现在全都青黄不接，不好买，还怕遇见拿了钱来混的。"

"还是得自己培养。"赖华皱眉，"你看俞浅兮……"

贺小旭默然，确实，如今HOG一队这几个，都是自己培养出来的，更放心不说，队内凝聚力更强，也不容易转会。

祁醉屏息，补掉一个人后一边打药一边道："继续招青训生吧。"

赖华点头，贺小旭想了想低声道："你……你差不多，什么时候……"

"看Youth的状态。"祁醉语气平静，"我尽量。"

贺小旭试探："那釜山……"

祁醉一笑："我尽量。"

贺小旭看向祁醉的右手，今天战队里没人，祁醉不再担心别人看见，绷带已经由小臂一直绑到手腕上来了。

贺小旭看一眼都觉得扎心，偏开头低声道："这么年轻，也没什么资历，突

然把他提到队长的位置上来,还要面对一个月以后的大赛……"

"我被你们推到这个位置上的时候,年纪也不大。"祁醉瞟了赖华一眼,"对吧,队长?"

赖华失笑,当年他年纪到了,腰伤又复发,状态直线下滑,无奈含恨退役,队里另外一个主力队员被其他北美俱乐部挖走,祁醉临危受命接下他的担子,情况比现在好不到哪儿去。

"Youth统筹意识是可以的,看他单排就能看出来,有脑子,往指挥位上培养绝对没问题,就是……"赖华迟钝麻木又不敏感,但这些天隐隐还是察觉出了什么,"我怎么听说,你跟Youth……早就认识?你俩什么时候认识的?"

祁醉莞尔。

"是……早就认识,关系还特别好,Youth还差点提前进战队,可惜……算了不提。"贺小旭忧心忡忡,"Youth就是奔着祁醉来的,所以我总担心,祁醉要是走了,Youth可能心态一崩,也走了……到时候我可就真不活了。"

赖华纳罕:"什么时候的事?"

祁醉就喜欢跟人聊这个,一笑:"火焰杯的时候。"

赖华算算时间,嗤笑:"他那会儿才多大?跟个小孩子你吵什么,你还是个人吗?!"

祁醉开枪崩了一个人,点头:"这话说得好,我最近一直在后悔不该做个人。"

赖华厌恶地看看祁醉,拐回正题:"那你准备怎么跟他说?"

祁醉嘴唇动了一下,没说话。

贺小旭道:"偶像退役,不能同在一队,Youth一时激愤,没准……"

祁醉扫了贺小旭一眼,贺小旭闭嘴了。

"年龄不是问题,十九岁在圈子里算不上小,我在这个年纪的时候已经是'老将'了。"祁醉平静道,"而且他比你们想的要有担当……你自己不也说过嘛,只要给他一点机会,不管情况多恶劣,他都能爬上来……我能做到的事,他

第七章

只会做得更好。"

贺小旭吁了一口气,缅怀了一下当年的峥嵘岁月,贺小旭蹙眉,突然想起什么来:"老赖,当时给你治腰伤的那个医生,你还有联系吗?就澳洲那个!死贵死贵的那个外国大夫……"

赖华点头:"有联系,他现在很少来国内了,出诊费也翻了好几番了。"

贺小旭眼睛一亮:"开玩笑,我们差钱?快联系一下他,问问他……"

"不用了。"祁醉一局游戏打完了,他放下鼠标,"半年前我就找过他了。"

贺小旭脸上的笑意淡去,干巴巴道:"哦,联系过了啊……"

赖华凝眉:"国内的、德国的、泰国的,都……"

贺小旭喉咙一紧,后悔自己多话。

这种事还用自己提醒?

祁醉才是最不想离开的那个。

半年了,能联系的医生,早就联系过了。

贺小旭不敢细想祁醉这半年是怎么私下一次次联系大夫商讨病情的,想多了,他有点吃不消。

他现在也不敢细想,于炀全知道以后要怎么接下祁醉的位置,扛着HOG的大旗继续往下走。

"再说吧。"贺小旭尴尬地挤了个笑脸,"也不一定啊,好大夫多的是,我留意一下,让人帮忙打听打听……"

祁醉倚在电竞椅上,来回看贺小旭和赖华的苦瓜脸,笑着点头:"行,继续打听,相信科学……相信现代医学会有奇迹。"

"那就这样,你自己找个机会……跟Youth说一下,给他打好预防针。"贺小旭心里难受,匆匆叮嘱了几句就起身走了。

赖华跟祁醉讨论了一会儿于炀的短板,也走了。

祁醉继续单排。

"对了。"贺小旭过了半个小时又上楼来了,他没进门,敲了敲门框,"Youth今天问我,能不能提前支点儿工资。"

119

祁醉偏头看向贺小旭，贺小旭给了祁醉一个心照不宣的眼神，嘿嘿一笑："要别人我就批了，他嘛……我跟他说刚过了年，战队流动资金有限，不方便。我还告诉他了，你平时手头现钱多，让他跟你借。"

贺小旭伸出食指，优雅地左右摆摆："你俩不是之前有过一点小矛盾吗？现在他手头紧了，你及时出手相助，多少矛盾不都化解了？别谢……"

"你高估他了。"祁醉真心实意道，"他宁愿出去偷电瓶，也不可能跟我张口的。"

贺小旭耸肩："怎么可能，借你的多好，都不用还……哎，我是不是还欠你钱呢？那年去俄罗斯，有一笔花销好像是你出的，我后来给你补上了吗？"

"滚。"祁醉懒得理他，皱眉，"他跟你要多少？"

贺小旭撇嘴："四十万……他最近有什么大花销？"

祁醉冷笑："行了，我知道他想干吗了。"

贺小旭好奇："他想买什么？买车？"

"不是。"祁醉不想把那事说出来，免得传出去，坏了于炀的名声，"你做得对，最近先别给他钱。"

贺小旭啧啧："你就是想自己借给他！然后以此为要挟……"

"你能不能闭嘴？"祁醉让贺小旭烦得冒火，"滚滚滚。"

贺小旭溜了。

祁醉出了一会儿神，拿起手机来，打了个电话。

于炀办完护照，顺便去附近银行转账，把自己几张卡的钱全划到了一起。

一共六十多万。

这是他这些年打比赛攒下的。

于炀皱皱眉，刚进战队的时候，他没想到自己能进一队，更没想到战队能给他开出这么高的签约费。

但答应的事射出去的子弹，于炀答应了就不会食言。

俞浅兮不是个东西是一回事，自己确实通过他进了HOG又是一回事。

HOG所有青训生都是自己战队遴选的，不接受报名，若没有俞浅兮，于炀确

第七章

实进不了战队,更接触不到祁醉。

于炀轻轻吐了一口气,拿出手机来,准备给俞浅兮打个电话,跟他说一下,剩下的钱等几个月再给他。

于炀电话还没拨出去,俞浅兮来了一条短信。

"钱已收到,以后别联系,别说出去,对你我都不好。"

当晚,放了一天假的队员陆陆续续回了基地,卜那那捎了一车的小龙虾来,众人聚在一楼吵吵嚷嚷地吃夜宵。

三楼,于炀红着脸,局促地拿着自己的卡,放在了祁醉的桌上。

祁醉挑眉。

"密码你生日……"于炀惭愧得抬不起头来,"只有六十万……还有四十万,我……我……"

祁醉饶有兴味地看着于炀,挺好奇他准备怎么还。

于炀梗着脖子:"算我借的,九出十三归,半年就还,半年还不上……按三分往上滚。"

祁醉失笑,喃喃道:"九出十三归……你懂得倒是多。"

这些高利贷的黑话,问贺小旭他们,都不一定有人听得懂。

于炀是怎么知道的……可想而知。

"睁眼看看。"祁醉淡淡道,"我是放黑贷的?瞧不起谁呢?"

于炀抿了抿嘴唇,结巴道:"我……我不是这个意思……"

"你就是这个意思。"祁醉笑了下,"你知道贺小旭是故意不给你钱的吗?"

于炀皱眉:"故……故意?"

"是,你以为这就过分了?以后你要是再做蠢事,我可能还会接管你的工资卡。"祁醉微笑,"知道队里什么样的人会被接管吗?年龄不足十八的,调皮又不乖的,我们会联系他的家长,让他们来接管这个孩子的工资。"

于炀莫名羞耻,垂眸不好意思看祁醉。

"我现在不是在跟你开玩笑,再跟别人做类似蠢到要死的合约,我真的

121

会暂代你的监护人，接管你财务上的事。"祁醉好心提醒，"对了，这种事，瓜田李下的，我需要通报给俱乐部总部。到时候，总部会派很多人来，咱们战队的所有人也会聚在一起，像那天开大会似的，开诚布公地告诉所有人，Youth，于炀……"

祁醉故意放轻声音："他很幼稚，又非常不听话，队长为了监督他，惩罚他，需要接管他的工资卡，以防他再调皮，懂了吗？"

于炀耳朵发红，说不出话来。

"也就是说，到时候，你就是饿了要吃一碗面，都要先求我。"祁醉一笑，"这下听懂了吗？"

于炀死死咬牙，费力道："懂了……"

"懂了就好。"祁醉恐吓完毕，把于炀的卡丢还给他，"欠教育……下楼吃饭。"

"队长……"于炀尴尬，"真的得给你，你别不要……"

祁醉轻笑："你确定我缺这些？非要给我不可，有意义吗？"

于炀尴尬地咳了一下，把卡收了起来。

AWM

第八章

于炀的护照办好后,贺小旭将一队四人的护照收走准备办商务签,顺便也拿走了二队队长辛巴的。

辛巴受宠若惊,话都说不利索了,磕巴道:"还……还有我的事?我也去釜山?这这这……"

贺小旭半真半假地糊弄他:"Youth名下没房产,流水什么的也不行,现在商务签卡得这么严,谁知道会出什么事,给你报了个替补位,去吧,有意外的话你替补,没意外……你就当去旅游了,也不亏,好好准备啊。"

辛巴兴奋得脸都红了,忙点头答应着,大声保证自己会开始加训,誓不让HOG蒙羞。

贺小旭松了一口气,捏着辛巴的护照走了。

"幸亏辛巴是个老实人。"赖华叹口气,"碰到个心眼多的,猜也快猜到了。"

"猜什么猜,他就是回过味儿来,也不会往祁醉身上猜,最多是怀疑我不放心Youth。"贺小旭心有余悸,"阿弥陀佛,祁醉最好能撑到釜山邀请赛,让辛巴顶他的位置……那画面不敢想。"

赖华头疼,辛巴实力并不差,若在别的战队,运气好都能在一队有个席位,但要是跟祁醉比……

"当然,尽量还是让祁醉上。"贺小旭拿过赖华的护照,"就算状态下滑也没事,他就是什么都不做,往那儿一站也能吓死几个。"

"别想。"赖华警告地看了贺小旭一眼,"他的状态要是下滑了,我就不会再让他上场。"

贺小旭不懂赖华怎么突然就严肃起来了,干笑:"干吗啊你?"

赖华语气又重了几分:"我没跟你开玩笑,我是教练,让谁上让谁下我说

第八章

了算。到时候祁醉如果因为手伤状态下滑了,我不会让他上场,一场也不。"

"你……"贺小旭尴尬,"为……为什么啊?"

"提前给你打预防针,免得你为了战队名次跟我唱反调。"赖华沉声道,"名次垫底了,我会背锅,喷子爱骂就骂,总部那边要处罚我也接受,这就是我的安排,没有为什么。"

赖华说完也觉得自己有点失态,他咳了一声,看看贺小旭,没再多话,转身去盯一队的训练赛了。

亚洲邀请赛在即,一队除了祁醉,每人每天平均加训两个小时。

于炀有一天甚至在计算机前坐了十九个小时,要不是被祁醉轰走了,他还能再打两局。

"我听祁醉说,你不太想指挥?"赖华跟于炀一对一心连心地谈话,"怎么了?不服从战队安排?"

祁醉在一旁玩手机,闻言头也不抬地跟着帮腔:"不服从安排?"

于炀尴尬,低声道:"我是突击位……"

"这跟让你指挥有什么冲突?"赖华皱眉,"不要跟我搞小倔强小性格小脾气!这是战队上下一起做的决定!"

卜那那刚打完一局,闻言探出头来问:"一起?谁?谁定的?"

老赖压着火,回头问卜那那:"要不你来指挥?告诉你!为了训练你们的大局观,都要练指挥!不光是Youth!这是没轮到你们!"

"我才不。"卜那那灵活地缩了回去,"谁指挥我都听安排……别找我。"

老凯跟卜那那缩在一起:"我也不。"

赖华怒其不争:"你听那些喷子骂你是哈巴狗,你不生气?"

"不啊。"老凯无辜道,"汪汪汪。"

赖华被气得肺叶子疼,扶着桌子坐下来,缓了一口气,继续劝于炀:"别跟他们学……你是替补,这个位置来得不容易,你自己得清楚,你什么都要学的。"

于炀不安地看了祁醉一眼,疑惑道:"我……还是替补?"

"哦,不是了。"老赖被气得头晕,口齿不清,"但做人不能忘本啊,

125

Youth,一天做替补!一辈子就做替补!"

于炀难以置信地看着赖华,问道:"我得替一辈子?!"

正式队员卜那那怜悯地看着于炀,心疼道:"啧啧啧,可怜的孩子,这是什么命……"

赖华从早上气到晚上,已经有点神志不清了,他迷迷瞪瞪道:"想要在这个战队站稳脚跟,你就要比别人努力!不能让人瞧不起!懂吗?!"

鸡汤如瓢泼大雨,将于炀浇了个透心凉。于炀频频看向祁醉,声音不自觉地提高了:"我……我就一直……替补?"

"对!"赖华一拍桌子,"天生低人一等,又怎么了?!你怕了吗?!"

于炀嘴角抽搐,喃喃道:"不怕。"

于炀不断回头看祁醉,眼神中的求助太强烈。祁醉终于不忍心了,他憋着笑,拿着手机去休息室了。

赖华大声道:"怕不怕?"

于炀硬着头皮:"不怕……"

赖华不满:"大声点!我听不见!"

"你说赖华是不是更年期提前了?"

休息室里,祁醉倚在电竞椅上,面无表情地一边继续玩手机,一边听贺小旭唠唠叨叨。

听到赖华对亚洲邀请赛的安排后,祁醉挺意外,莞尔:"他真这么说的?"

"可不是!"贺小旭悻悻地说,"哇,你是没看见,那脸当场拉下来了,吓死人了……我现在是越来越跟他过不到一起了,真的。"

祁醉上下看看贺小旭,唏嘘……看来退役以后转为高层也不可取,想他贺小旭当年也是顶天立地的钢铁直男,来战队七八年,活活被蹉跎成了性别认知障碍的状态。

贺小旭一肚子的苦水:"你说,他是不是最近受刺激大了,脑子就……"

"我知道他是怎么想的。"祁醉一笑,"怎么说呢……队长这个人,什么都好,就是有点妇人之仁。"

第八章

贺小旭茫然："啊？他？他哪儿'仁'了？"

祁醉放下手机，抬眸问贺小旭："我如果一定要退役，你觉得时间选在什么时候比较好？"

贺小旭不知怎么接话，尴尬道："怎么……突然说这个。"

"赖华是我的队长，也是我的教练，他清楚我的情况，预测到釜山亚洲赛邀请赛的时候我的状态可能会下滑。但是……就算下滑，我也比辛巴强，那为什么还要让辛巴上呢？"

贺小旭呆滞："对啊，为什么呢？"

祁醉微笑："你还记得老赖退役的时候吗？"

贺小旭费力回忆："当时……他腰伤太严重了，一个小时都坐不下来，最后打了封闭，好了点，但状态一直在下滑，输了两场比赛，就……就退役了……"

"是输了整整三场比赛。"祁醉纠正贺小旭，淡淡道，"你还想得起来老赖赢过多少场吗？"

贺小旭沉默。

"你不记得了，粉丝们也不记得了。"祁醉嗤笑，"队长他当年也是枪神，也是赖神，也是神之右手。

"职业选手退役，无非两种情况……一种是在功成名就的那一刻，孤独求败，含笑归隐，留下一个传说，这是最聪明的。

"还有一种，就是老赖这样的。"祁醉轻敲桌面，语气平静，"经历过巅峰，获得过成就，享受过职业选手的全部荣耀，然后随着年龄的增长……状态一点点下滑，一点点下滑，但就是不认命，为了梦想为了战队为了一些乱七八糟的东西……死缠烂打，赖着不走，一直拼到被新人踩在脚下虐，被粉丝喷是战队混子的时候，再被迫离开。

"坚持的结果就是被喷到退役，然后变成个笑话。

"两条路放在这了，让你选，你选哪个？"

贺小旭喉间一哽，突然说不出话来了。

祁醉微笑："老赖在逼我选第一条路。

"别怪他,他压力很大……"祁醉起身,"放心,我心里也有数,到时候大不了也打一针封闭,Youth他……还是年轻,我得尽量坚持。"

祁醉说罢推门出去了,贺小旭在休息室出了一会儿神,也走了。

走廊里光线不好,没人注意到,休息室门外的地板上,落了几点烟灰。

从这天起,于炀像是换了个人似的,突然不再抵触指挥位了。

赖华甚慰,矜持地表扬了一下自己:"光指派没用,还是得给队员们做思想工作,把这点儿情绪给他调动起来,什么都好说了。"

祁醉嗤笑:"扯淡……你偷着给他吃什么药了?"

"真有药早给你吃了。"走廊里,赖华隔着玻璃墙看于炀,道,"他这几天特别认真,当然,他就没不认真的时候,挺好……对了,理疗师来了,你去吧。"

祁醉没有什么兴趣,懒懒道:"治标不治本……"

"怎么治本?"赖华压低声音,"缓解一下也好啊,至少不疼,去。"

祁醉摇头:"不。"

"你……"赖华无奈,缓了语气,"放心,他们不会知道,卜那那和老凯下午要练双排,Youth一会儿要出门,他跟贺小旭请了半天假,我听见了。"

"他请假做什么?"祁醉看向赖华,"他……他为什么跟贺小旭请,怎么不找我?"

"那我怎么知道?"赖华皱眉,"别在这堵着,去做按摩!"

祁醉无奈,端着水杯,晃晃悠悠地去了。

做按摩的时候祁醉回忆了下,于炀这几天似乎没主动跟自己说过话。

不过于炀跟谁话都少,加训期尤甚。转为正式队员以来,于炀像是饿了几个月的狼突然看见肉一样,不要命地加训,除了睡觉、上洗手间和吸烟,绝不离开他那把电竞椅。

赖华以为自己的"替补论"吓着小孩子了,过后还特意让贺小旭当着所有人的面宣布于炀已经是一队正式队员了,但也没起到什么作用。

祁醉无聊地逛论坛,回想于炀最近的状态,突然觉得有点熟悉……

第八章

"HOG最近好猛啊,是被国内预选赛的成绩刺激到了吗?"

"对HOG来说,拿了第二就算输吧?"

"祁醉粉丝能不能别口气这么大?TGC夺冠不是实至名归?"

"训练好猛,我炀神都不怎么直播了,直播也不说话,唉……明明之前还好萌的,果然打职业蹉跎人。"

"对啊,虽然不指望小炀神能跟芭娜娜一样逗人笑吧,但也别一句话不说啊,他是不是让周哑巴传染了?"

"没觉得他像周队长,听他指挥,倒越来越有祁神的感觉了,最近看他直播,总有在看祁神的错觉。"

"求不要,像祁醉干吗?我炀神还是小狼狗呢,哭。"

祁醉脸一黑。

理疗师惊恐道:"什么?"

"哦,抱歉。"祁醉给了理疗师一个安抚的眼神,微笑道,"跟朋友语音呢。"

理疗师无言以对,半晌问:"您最近还在用手吗?"

祁醉一笑:"我又没残废。"

理疗师无奈:"您知道我的意思,您最近还在训练吗?"

祁醉继续看手机,敷衍道:"两三个小时吧……"

"两三个小时!"

"嘘……"祁醉头疼,"小点声!"

"哦哦,抱歉。"理疗师压低声音,"我之前就劝过您了,既然选择保守治疗,那就得静养,静养是什么意思您不明白吗?"

"明白,明白。"祁醉随口敷衍,"那我再减少一个小时……"

"一个小时也不要有。"理疗师苦口婆心,"你们就是太不注意保养了,仗着年轻,透支健康,老了以后……"

"问你个事。"祁醉让理疗师念叨得心烦,打断他道,"我现在这种情况,做封闭治疗,会不会影响……手指的灵活程度什么的?"

"这……"理疗师不敢确定,"普通人肯定不会影响,但您这神之

129

右手……"

祁醉自嘲一笑，不问了。

做过理疗，祁醉本要继续练习，想了想理疗师刚才念叨的，无奈，拿了车钥匙，出门去了趟恒顺广场。

定好东西，祁醉打电话给于炀，想问问他在哪儿，自己去接他一起回基地。

于炀没接。

祁醉皱眉，打电话给贺小旭问于炀回基地没，贺小旭一脸茫然："没啊，怎么了？"

祁醉挂了电话，越发觉得于炀最近状态不对。

祁醉刚要再给于炀打过去，贺小旭打过来了。

"于炀在外面呢，再过半个小时就回来了。"贺小旭抱怨，"人家早早跟我请假了好吧？一惊一乍干吗？我突然打过去，他没准误会我嫌他出去时间太长了呢。"

祁醉轻笑，明白了，于炀没失踪，只是不接自己电话。

"出息了。"

祁醉把手机丢在一边，踩下油门，自己回基地了。

"呵呵，活该。"

"自作自受……"

"真以为到了别处别人就能捧着他了？天真……"

"不知道自己是什么东西了……"

祁醉带着三分火气回基地的时候，贺小旭、卜那那、老凯正围坐在一起其乐融融地嗑瓜子聊天。

祁醉皱眉，抓了一把瓜子："不训练了？"

"听我说！"贺小旭眉飞色舞，"你猜猜，俞浅兮去哪儿了？"

祁醉面无表情，吐了瓜子皮："哪儿？"

贺小旭冷笑："NCNC，我刚和那那他们说的时候，他们都不知道还有这个战队。"

第八章

祁醉失笑,是没听过。

"据说战队基地还没咱们半个一楼大呢,所有内务后勤就一个人来做,没有司机,没有厨师,没有保洁人员,什么都没有……"贺小旭啧啧,"我怀疑他们战队连自订服务器都没有。俞浅今在咱们这舒服惯了,不知道受不受得了那个罪。"

"一线战队谁敢冒这么大风险,要一个打假赛的。"老凯平静道,"他运气算不错了,最近各个战队青黄不接,不然他连NCNC都进不去。"

卜那那抓起一把瓜子,均匀地撒在桌子上,一咏一叹:"俞老爷他生前也是个体面人,来来,一人一把土,祭……"

"你们做什么呢?!"赖华从楼上下来,大吼,"训练时间!不好好训练,在这糟践东西!"

卜那那吓得四脚翻飞,屁滚尿流地跑回三楼了。

"于炀呢?"赖华瞪了老凯一眼,看向祁醉,"他还没回来?"

祁醉默默嗑瓜子,没说话。

赖华低头看看时间:"晚上练习赛马上就开始了,他弄什么呢。"

"说是办点事儿。"贺小旭摆摆手,"唉,你们一个个这么紧张做什么,跑得了于炀跑得了祁醉吗?Youth平时训练还不够努力的?偶尔出去透透气不行?我没事也爱出去逛逛……"

赖华皱眉:"逛什么?透什么?在基地喘不上气来?"

"你……算了,我们90后的事跟你说不清。"贺小旭起身,拍拍身上的瓜子皮,招呼保洁工来收拾客厅,"剩下的瓜子送三楼去,Youth还没尝过呢,这家的还挺好吃……"

赖华脸色铁青,转而看向祁醉这个90后,祁醉心情也不怎么样,随口道:"叛逆期吧?应该还没过。"

赖华不满:"这就是没纪律性!回头找个时间,给他开个会!不光他,还有二队的,都弄在一起,给小孩子们讲讲责任心和荣誉感,培养点儿战队信念。"

不到半小时,于炀回来了,他去贺小旭那销了假,匆匆上三楼,正赶上晚上的练习赛。

晚上四个小时的练习赛时间里,于炀担当了指挥位,除了必要的沟通,他没跟祁醉说一句多余的话。

练习赛结束的时候,已经是夜里一点了。

"今天有韩国强队,还有两个欧美战神队,难度比较大,名次不好是正常的。"复盘之前,赖华难得地先安慰了一下大家,"总名次嘛……我算了下,第四。"

于炀的脸瞬间沉了下来。

一晚上,都是他指挥的。

"我的错。"于炀沉声道,"第四把有个大失误,把卜那那卖了。"

"不怪你。"卜那那好脾气地笑笑,"当时让我判断,也是要弃车,从后面绕他。咱们没想到韩国队这么能苟,吃着毒还在蹲咱们。"

于炀摇头:"我的。"

"这是复盘,不是背锅大会。"赖华敲敲桌子,"挺晚了,早点复盘完事儿睡觉去,别扯没用的。"

复盘结束,凌晨三点。

众人揉揉酸疼的脖颈,纷纷离开休息室,回自己房间洗澡睡觉。

祁醉晚走了两步,看着于炀直接进了训练室。

空旷的三楼训练室里,只有于炀的机子还亮着。

祁醉叹了口气。

于炀拿着赖华复盘的笔记型计算机,反复看,反复练。

昏暗的走廊里,祁醉倚在墙上,默默出神。

训练室里传来噼里啪啦飞速敲击键盘的声音。祁醉突然想起来这种强烈的熟悉感是什么了。

于炀现在,像极了几年前的自己。

凌晨五点的时候,于炀摘了耳机,关了计算机,出了训练室。

于炀拎着外套,没回自己房间,他进了三楼的洗手间,直接用洗手间的冷水冲脸。

第八章

晨光依稀的走廊里，祁醉看着于炀，一时不知道该说什么。

赖华要给于炀开会，贺小旭时不时地鼓励于炀几句。他们都在明示或暗示祁醉，让他多劝于炀，多和于炀交流，让他明白战队的意义，传承的意义。

于炀年纪太小，经历太复杂……祁醉一直不知道如何开口。

越是清楚自己当年肩负过什么，越是犹豫要不要这么快地把这担子交给于炀。

祁醉很喜欢这个后辈，喜欢到……祁醉已经不甘心退役了。

水声太大，于炀没听到祁醉的脚步声，他揉了一把脸，把T恤也脱了，用冷水打湿了，拧了下，当毛巾抹脖颈和手臂。

祁醉看着于炀的背影，眸子骤然缩了一下。

于炀后肩上，赫然刻着两处未愈合的字母文身。

左肩上是HOG。

右肩上是Drunk。

他左肩上是战队，右肩上是信念。

不消任何人多言，他早已扛起来了。

半年了，祁醉从没向自己的伤病示弱过。

在役八年，他见证过无数传奇，也目睹过无数"神"的陨落。退役这种事对祁醉来说并不陌生，他十七岁进了HOG的一队，就是因为他队长的队长、前前任HOG队长自认不敌还没成年的祁醉，决定自动退役，为战队新生力量腾出了他的那把电竞椅。

祁醉终结过无数人的神话，从不觉得有什么可骄傲的，对于自己将要面对的事，他亦不认为有什么可耻的。

春生夏长，秋收冬藏。走上巅峰，然后陨落，这是每个职业选手的必经之路。

更何况比起赖华这种状态下滑到谷底然后生生被骂退役的职业选手，祁醉运气已经很好了。

他的老队长在默默维护他的荣耀，他钦定的接班人也自动自觉地扛起了战队的大旗,祁醉的职业生涯简直是圆满了。

Drunk这个ID,可以寿终正寝,在巅峰之时退出电竞圈,留下电竞之光永远的神话。

HOG将来若真的没落凋零了,每每提起祁醉的时候,大家还是会唏嘘,会惋惜,会觉得只要他没退役,就一定能将HOG的荣耀延续下去。

没了祁醉,HOG必然会走下坡路,知内情的人都预料到了,所以这口黑锅,他们都在抢着背。

不只是抢……于炀都已经把这口锅刻在自己肩上了。

"你……"

祁醉声音有点哑。

祁醉厌恶地皱了皱眉,偏过头,右手攥成拳,抵在自己额上,深呼吸了下。

镜子里,祁醉的喉结在隐忍地抽动。

半年了,祁醉第一次这么不甘心。

之前那些,全是屁话。

没人期待退役,风光退役也不行。

于炀在努力,祁醉能看见,但还是差得太多。

祁醉可以预见,将要面临的各大比赛,自己如果不能上场,于炀要面对多大压力。

想要赢太难了,输了以后,直接顶替祁醉指挥位的于炀势必会变成靶子。

于炀才十九岁……

"你要是不想。"祁醉平复了一下心情,"我可以找那那,跟他沟通一下,或者是……"

"你们在一起打了太久了。"于炀打断祁醉,拿过队服外套穿好,低声道,"时间太长了,磨合太久了,他俩已经习惯了,而且……"

于炀抬头看祁醉:"你还没想好怎么跟他们开口吧?"

祁醉一怔,自嘲一笑。

若不是要让战队做好准备,他想把赖华和贺小旭都一起瞒了。

祁醉不善于和人告别。

第八章

越亲密的人,有些话越不知该怎么说。

HOG这面旗祁醉扛了太久了,他已经不知道该如何对战旗下的队员交代,他已经累了。

祁醉深呼吸了下,目光复杂地看着于炀:"你是怎么知道的?"

"你们门没关好,我出来抽烟……"于炀垂眸,眼泪不小心流下来了,他烦躁地抹了一下脸,低声问,"这么严重吗?"

祁醉沉默。

"知道了,釜山……"于炀抹了一下脸上的眼泪,"我肯定尽力。"

于炀本来还绷得住,但他的猜测和祁醉亲口承认总还是不一样的。这个口子一开,连日来的担忧、压力、不甘心一起涌了上来,于炀眼泪瞬间像决了堤似的,怎么也控制不住了。

于炀不愿意在祁醉面前这样,低着头拿着自己湿了的T恤往外走,想躲回自己房间去。

"釜山我去。"祁醉堵在门口拦着于炀的路,突然道,"我会上场。"

于炀抬头,不确定道:"你不是跟贺经理说……赖教练不让你上,怕万一失误,那神之右手……"

"去他的神之右手。"

祁醉释然,连日来胸口浊气突然一扫而空。

祁醉倚在门框上,轻轻吐了一口气,自言自语:"我选第二条路。"

于炀怔怔地回忆祁醉那天和贺小旭的那席话,愣了片刻,缓缓蹲了下来,眼泪崩溃一般蜿蜒而下。

"哭什么。"祁醉轻轻拨了一下于炀的小辫子,"说起来,咱俩还没真正地在一起打过一场比赛呢,你不是……"祁醉闭了闭眼,清了下嗓子,轻笑,"你不是一直想跟我打一次吗?"

于炀拼命压抑着,不让自己哽咽出声。

"这是我的决定,跟你没关系。"祁醉克制地,轻轻抚摸于炀的头发,一笑,"我突然明白,为什么这些人非要被活活骂到退役不可了。"

没到真正成为战队累赘的那一天,没有哪个职业选手能甘心将自己的梦

想草率地交给别人,也没哪个职业选手能放任自己倾注所有荣耀的战队因此蒙尘。

"信我。"祁醉按了一下于炀的发顶,"Drunk还没老,釜山我能赢。"

于炀肩膀不住颤抖,闻言使劲点了点头。

"等咱们回来……"祁醉声音轻柔,"你是不是也能把你的事全部告诉我了?"

祁醉轻轻叹息:"你不愿意告诉我的那些事……也藏得太久了吧?"

于炀把头埋在膝盖里,半晌,带着哭腔,低声嗯了一声。

祁醉笑笑,轻轻在于炀头上弹了一下。

中午,卜那那、老凯、赖华、贺小旭进三楼训练室的时候,吓了一跳。

"你别动,我来绕,你架好枪。"于炀紧紧盯着地远点的背坡,"随时开火,不用听我喊。"

"OK,"祁醉不断开镜确定对方位置,"没看见你,继续,继续,继续……"

于炀成功绕到对方后身,低声道:"三、二、一!"

祁醉、于炀同时开火,两秒钟后结算界面出来了:大吉大利,今晚吃鸡。

"漂亮。"祁醉退出来看了下自己在美服的排名,挑眉,"不错,进前一百了。"

祁醉摘了耳机,对于炀一笑:"谢谢炀神带飞,我终于不用在美服炸鱼了。"

于炀耳朵有点红,闷声道:"明明是你教我指挥……"

"继续。"祁醉戴回耳机,"点准备。"

卜那那掏出手机来看看时间,惊恐道:"我没瞎吧?这个时间,队长起床了?队长在训练?"

老凯来回看看两人,默不作声。

赖华不知想到了什么,低声骂了一句脏话。

赖华没再跟祁醉多说什么,这条必经之路似乎已成了魔咒,没人能逃得过。

第八章

不过……

赖华看着祁醉眼中很久不见的光芒,隐隐觉得,也许有些人生来就和别人不同,注定会打破这层桎梏吧?

毕竟他是Drunk。

AWM

第九章

亚洲邀请赛在即,各个战队都在积极备战,练习赛从每天四个小时变成六个小时,又变成了八个小时。

祁醉现在的极限时间是四个小时,为了不让其他战队起疑,剩下四个小时的训练赛都是于炀上祁醉的号来打,二队辛巴来顶于炀的位置。

所以最近经常约训练赛的几个战队都很好奇,HOG战队的Youth为什么时隐时现,怎么就这么神祕?他到底去哪儿了?

不知是哪家战队不讲究,打训练赛的时候开了直播,还正好把这句话说出去了,这下粉丝们都知道了,也在纷纷猜测,Youth去哪儿了?

有猜于炀年纪小晚上要补觉的,有猜于炀脾气差不合群的,有猜HOG不看重于炀要用辛巴顶掉他的,最扯的还有猜测于炀其实是HOG俱乐部老板的亲儿子,金镶钻的富二代,来战队打比赛只是玩票的。

祁醉晚上一时兴起开了直播,看论坛的各种神推论,自己都要信了。

"祁神!我们炀神呢?我看论坛有人说他就是玩玩,不会好好打,是真的吗?"

"求Youth开直播,看论坛看得心惊肉跳。"

"Youth不会跳槽吧?还有人说Youth要去骑士团了,是真的吗?"

"有可能吧?毕竟花神喜欢炀神,炀神好像也很尊敬花神,以前还说很期待跟花神再遇到什么的。"

"呀!萌了,萌了。"

祁醉嗤笑:"谁告诉你们他尊敬花落的?"

祁醉甚少回应弹幕,粉丝们瞬间激动了,弹幕刷得更快了。

"不喜欢吗?不像啊,Youth自己承认的,花神很强。"

"我好像又闻到了一股熟悉的醋味。"

第九章

"别不服气好吧?炀神夸我们花队长很强是有录屏的,承认这点很难?"

"服了,花落的玛丽苏粉还能不能走了?怎么哪儿都有你们。"

"不是要跳槽,那练习赛Youth为什么不在场?能给理由吗?"

"用得着给你们理由?我们HOG内部的事怎么总有别的战队粉来指手画脚?"

祁醉看着弹幕忍不住笑了,粉丝多就这点不好,一言不合就是一场撕。

祁醉最不怕的就是这个,但自己被撕是一回事,于炀和其他人搅在一起被撕就是另一回事了。

最近祁醉练习赛打得少,也没再去于炀的直播间,官方组合有点不稳固,花落知道后大概又想来自己战队挖人了。

祁醉轻弹了一下麦,直播间里"嗡"的一声,弹幕瞬间安静了许多。

"Youth消失了去了哪儿……我告诉你们。"祁醉偏过身看了看于炀,于炀戴着耳机,正在入神地单排,祁醉估计他听不见,转回身子,嘴角微微勾起,"那四个小时,我把你们的小哥哥藏起来了,怎么了?"

弹幕宕机了几秒后,疯了一般炸了。

祁醉关了弹幕助手,喃喃,不当人是真爽。

祁醉起身拿了瓶矿泉水,拧开喝了一口……

于炀摘了耳机,茫然看向祁醉:"队长,你怎么了?"

祁醉呛了下。

"弹幕刷得好快,说让我看看你怎么了。"于炀真的起身走过来,"机子坏了?我跟你换换机位?我用坏的……"

"没有没有没有……"

不知是不是因为呛着了,万年不遇的,祁醉这个老痞子的耳朵红了。

"你怎么……"祁醉磨牙,"什么都信……"

于炀呆呆的。

祁醉压抑地深呼吸了下:"离我桌子远点,我没事……"

于炀愣了下,忽然想起贺小旭说过祁醉的键盘谁都不能碰,忙自觉让

开了。

"不是这个,你随便碰……"祁醉哭笑不得,他捏了捏眉心,低声道,"没事,打你的去,别老看弹幕,影响发挥……"

于炀不明所以,但祁醉的话是要听的,他点点头,回到自己位置上,继续打游戏。

祁醉打开直播助手,看着笑疯了的弹幕,低声骂了句脏话,关了直播。

祁醉打开游戏用户端,也开始单排。

一刻钟后,于炀一局游戏打完,又点下了"准备"。

在素质广场等开局的时候,于炀打开弹幕,看了下……

祁醉没说什么,但粉丝们已经刷了满屏的"小哥哥",纷纷打趣于炀,于炀不太习惯这个,满脸尴尬。

翌日,于炀又开始躲祁醉了。

熟悉的套路,熟悉的节奏。

祁醉无奈,于炀什么都好,都这一点不行,太顾脸面……

打职业的,脸皮这么薄,以后怎么成大事?

战队其他人当天晚上就听说了祁醉直播间事故了,虽然不敢当面打趣,但心里都笑疯了。

"行了行了。"隔日,打完晚上的练习赛正是十一点,不算太晚,卜那那拍拍桌子,"明天我生日,我请客,出去吃一顿,好吧?今天不加训了。"

众人自然没异议,大家原本是计划明天白天给卜那那庆生的,但备战期里时间太宝贵,挤在夜宵时间虽然仓促点,但特殊时期,心意到了就算了。

赖华拍拍卜那那的肩膀,招呼大家下楼。

祁醉倚在门口,在卜那那肩膀上捶了下,递给他一个小盒子:"配你那套新西服,等釜山赛后晚宴上用。"

卜那那打开看了一眼,恨不得跪下:"你怎么知道我想要这个好久了?VC的袖扣,四万多!我一直没舍得买……哦我知道了!你那天出门去恒顺是给我买东西去了?!哇队长我这辈子对你一心一意……"

祁醉皱眉推开卜那那,笑骂:"出息。"

第九章

卜那那恨不得亲祁醉一口，欢天喜地地下楼去了。

于炀穿上外套，拿起他给卜那那准备的生日礼物，跟着大家往外走。

祁醉见于炀过来了，一手搭在了门框上。

于炀："……"

"挤在这干吗呢？"赖华皱眉，"收过路费呢？"

祁醉嗤笑："谁堵你？"

祁醉侧了下身，于炀要往外走，祁醉马上又挡住了。

老凯吹了声口哨，贺小旭心照不宣地笑了起来。

老凯起哄："吗呢？队长？"

老赖憋着笑，故意厉声道："让我们先走行不行？"

祁醉摇头："我怕有人跟着溜了。"

赖华、贺小旭、老凯转头看向于炀。

于炀："……"

于炀没少被人堵过，上学的时候，退学以后，他什么人没见识过，什么场面怵过？自己在外面混，不想受欺负就得比别人狠，于炀让人堵的时候，从来就没认过怂，但现在……

于炀脸颊发红，往后退了几步。

老凯、贺小旭笑起来，勾肩搭背地走了，不时地回头，低声咬耳朵，不知说了什么，走廊里突然哄地传来一阵大笑。

于炀的脸更红了。

"我错了。"

祁醉往前走了两步，轻声笑："平时跟他们开玩笑习惯了，没把门的……"

于炀不自在地咳了下，摇头："没……没事。"

"没事儿躲我干吗？"祁醉低声道，"什么时候养出来的毛病？谁惯的你？"

于炀下意识道："对不起……"

"逗你呢，跟我道什么歉。"祁醉从兜里拿出个东西来，递给于炀，"给卜那那买袖扣……人家赠了一块手表，我觉得挺适合你。"

143

于炀一愣:"给我?"

"嗯。"祁醉点头,"看看合适不合适。"

于炀搓了搓手,不太相信。

他小心地接过来,结巴着又问:"送……送我的?"

祁醉忍笑:"嗯。"

于炀轻轻摩挲表盘,看着里面的日月星辰图案,语气里有点藏不住的欣喜:"还有赠品啊?"

也是,四万的袖扣,送点赠品是正常的。

祁醉看着于炀,心都软了。

于炀摆弄了一会儿,戴上了,忍不住小声道:"好看……真亮……"

祁醉笑了:"我估计你是喜欢这个。"

于炀戴得很珍惜。

玩了一晚上,于炀一直小心地把手表藏在袖子里,怕沾上酒,怕弄脏了。

虽然是附带的赠品,但这是祁醉给他的。

还是能光明正大随身携带的东西。

没有什么比这个更好了。

祁醉送卜那那袖扣有另一层用意,大家心照不宣:祁醉希望队伍能赢,希望卜那那能穿着他新定的西装和心心念念的袖扣,以冠军的身份,开开心心地参加比赛后的派对。

于炀原本想把这块赠品手表也收好,等那天派对再拿出来戴。

但于炀就是有个毛病,许是从小吃的苦太多了,藏不住喜欢的东西,总是想着。第二天,于炀就有点不好意思地戴上了。

晚上直播的时候,于炀状态好,打得有点热,撸起袖子的时候,不小心被看直播的粉丝们看见了。

"哇!手表好评!真漂亮!"

"喜极而泣,我们Youth果然出息了,都买VC的手表了。"

"新买的吗?真好看!"

于炀没想到粉丝眼睛这么尖,点头:"是,新的。"

第九章

于炀藏不住好东西的毛病又犯了,他忍不住多嘴了一句:"队长……给的。"

"送你的?哇,队长好贴心!"

"不是我夸,HOG队内气氛真的是最好的。"

"是啊,祁神是真的喜欢Youth啊。"

"特意买的吗?哇,我要炸了啊啊啊……"

于炀说完再看看弹幕有点不好意思了,觉得自己有点脸大,低声解释:"不是,卜那那昨天生日,队长给他买礼物,赠了个手表,队长顺手给我的。"

"哈哈哈哈哈,是那个袖扣吗?超级漂亮的!卜那那昨天发微博晒了,好看!"

"都好看都好看!"

"哈哈哈哈,笑死我了,Youth你骗谁呢?"

"哈哈哈哈哈哈哈,神赠品,哈哈哈哈哈哈哈……"

于炀蹙眉:"骗什么?就是队长送我的啊。"

"发生什么了?"

"哈哈哈哈哈哈哈,笑死我了。"

"哪家VC,求告诉地址,我马上去。"

"一起一起,发财了发财了。"

"我突然觉得卜那那这个死胖子太可怜了,他昨天还狂发了三条微博赞美祁队长,笑死我了。"

"哈哈哈哈哈,我昨天还真的感动了,心想祁神果然还是最偏爱胖子的,哈哈哈哈哈,今天……"

于炀彻底不懂了。

弹幕有看不下去的好心粉丝让他自己去搜官网,于炀缩小游戏界面,打开搜寻引擎,搜索这家的官网……

于炀根据分类,找到自己手上这块表……

直播间爆炸,于炀呆滞。

VC全钻版日月星辰,官网报价一百四十七万五千元整。

于炀的"赠品手表"在直播间被起底以后，HOG基地第一个炸了的不是于炀，而是卜那那。

　　于炀坐在自己位置上，尴尬地看着卜那那，不知道该说什么。

　　"你还是个人？"卜那那一边删微博一边啜泣，"是谁说过，我才是你最重要的队友？我跟你风里来雨里去，容易吗？当年老赖退役，是谁跟我说他在战队在？！

　　"当年我们被其他战队轮着捶，是谁说有咱俩在，战神队早晚能组建成功？！

　　"那年，我吃河豚后拉稀，以为自己中毒了，又是谁半分钟把我从三楼扛到楼下车里，五分钟就把我送进医院？！

　　"那年杏花微雨，我又胖了十斤，被喷子PS猪照，又是谁真身上微博帮我回击黑粉？！"

　　祁醉难以置信地蹙眉，看向贺小旭："扯淡吧？我以前帮他真身回击黑粉？我疯了？"

　　"你！"卜那那怒指祁醉，删掉最后一条炫耀微博，悲愤地大吼，"你忘了！你都忘了！你全忘了！"

　　祁醉细想片刻，无奈地说："确实不记得了。"

　　卜那那大怒，贺小旭忙搂住卜那那，把他推回自己的电竞椅上，安慰："祁醉就是嘴上毒你不知道？都记得呢，都记得呢……"

　　"微博回击黑粉那个真是他臆想的吧？"祁醉确实想不起来了，他心疼地看着卜那那，"这事儿伤你那么深吗？怎么都开始编同人了呢？"

　　"你！"卜那那暴起，"今天有你没我！"

　　老凯跟着劝："消消气，那那消消气。"

　　"还训练不训练了！"赖华围观了半天，乐子捡够了，起身呵斥，"一哭二闹像什么样子？祁醉也是！你就不能说你都记得？"

　　祁醉认命："OK，是扛你去过医院，不过那那你那会儿还没发育这么好，要现在……这肯定不行了。"

第九章

卜那那悲愤大吼,这下谁劝也不好使了。

还好老凯算冷静,另辟蹊径:"你跟于炀置什么气?那是咱们队长钦定的接班人,祁队疼他不挺正常的?肥水没流到别人家就得了。"

"花在他身上,"老凯账算得很清,"将来他再报答给咱们队长!不亏!而且他还能死心塌地地留在咱们战队,跟咱们打比赛,双赢啊那那哥!能量守恒!花再多钱也是在咱们自己队伍里来回转,你细想!你往细里想想!"

于炀:"……"

老凯安抚卜那那:"给自己队友花点钱怎么了?你假设一下,队长要是跟他们似的找个网红什么的,今天买个包,明天买双鞋,后天再送辆跑车,你不更闹心?"

祁醉含笑扫了于炀一眼。

于炀耳朵瞬间红了,他看出来了,卜那那根本没生气,这些人……

于炀扣上耳机,进了游戏单排,但犹豫了下,把游戏声音关了。

卜那那看向老凯,注意力瞬间被带走了,忍不住打听:"找个网红要花这么多钱吗?可我就喜欢网红脸……"

"我也喜欢。"老凯拍拍卜那那的肚子,"但现在没这个时间啊。"

卜那那看看于炀,瞬间觉得顺眼了,叹口气:"算了算了……你说得对,反正钱没花给外人,那是队长的接班人,唉……这种关系怎么排辈分?"

老凯是个讲究人:"对队长来说,那是亲儿子,对咱们来说,是小太子。"

戴着耳机但调了静音什么都能听得清的于炀:"……"

卜那那认可了,拍板:"行,认了。"

"让队长的接班人欺负了算欺负吗?"

"不算!"

"给未来的老大花钱算花钱吗?"

"不算!"

"能量守恒!"

"物质守恒!"

"没错!"

147

"小太子"一攥鼠标，咔嚓一声，鼠标差点碎了。

练习室里安静了几秒，众人马上开始各自忙各自的了。

一队如今的公共训练时间是中午十二点到晚上七点和晚上八点到深夜两点，七点到八点这一个小时，是晚饭时间。

珍贵的晚饭时间里，于炀在楼道里吸烟，略带焦躁地等祁醉。

祁醉晚上是不训练的，故而每天下机比别人晚，七点半的时候才出来，他看着于炀，忍不住想笑。

于炀看祁醉来了忙把烟熄了，干巴巴道："队长……"

祁醉漫不经心地应着："嗯？"

于炀不知道该怎么说，他摸了摸手上的手表……

"我……我知道这个多少钱了，我……"于炀欲言又止，"我……"

祁醉无奈，他不告诉于炀价格就是怕于炀不收，没想到才一天就让人拆穿了，于炀这才戴了不到两天，就来还了……

"我……"于炀梗着通红的脖子，结巴道，"我……我不想还给你。"

祁醉："哈？"

于炀在心里骂了自己几句不要脸，羞惭地低声道："我知道我现在还欠着你一百万呢。我会好好打比赛，釜山的solo赛我会尽全力，当然双排四排也是，我一定能拿到奖金，贺经理说这种比赛的奖金俱乐部不会要分成的，全给我，还会另给我补贴，我都攒着，再过两个月直播的签约费就要给我了，算上我自己的存款，加起来应该有一百多万了，还有我……"

祁醉难以置信："你想跟我买下来？"

于炀下意识捂住手表："我想要……"

于炀忍着羞耻，小声道："但我现在还买不起……"

不能花祁醉钱是真的，太想要祁醉送自己的东西也是真的。

祁醉垂眸，自嘲一笑。

他小看了于炀。

于炀怎么会舍得把自己的心意还回来？

于炀想要，他也有信心能赚来。

第九章

祁醉笑笑,挽起自己左手队服袖口。

祁醉左腕上,戴着一模一样的一块表。

只是表带不是全钻的,而是蓝色皮质的。

"导购员说你那块男生戴得多,我这块女生戴得多。"祁醉勾唇,"原本想使坏给你女款的,但你那块贵……舍不得给你便宜的。"

于炀喉咙一紧,突然说不出话来了。

"知道为什么送你这个了吧?心里明白就别再说钱的事了。"祁醉放下袖口,挑眉,"顺便……别提那一百万,我现在脾气是太好了,什么都能忍,这要是让老赖、那那他们知道了,估计要买凶去NCNC战队杀人了。"

于炀还要再说,祁醉嘘了一声,都下楼吃饭了,楼道里空无一人,祁醉看看楼梯下面,确定没人后,祁醉侧头看着于炀,撑不住笑了:"都说是'小太子'了……"

被别人开玩笑还能冷脸吓唬人,让祁醉打趣……于炀就只能红着脸老老实实的了。

于炀克制着,任由祁醉说,心里发誓晚上练习赛一定要阴老凯一局。

祁醉低声笑了起来。

整个三楼就两个人在,祁醉声音不大,但一样能环绕在于炀耳边,经久不散。

祁醉终于知道不当人有多舒服了,他又往前走了半步:"都说了是钦定的接班人了,那老凯说的……长大了要报答我,愿不愿意?"

于炀抬眸,求饶地看看祁醉。

于炀稍一示弱,祁醉心就软了。

"算了。"祁醉笑笑,"走吧。"

于炀闭了闭眼,点了点头,半晌,又几不可闻地嗯了一声。

"不逗你了。"祁醉适可而止,直起身,含笑道,"走,下楼吃饭。"

经过近一个月的加训,亚洲邀请赛终于要开始了。

"护照、身份证、手机、现金……"赖华站在车前,紧张得不行,反复叮嘱,

"别落下东西,卜那那……你是去比赛还是去过日子的?你拎这么大行李箱做什么?!"

卜那那懒得跟就一个背包行李的赖华多言,把行李箱扛上后备厢,摆摆手:"精致男孩的生活你不懂。"

赖华横眉,还没来得及多言,祁醉推着两个大行李箱出来了。

于炀下车,替祁醉把行李箱拎上了车。

赖华眉头直跳:"哪来的那么多行李?这是去打比赛行不行?你们怎么每次都这样?一点儿紧张严肃的态度都没有……"

"心里紧张着呢。"祁醉自己背着外设包,随口安抚,"再说也不多啊……八套私服,两套队服,四双鞋,几条内裤……"

老凯、贺小旭也推着行李箱出来了,后面跟着俱乐部运营部门的跟拍大哥,贺小旭今天换了一身西服,头发打理了下,也挺人模狗样的。贺小旭匆匆扫了一眼,皱眉:"辛巴呢?"

"来了来了。"辛巴挺紧张,慌乱地检查自己的证件,"我以为我没带护照……回去拿了。"

"快上车,不早了。"贺小旭左右看看,"'小太子'呢?还没下来?"

于炀砰的一声合上后备厢,面无表情地看着贺小旭。

"哈……哈哈……"贺小旭看着于炀干笑,"都到了就好了。辛巴跟我去后面车,给跟拍大哥让个地方,好好拍啊!今天起晚了没来得及拍出发,素材太少了,你们配合一点,少说点儿不能剪辑的东西,好了好了都上车了。"

赖华是个老实人,他还在紧张着,突然道:"要不要大家都站在基地大门前合个影?"

贺小旭疑惑:"为什么?"

赖华看看众人,尴尬道:"不、不为什么啊,合张影怎么了?电影里……"

于炀心里一梗,忍不住看向祁醉。

贺小旭顿了下,脸上笑意也淡了。

几人明白赖华的意思,祁醉、卜那那、老凯、于炀,HOG的这个无敌的四战神配置,可能就这一次了。

"我们……"气氛突然变得微妙,祁醉看看众人,小心道,"这趟是有人回不来了吗?拍这种照片……"

"噗!"贺小旭破了功。

赖华气急败坏:"谁这么说了?我又不是要拍黑白照!"

于炀忍了忍,嘴角禁不住也挑起来了。

"我还以为釜山真有丧尸呢,这有去无回的架势……"祁醉轻蔑一笑,"吓唬谁呢?"

祁醉总被人骂不是没道理的,他太难体会别人那点儿纤细的离愁别绪,跟他伤春悲秋等于找死,不但不会安慰你,破坏气氛还一流。

赖华愤愤地上车了,贺小旭憋着笑拉着辛巴去后面一辆车上坐,跟拍大哥跟着一队上了前面的大商务车。

去机场的路上,跟拍大哥谨遵贺小旭的叮嘱,不停地找话题积累素材,挨个采访。偏偏一队四人不是老痞子就是哑巴,采访过程无比艰辛。

跟拍大哥跟祁醉笑笑:"祁神刚才说有去无回,是什么意思呢?"

"有去无回就是……"祁醉边玩手机边漫不经心道,"如果输了比赛……会被后勤人员推进釜山港填海。"

跟拍大哥:"……"

跟拍大哥腹诽不断,转头看向卜那那,笑问道:"刚看那那行李箱好大,是准备了很多吃的吗?哈哈你这个体型,饭量应该很大吧?"

"嗨,哪儿啊。"卜那那拍拍肚子,"空的,那是准备输了比赛没了奖金就做代购赚点儿路费的。"

跟拍大哥在心里把卜那那也问候了一遍,转头再拍老凯,问道:"老凯这次准备得怎么样?听说你个人对'哈巴狗'这个说法并不抵触?粉丝们都很好奇,单排赛上,没了别人指挥,你……"

佛系少年老凯淡然道:"遵循内心,开开车,逛逛地图,忘记那些打打杀杀,放下枪支和弹药,做个自由自在的人。"

跟拍大哥艰难地咽了下口水,不死心地转头看向于炀,干笑道:"刚才我听贺经理管你叫'小太子'?哈哈,这个代号的意义是……"

祁醉惋惜地摇摇头，自言自语："这跟拍新来的吧？别的不行，踩雷一个赛一个准。"

于炀昨晚又加训到凌晨四点，眯了两个小时就起来收拾行李了，这会儿正叼着根没点燃的烟倚在椅背上补眠，听到"小太子"三个字睁开菜刀眼，冷着脸道："你说什么？"

"没……没事！"跟拍大哥欲哭无泪，"你休息吧，我就随便问问。"

挨个踩了一遍一队痛点的跟拍大哥成功让车厢安静下来了，大家玩了一会儿手机后都打起了盹。

到了机场拿了机票托运了行李过关……候机厅里，众人各自去买水休息，于炀习惯性地不合群，买了一杯咖啡坐在一边，打开平板复盘自己的练习赛。

祁醉端着一杯热茶远远看着炀，觉得他绷得有点过紧了。

"不愿意别人叫你'小太子'？"祁醉坐到于炀身边，"别看了，眼睛不累？"

"不累……"于炀忙放下平板，他耳朵发红，小声解释，"没不愿意……"

祁醉忍笑："原来乐意。"

于炀又不好意思了。

"你说行，别人……"于炀低声道，"别人不能笑话我。"

"我也不是笑话你啊。"祁醉反驳。

祁醉往于炀身边靠了靠，轻声一笑。

于炀尴尬地咳了一下，一直到上飞机都没缓过来。

幸好他是真的累了，上了飞机就睡了，两个小时，一路睡到了金海国际机场。

下了飞机，正巧遇见了TGC战队的一行人，众人打了声招呼，折腾几道手续出了机场，上了车去了酒店。

"休息一下，一会儿带你们去比赛场地看看，别乱跑，给你们留了玩的时间了。"酒店大厅，赖华去办入住，贺小旭招呼众人，"需要流量卡的找后勤，出门要报备，不许单独行动。好了，先休息，晚上早点睡，明天就比赛了，大家加油。"

第九章

卜那那坐车坐得累，瘫在沙发上点头敷衍。老凯这个"保姆"在给卜那那和赖华换流量卡。于炀坐在一边，他已养足了精神，又在复盘自己的练习赛视频了。

祁醉站在于炀身后，看着他的平板计算机……是于炀和辛巴的双排赛视频。

祁醉道："跟他练得怎么样了？"

于炀转头看看祁醉，摇头："我双排打得不好，跟他磨合得也少……练得很差。"

"你双排本来也不是强项，正常。"祁醉有一说一，"你还在青训的时候，老赖看上的就是你的单排和四排，特别是单排……无敌。"

于炀抬眸看着祁醉，眼睛发亮："我还没跟你打过单排练习赛……"

祁醉愣了下，莞尔："哇哦，你的目标原来是我？"

于炀一顿，自觉失言，讪讪道："我瞎说的，我没……没别的意思。"

"不。"祁醉微笑，真心道，"我非常期待。"

亚洲邀请赛比赛一共三天，第一天是单排赛，第二天是双排赛，第三天是四排赛。

祁醉右手承担不起这么高强度的比赛，战队多方考虑后决定放弃双排赛，只让祁醉打第一天的单排和第三天的四排。

如此祁醉手腕不会负荷太重，中间可以休息一天，还不会耽误受关注度最高的最重要的四排赛。

其实若是听赖华的，第一天的单排赛也不让祁醉上。

赖华一是不想祁醉太辛苦，在单排赛上消耗太多精力，还有一层考量他没说，祁醉心知肚明。

赖华不允许祁醉在最后一次比赛中有任何可以让人诟病的点出现。

赖华担心这半年来祁醉松散的训练跟不上别人的强度，担心祁醉的手腕在关键时刻掉链子，担心祁醉在最后一场比赛中因压力太大而失误……

总之，赖华不想看见单排赛中有人赢了Drunk。

四排赛可以怪队友，可以甩锅给别人，单排赛上……同战队之间都会兵

戎相见，参赛的百人各自为战，不存在任何背锅的情况，行就是行，不行就是不行。

在这方面，赖华比祁醉考虑得更多。

他甚至找祁醉谈过话，劝他放弃单排赛。

不说日韩强手，国内单排厉害的人就不少，周峰、花落、海啸、于炀……

这可能是祁醉最后一场比赛了，赖华接受不了祁醉跟自己一样狼狈收场。

但祁醉不同意。

"身体明明还能坚持，为什么不打？"

祁醉可以接受自己因状态下滑输给别人，但无法接受自己在明明有一战之力的情况下因害怕输而弃权。

虽然懈怠了半年，虽然训练强度一直跟不上，但祁醉并不惧战。

相反，他无比兴奋。

要战，便战。

"我很期待明天的单排赛。"祁醉看着于炀眼里那股战前兴奋的光芒，微笑，"加油，试试赢过我。"

于炀低声道："我会尽全力。"

"我也会。"

AWM

第十章

主办方流程安排上非常诡异，第二天中午比赛，安排选手们早上录赛前视频。

早上七点钟，祁醉换上队服，瘫在酒店一楼大厅的沙发上，眼睛几乎睁不开。

祁醉长手长脚的，硌着一旁周峰了，周峰往旁边靠了靠，也是一脸困倦。

大龄网瘾少年们常年遵循着晚四点早十一点的作息，这会儿被人从床上轰下来，精神状态基本等同于正被湘西大仙驱赶的丧尸。

花落食不知味地吃了早饭，从餐厅晃出来，目光呆滞："我已经很多年没吃过早饭了……"

祁醉眼睛睁开一条缝，生无可恋："我也记不清多少年没见过早上的太阳了……"

要不是心疼于炀不想让他早起受这个罪，祁醉昨晚就要把这倒霉的队长王冠烫手山芋般地传给于炀了。

FIRE战队和母狮战队的队长相互搀扶着下了楼，脚步虚浮，目光游离，失神道："这是……七点钟吗……七点钟的空气原来是这个味道吗……"

Wolves战队队长也下楼了，他脸色苍白，走两步晃两下，语气飘忽："我起了……我居然真的起来了……"

六个队长终于凑齐了，贺小旭看不下去，拿了瓶保湿喷雾对着这群吸血鬼挨个喷了一顿，尤其是祁醉，从脑门到脖颈，迎头喷了半天。

祁醉稍微清醒了点，他接过贺小旭递给自己的墨镜戴上了，打了个哈欠，喃喃道："我一会儿能飙脏话吗？反正'思密达'们听不懂……"

FIRE战队队长业火闻言像丧尸似的，艰难扭过头来，缓缓举起手："我有

156

第十章

方言优势,我可以用潮汕话来骂……这样绝大部分的中国人也听不懂了……"

国内领队忍无可忍,恨不得找报纸卷来敲这些人的头,他怕一旁的翻译听见,压着嗓子怒道:"都清醒点!有跟拍的!你们都是有粉丝的人,都要点脸!"

"拍呗……"祁醉早年因为贪睡,在酒店房间躺在床上拍赛前视频的经历都有过,脸皮厚得已经无所畏惧,"爱拍不拍……"

贺小旭无法,去打包了杯奶茶,插上吸管塞在祁醉嘴里,堵住了他的嘴。

众人被领上车,队长们眯了一会儿后逐渐恢复人形。FIRE战队队长业火聊拨祁醉,"听说你们战队这次带了个'小太子'过来?"

祁醉戴着墨镜闭着眼装睡。

花落扑哧笑出声来:"谁啊?卜那那?"

周峰撩开眼皮,耿直道:"不,你更熟的一个人,Youth。"

花落:"……"

业火拍腿大笑:"真的假的啊?他俩现在节奏好多啊,多的都有点假了。"

花落趁机卖"邪教"安利:"假的呗,Youth其实跟我也不错,我俩还双排过呢。"

周峰再次撩开眼皮:"Youth也跟我双排过。"

祁醉摘了墨镜,面无表情地看向贺小旭。

"别多想别多想……"贺小旭怕祁醉被垃圾话影响,忙解释道,"他们说的是那次娱乐表演赛的时候。"

祁醉戴回墨镜。

"别装睡。"业火今年刚二十一岁,比他们都年轻,精力旺盛得可怕,"祁神,聊聊Youth?我妹妹特别喜欢Youth,我妹妹十八岁,跟他正合适!天造地设!这事儿要是成了,你HOG和我FIRE从此就是一家人了!"

祁醉简短道:"闭嘴,滚。"

业火被噎得半天说不出话来,怒道:"你管得了Youth?"

祁醉睁开眼，冷漠道："没听说过吗？那是我亲儿子。"

车厢里安静了几秒后，队长们疯了似的笑了起来，司机吓了一跳，差点刹车。

韩国方的工作人员不解地探头看过来，叽叽喳喳询问怎么了。

"没事。"贺小旭压着火，一边把奶茶管塞进祁醉嘴里，一边强撑着笑脸对几个摄影道，"删了删了，这个不能传出去……这个韩国人听不懂，翻译你告诉他一下。"

祁醉咬着吸管，闷笑不已。

业火目瞪口呆，摇头："你亲儿子？"

贺小旭瞪了业火一眼，磨牙："不好意思，提醒一句，Youth脾气特别不好，以前把打架当副业的。"

业火又吃了一惊，震惊于HOG内部的复杂，不敢说话了。

一个小时后，众人到了景点。几人依次拍摄，等着拍的则在车里录赛前垃圾话。

"就一句！"祁醉嘴太毒，而且好几国语言通吃，让翻译不许翻他说的都没用，贺小旭这些年对外把祁醉打造成无瑕的电竞之光不容易，不许他自暴其短，反复警告，"不能涉及民族、宗教、国籍、性别……不许说脏字，嘲讽面不许太大，不许攻击别人弱点！"

业火在一旁揉揉脖颈，叹气："咱们这行现在快跟娱乐圈似的了，太商业化！这也不许那也不许，遥想当年远古大神们，当时也没什么正式比赛场地，也没隔音房，就面对面坐着，一边打一边骂对面。哇，那多来劲儿！"

"一月一千块钱工资，每天吃睡在网吧，来不来劲儿？"FIRE战队经理敲业火的头，"这么羡慕远古大神，我可以给你提供这个待遇。"

业火认输，赔笑："好好好，我一会儿也不嘲讽。"

贺小旭还在盯祁醉，怒道："跟你说话听到没？只能说一句！不许提别人！"

祁醉忍笑点头："没问题。"

158

第十章

拍好赛前视频,众人回酒店,稍稍休息后各战队集合一同去赛场。

去赛场的路上,赖华小心留意着祁醉的脸色,小声问道:"怎么样?要不要让辛巴替你?"

于炀就坐在祁醉前面,听到点儿动静,不安地偏过了头。

祁醉笑了:"你们在不放心什么?"

"不是不放心,你都多久没练过单排了?"赖华皱眉,祁醉每天只能打那几个小时,为了教导于炀,为了磨合新队伍,祁醉这些日子训练时间全花在四排上了,赖华低声道,"你今天还起早了,精神一般……单排赛不能临时替补,你半截手疼得受不了也下不来,你懂吧?"

祁醉嗤笑:"五局而已……"

"你能打满四局就不错了!你怎么就听不懂呢?你要是……要是……"赖华一急,眼睛就红了,"那跟我当初……"

"放心。"祁醉戴上墨镜,假寐补眠,"我心里有数。"

到了赛场,HOG战队的车不出意外又被围了。

祁醉今天脾气出奇的好,摘了墨镜帽子,跟粉丝们打招呼,签了半天名,赖华和贺小旭焦心地看着祁醉的右手,上前劝了半天,好说歹说把粉丝们哄走了。

于炀脸上半分笑意也无,他一直盯着祁醉的手腕。

于炀比任何人都清楚祁醉现在右手的状况有多糟糕。

祁醉现在还戴着手套,手套下面,是一层层的肌内效绷带。

那种绷带没有任何药效,只能让祁醉的右手肌肉稍微轻松一点,收效甚微。

祁醉拒绝打封闭,不吃止疼药,于炀难以想象祁醉五局打下来手腕会有多疼。

这种情况下,怎么可能赢?

赖华的顾虑,于炀没法感同身受,但他比赖华更在乎祁醉。

没人比于炀更矛盾了。

159

他是最想赢祁醉的人,也是最想让祁醉赢的人。

国内和韩国那几个单排强手于炀心里都有数,他脑子里闪过几个不该有的念头,但还未成形,就被察觉到几分的祁醉打断了。

祁醉并未明言,只是轻描淡写地提醒了于炀一句,上个敢在他眼皮下打假赛的俞浅兮如今的下场……

会被祁醉赶出HOG。

单排赛开始前半小时,选手们要上场热身了,于炀全程没有任何表情,脸色差得可怕。

卜那那不知内情,担心不已。连坐在不远处的花落都托工作人员来问,于炀是不是病了,还是水土不服身体不舒服。

翻译在于炀耳边轻声询问,于炀摇摇头,一言不发。

于炀想告诉所有人——

不舒服的不是他。

身体出状况的不是他。

不是最佳状态的人也不是他。

祁醉就坐在于炀左手边的机位上,身为明星职业选手,摄像头频频给到他,祁醉一边检查外设一边抬头向镜头打招呼,听到主持人说到自己了,还不忘戴上耳机,扶着麦含笑用英语回应几句,引得现场的粉丝们频频尖叫。

还有三分钟比赛就要开始了,赛场中心的LED巨屏上在轮播各个战队队长的赛前垃圾话,正播到祁醉那一条。

祁醉这次如贺小旭要求的,没嘲讽任何人,也确实只说了一句话。

巨屏上,祁醉对着镜头微笑:"我这次把显示器打开了,大家小心。"

赛场安静几秒后,祁醉的粉丝开始疯狂尖叫,导播忙将摄像头给到祁醉,赛场上,祁醉已戴上了隔音耳机,外场声音分毫都听不见,他揉了揉脖颈,摘了手套。

已经缠到右手手掌的绷带露了出来。

全场哗然。

第十章

祁醉活动了一下右手手指，握上鼠标。

第一局比赛开始。

P港S山线。

Drunk跳了P城，Youth高飘去了机场。

两人选点都很大胆。

后台休息室，贺小旭揪心："Youth去机场做什么啊？第一把，他就不能小心点？"

"他喜欢刚枪，能去机场都会去。"赖华一样紧张，"还好还好，那那去的矿山，老凯去的监狱，全分散开了，至少前期不会内斗了。"

贺小旭把单排拿奖的希望全压在于炀身上了，焦急道："导播怎么还不给镜头……机场去了几个？"

赖华不作声，他还在找祁醉。

比起于炀，祁醉的选点更要命，赖华要是没看错，至少有五个人跳了P城。

赖华一颗心紧紧攥着，生怕祁醉落地就死了。

单排赛不存在倒地拉起的情况，死了就是死了，落地后大家根本无法分辨对方是不是自己战队的，遇见了就得对枪，公告区不断滚动击杀喊话，导播没切到HOG战队四人的时候贺小旭和赖华只能盯公告区，生怕看见自己战队减员。

"HOG-Drunk使用M416杀死了SES-Right。"

"棒！"

导播瞬间把视角给到祁醉，祁醉从阳台跳到门上，再跳到房顶上，贺小旭惴惴不安："祁醉做什么呢？"

"他在绕房里的人，房里有人！"赖华紧张得冒汗，忍不住抱怨，"他就不能稳妥点？！非要去大物资点！前期避战不行吗？"

祁醉判断好房中人位置，跳下房顶，扔了一个手雷后直接进屋跟人贴脸刚枪，几枪解决了房中人。

祁醉嘴角带笑，自言自语："前期避战……那别人应该避我……"

161

"HOG-Drunk使用M416杀死了Knight-909。"

"HOG-Drunk使用mini14杀死了Ares-Apollo。"

五分钟，祁醉将P城清理了个一干二净。

贺小旭看着直播屏，目瞪口呆。

"你不是说……"贺小旭咽了下口水，"他很久没练单排了吗？"

赖华结巴："是……是啊……"

"HOG-Drunk使用M416杀死了TGC-Zhou。"

"HOG-Drunk使用98K杀死了TGC-Tsunami。"

"HOG-Drunk使用98K杀死了TYR-663。"

……

第三个圈的时候，祁醉已经收了七个人头了。

卜那那和老凯已经淘汰了，一个四十三名，一个三十二名。

下一个安全区缩小的时候，祁醉和于炀还在。

安全区又缩了，祁醉和于炀还在。

第五个安全圈的时候，于炀进圈失败，被韩国战队收了人头。

祁醉扫了一眼那个韩国人的ID，默默打药。

"祁醉还在！"贺小旭忍不住拍赖华，"他还在！"

十五个人，祁醉还在。

十三个人，祁醉还在。

七个人，祁醉还在。

三个人，祁醉还在。

两个人！

赖华站在屏幕前，恨不得钻进去："这个孤儿圈！"

贺小旭不太懂细节，但也看得出来，安全区缩在另一个人头上了。

赖华还在焦急地判断怎么进圈最合适，祁醉那边已经开火了。

已经要贴脸了，祁醉根本就不打算进安全区了，安全区缩小之前，不是打死对方，就是被活活毒死。

第十章

导播不停地在两人间切换视角,几个解说员语速飞快,来回播报……

"HOG-Drunk使用98K杀死了Ares-Hero。"

祁醉放开鼠标。

Drunk,名次第一,14杀,总积分640分。

后台,赖华眼泪夺眶而出。

卜那那看着重播,喃喃道:"跟他四排打多了,我都已经要忘了……我们四排是拖累了他多少……"

于炀心脏怦怦直跳,他没跟祁醉打过单排,他想象不到,祁醉是怎么在手腕伤成这样的情况下打出这种压倒性的第一来的。

祁醉轻轻揉揉手腕,笑了下。

第二局,祁醉卫冕第一,总积分第一。

第三局,祁醉名次第六,总积分第一。

第四局,祁醉名次第九,总积分仍是第一。

第五局,祁醉名次第一,总积分毫无疑问还是第一。

整整五局,祁醉名次始终稳在第一,分毫不动,并和第二名的韩国选手整整拉开了695分的骇人分差。

总积分排名:祁醉第一,韩国选手第二,周峰第三,于炀第四。

五局比赛结束,于炀趴在自己机位上,哽咽得浑身发抖。

工作人员以为他是因为错失前三而难受,不住地安慰他。于炀摇头,眼泪滂沱。

祁醉拎起队服罩在了于炀头上,自己在工作人员的簇拥下往采访间走,经过楼下走廊时,看见等在楼道口激动不已的赖华和贺小旭,祁醉对赖华一笑:"教练,听说你想让我换替补?"

赖华轻捶了一下祁醉的肩膀,老泪纵横。

Drunk说得出,就做得到。

他站着来,也会站着离开。

走廊里,于炀还有卜那那、老凯跟了下来,眼睛、鼻子通红的卜那那挡在祁醉前面,低声问:"你的手怎么了?!"

祁醉无奈,他最怕的来了。

祁醉拍了拍卜那那的肩膀,没说话,要往前走。卜那那继续挡在祁醉面前,他眼泪掉了下来,低声吼:"我问你呢!你的手腕怎么了?!"

祁醉喉咙口哽了下,任由卜那那推搡,一言不发。

"别这样……"老凯从后面拉着卜那那,哑着嗓子道,"队长要去采访区,你别这样……"

"祁醉你个王八蛋!"卜那那哽咽,"你这个老畜生!你不告诉我们,你不告诉我们!老子问过你!你还骗我!你……"

卜那那从比赛开始前看到祁醉手上的绷带时就全明白了。

五局比赛,他和老凯打得浑浑噩噩,中间甚至一度不知道自己在哪儿,在做什么。

卜那那两百多斤肉不是白长的,他死死堵在祁醉前面,一遍遍推着他问:"你的手怎么了!"

"闭嘴!"于炀忍无可忍,一把拽过卜那那,把他推到走廊墙上,一字一顿地警告,"别碰他的手。"

"你算老几?!"卜那那彻底疯了,他使劲儿推了于炀一把,怒道,"老子跟祁醉是队友的时候,你还不知道在哪个幼儿园过家家呢!"

老凯皱眉低吼:"那那!"

"我没上过幼儿园,也不知道什么叫过家家。"于炀冷冷地看着卜那那,"我不算什么,你确实比我强,你至少跟他同期过,我呢?"

卜那那抽噎了下,傻了。

于炀看看卜那那,又侧头看看老凯,淡淡道:"不用你们提醒,我知道我是什么东西……你们感情深,同队的时间长,每个人都比我强。"

所以于炀连质问祁醉的权利都没有。

无意中得知祁醉要退役的那一晚,于炀在露台上吸了一晚上的烟。

第十章

若是别人，大可以推门而入，拽着祁醉的领子对他破口大骂，骂他为什么不早说，骂他为什么不及时治疗。

但换作于炀，他只能几天不说话，自己慢慢消化这件事，然后在想通了以后，把祁醉的ID刻在了自己肩膀上。

祁醉垂眸，眼眶微微红了。

"讨论我是什么，一点意义都没有，现在最重要的是……"于炀压抑地吁了一口气，"重要的是……他要去接受采访，明天我们还有双排赛，后天还有四排赛要准备……"

"想和我打架，找没人的地方。"于炀放开卜那那，捡起推搡时掉在地上的队服，"后天的四排赛对我来说很重要，我不能被禁赛。"

卜那那怔了几秒，蹲在地上，抱头大哭。

祁醉深吸一口气，穿过长长的走廊，走去了采访区。

采访区前，贺小旭已等候了半晌，见祁醉来了忙迎了上来，给祁醉递了一瓶水，借机低声道："退役的小纪录片俱乐部已经做好了，咱们的娱媒部门也准备好了。你这边正式说了，我们国内的官媒会同时发公告，你放心，准备得都很充分……"

"不用了。"

"什么？"贺小旭呆滞，"什么不用了？"

祁醉扫了眼台下的众多摄像机，淡淡道："我没准备在今天宣布。"

"不今天要哪天？"贺小旭焦急道，"你别疯了！你刚拿了这么吓人的成绩，这会儿宣布是最好的，风风光光的，不会留下任何污点，你……"

"我说了。"祁醉表情平静，"不是今天。"

贺小旭心里闪过一个念头，难以置信道："你不是要等后天……"

"单排本来就是我的强项，第一是顺手拿的。"祁醉把水瓶递回给贺小旭，"我的目标是四排的金锅。"

祁醉走到采访区最中心，贺小旭拿着矿泉水瓶呆立在原地，咬牙："这个疯子……"

165

采访区。

祁醉手上的绷带显然比他今天逆天的单排积分更引人注意,主持人和记者不断问祁醉手部的问题。祁醉全程没正面回答,只是表示略有不适,并未影响太多。

但祁醉的右手一直在不受控地微微颤抖,主持人甚至主动询问,是否需要她帮忙联系医生过来,被祁醉拒绝了。

有个韩国翻译用词过于严重,还被祁醉指出纠正,并用英语重复了一遍,韩国翻译战战兢兢,频频道歉。

安排给solo前三的采访时间是半个小时,针对祁醉个人的就占了二十五分钟,所有话题都围绕祁醉而来,祁醉避开了所有针对他受伤的问题,只是让大家期待HOG的四排赛。

采访结束后,祁醉在工作人员的簇拥下出了场馆,上了HOG战队的车。

理疗师第一时间凑上来,拆了祁醉右手上的肌内效绷带,给他喷上镇静剂,斟酌着力道替他按摩。

祁醉轻轻抽气,赖华眉头紧皱,低声道:"会影响后天的比赛吗?"

理疗师不敢做保证,只说:"我尽量让他恢复状态。"

于炀坐在最后一排,静静地听着他们说话,自己从包里拿出平板计算机来,复盘今天的比赛。

一路无言。

回到酒店后祁醉和理疗师进了他房间,一直到晚上九点才出来。

祁醉从房间出来时,在楼道里看见了一连串的通红眼睛。

赖华老泪纵横,贺小旭梨花带雨,卜那那号啕不停,老凯哽咽不语。

祁醉头瞬间大了。

"奔丧呢?"让理疗师折腾了几个小时,祁醉整个右手都没感觉了,也无所谓疼不疼了,他倚在墙上,心累得想找于炀借根烟,"让别的战队看见了,还以为我死在里面了……"

四人闻言哭得更厉害了。

第十章

"闭嘴!"祁醉抬眸,看着卜那那冷笑,"下午你不是挺有劲儿的吗?想找我打架?"

卜那那羞愧地低下头,半晌粗着嗓子道:"我一时接受不了……我……"

"行了。"祁醉懒得听他啰唆,看看左右,"于炀呢?"

老凯尴尬道:"他在房间呢……"

托韩国方工作人员帮忙,于炀跟辛巴在酒店附近的网吧双排了两个小时,保持了下手感,然后在附近吃了点东西,早早地回了酒店。

于炀不是不想去看祁醉,但他下午险些跟卜那那动了手,一时不知该怎么跟大家相处。

于炀倚在床上,心里稍稍有点后悔。

还是有点冲动了。

如果是祁醉,一定可以处理得更妥帖。

于炀不会说话,着急了,下意识地就想动手。

跟队友起了摩擦就算了,现在不上不下,没法去看祁醉了。

虽然才几个小时没见,但于炀很想知道祁醉怎么样了。

房间门响了,于炀起身开门。

祁醉倚在门外。

于炀眼睛又红了。

"你那手……"于炀顿了下,尽力让自己争气点,"好点了吗?"

祁醉想了片刻,莞尔:"没,还是疼。"

于炀心疼得都揪起来了。

"所以来看看你……"祁醉看着于炀,含笑道,"看看我的亲儿子,手就舒服多了。"

于炀耳朵发红:"我又帮不了你……"

"谁说的。"祁醉等了半天也不见于炀有邀请自己进屋的意图,本想遵循绅士本色不随便踏足人家房间,但一想这是自己亲儿子的房间,脸皮就厚了,自己搭讪着走进来,坐在了沙发上,"你……吃了吗?"

于炀点头。

祁醉一笑:"现在这么叫你,你都已经不反驳了?"

于炀垂眸:"你想怎么叫就怎么叫,反正别人不知道……"

祁醉想起自己早上在车上的举动,尴尬地咳了下。

没敢告诉于炀,至少中国赛区的战队基本上都已经知道了……

祁醉随手拿起于炀的水杯,摆弄了下轻声道:"对不住。"

于炀脸也红了,闷声道:"我说了,你喜欢叫就叫……"

"不是说这个。"祁醉莞尔,淡淡道,"对不住……今天比赛结束后我心事太多,看见卜那那和你吵架,没帮你。"

于炀愣了。

祁醉叹气:"幸好他有点分寸,他要是在我面前对你动手了……今天的事就大了。"

于炀嗫嚅:"你……"

祁醉抬眸:"你们都是我的队友,在我眼里没什么不一样。但我不会让别人欺负你的。"

于炀心里一热,眼眶不自觉地红了。

"我没怪他。"于炀清了清嗓子,低声道,"那种情况,他有点激动……正常的。"

于炀并没说谎,卜那那今天的感受他全明白。

因为明白,所以能理解。

况且,卜那那一直对他很好。于炀也是突击位,但以替补位入一队时,卜那那对他没有任何情绪,反而处处偏袒,时时照顾。技术上的经验,卜那那对于炀也是知无不言,言无不尽,从不藏私。这些于炀心里都记得。

咚咚几声响,有人在敲于炀房门。

于炀起身,没等他开门,房门下塞进来一张纸条:"小队长对不起,我今天受刺激太大了,忘了你才是最难受的那个。"

祁醉走了过来,笑道:"卜那那的字。"

第十章

　　门外传来几声窃窃私语，不多时又塞进来一张纸条："Youth对不起，我其实早猜到了，你替战队扛下多少，我都知道，我都看到了。"

　　这次字迹和上次不同了，应该是老凯。

　　卜那那又放进来一张纸条，上面画着一个胖子，在跪着大哭。

　　老凯塞进来一张韩元和一张纸条："这是赖教练罚卜那那的钱，我们都分了，这是你的那一份。"

　　卜那那又塞进来一张纸条："小队长对不起，队长是不是在里面了？保护好自己。"

　　老凯也塞："也保护一下队长的手。"

　　于炀，从头到脖子全红了，他攥着拳克制着，不想在祁醉面前失态。

　　但在卜那那整个人趴在走廊地板上，吭哧吭哧地往房里费力塞纸条终于被卡住的时候，于炀终于忍不了了，抬起腿砰的一声踢了房门一脚，卜那那和老凯吓疯，爬起来慌里慌张地拿着便笺纸和马克笔，屁滚尿流地跑了。

　　翌日，不用打双排赛的祁醉如愿以偿地睡了个够。

　　一觉醒来已经是十一点了，祁醉带着陪他留在酒店的理疗师一起去吃了饭，顺便在酒店附近的便利店买了点零食。回了酒店，祁醉打开笔记型计算机，连上网，边吃零食边等直播。

　　比赛还有一个多小时才开始，祁醉枯坐无聊，摆弄着手机，犹豫要不要给于炀打电话。

　　这个时间，于炀可能还在休息室，应该是带着手机的。

　　但赛前骚扰小朋友……不知会不会影响他的发挥。

　　祁醉自己是非常、非常、非常想联系于炀的。

　　昨天卜那那和老凯被于炀吓跑了，也成功地把于炀房间的门卡死了。

　　酒店门缝就窄窄的一线空间，被天生蛮力的卜那那用纸条塞了个满满当当，于炀一开门，纸条一股脑全碾进了门缝里，彻底拉不动了。

　　门里的于炀、祁醉束手无策。

169

别人进不来,俩人也出不去了。

硬拉开也不是不行,但要是因此破坏了酒店设施……于炀不知这事儿该怎么跟主办方的工作人员解释。

如果说于炀跟卜那那在赛后后台只是起了一级的摩擦的话,那因为这个操作,两人的恩怨已然飙升到十级。

梁子结大了。

于炀不想求助别人,要脸不要命,甚至想从二楼翻出去,再从酒店正门进来,被祁醉喝止了。

于炀低声道:"才二楼,摔不着……"

"先不说酒店的窗户根本打不开,就是能打开,我也不可能让你跳……"祁醉实在不知道于炀脑子里都装了些什么简单粗暴的东西,"从二楼往下跳?你是不想活了还是不想我活了?"

于炀没听出祁醉的弦外之音,闷声道:"没几米。"

"你……"祁醉被气笑了,"你信不信,你前脚从这跳下去,后脚国内就会爆出你因痛失solo赛前三一时想不开在釜山轻生的事。"

于炀红着脸抓狂:"我没有!"

"你就有。"祁醉拿出手机来给贺小旭打电话,"现在被拍到……最多是说我不规矩,伙同卜那那来破坏你的房门。这个新闻我暂时还能接受……喂?来于炀房间一下,不是……你来就得了。"

贺小旭没听明白,他忧心忡忡的,担心祁醉有事,带着赖华和理疗师还有一个随行翻译浩浩荡荡地一起过来了,然后……

祁醉忍笑,考虑了下,没打扰于炀。

比赛还没开始,祁醉打开国内论坛看帖子。

不出意料的,一半帖子都是关于祁醉的。

多半都在讨论祁醉的手腕。

"祁醉那手是装的吗?也没听说他有手伤啊,缠那么多绷带做什么?提前为输打草稿?"

第十章

"这又是什么节奏?Drunk的手怎么了?"

"我祁神拿了金锅,赛前阴谋论的喷子们脸疼不疼?"

"不知为何,结合祁神这半年的状态,我有点不好的猜测……算了算了,肯定是我想多了,祁神接受采访的时候说了,没什么影响。"

"算上今年,Drunk已经打了八年多了吧?不知道为什么,有点后悔以前喷过他。"

"我的祁神是个盖世英雄,我的祁神是个盖世英雄,我的祁神是个盖世英雄。"

"你们够了没?昨晚一夜没睡,脑子里全是他手上的绷带,这两天喷祁神的别怪我们粉丝不客气。"

"赛时休战条约了解一下?不管祁醉手有没有问题,至少他昨天没让你们低头认韩爹,特殊时期,一致对外不行?"

祁醉嗤笑了一声,关了论坛。

比赛要开始了,祁醉开了比赛直播网页,先看了一会儿韩国的解说。

祁醉的韩语一般,能听能说不会写,看他们直播没问题,但韩国解说一向个人倾向严重,祁醉听不下去,换了国内的解说。

但因为转播问题,国内解说有延迟,足比韩国的晚三分钟。

祁醉心系自己战队的比赛情况,三分钟哪等得了。

他一时兴起,做了个过后贺小旭恨不得捶爆他头的决定……

祁醉给HOG战队签约直播平台负责人打了个电话,在确定可以分流后,自己开了直播,转播解说比赛。

祁醉下了个直播助手,笔记型计算机比较慢,等他去了一趟洗手间回来时,他的直播间人气已经破了五百万,且还在直线上升。

弹幕刷得太快了,祁醉关了弹幕,比赛已经要开始了。

"国内正式转播有延迟,我自己开了个,你们随意,看哪边都行。"

祁醉边吃零食边道:"现在是赛前介绍时间,这个解说语速太快,我听不太清,翻译得不一定对……

171

"他们在讨论我。

"没什么可翻译的,在闭眼吹我,听得我自己都快信了。

"还在吹我。

"还在吹……

"他们在造谣我喜欢韩国一个女星……

"我昨天喝的饮料是她代言的?我没注意……贺小旭给我的。

"还在吹……"

导播把镜头给到选手了,祁醉放下零食,抽了纸擦了擦手,道:"这是TGC队长周峰,昨天solo赛第三名……嗯,周哑巴又输给我了。

"他昨天发挥得其实可以,主要是前两局天谴圈失利太多,后面分追不上来了,有一说一,是吃了点亏。

"这是韩国人,不认识。

"日本战队的,也不认识。

"这是泰国战神队,他们打法很有意思,比Youth还能刚。

"不一样,Youth是带着脑子刚,他们没有。

"这是韩国队,这个队伍也很有意思,我之前听说他们很菜,但没想到能菜到这个程度,出乎意料,让人非常惊讶。

"这是花落,他昨天排名是第五还是第六?正常……第四是Youth,他是你们花哥一个越不过去的坎。

"超级管理怎么来了?我刚才嘲讽了?没有吧?"

弹幕已经要笑疯了,祁醉用左手拧开矿泉水瓶,喝了两口水,无辜地点头:"OK,我注意,超管再见。"

导播把镜头给到HOG,先是辛巴。

祁醉放下水瓶,咳了下道:"这个略带紧张的选手一看就很有潜力,这是我们HOG一队的替补,嗯,替我的……他优势其实是四排,今天临时顶上,挺不容易,希望有个好成绩。"

镜头给到老凯。

第十章

"这是我们战队的Kay,稍微给他正名一下,老凯没你们想的那么水。

"不知道你们注意没注意他的个人成绩,如果我没记错,他一直维持在韩服前十,经常登顶,他少打亚服,你们可能看得少。

"老凯平时在四排里不起眼,不是他菜,是团队需要。

"你们四排的时候,谁能受得了每场高飘,冒着被打鸟的风险给大家报点报人数?

"谁落地后不捡东西,拿把枪就蹲房顶当侦察兵?谁包里常备着油,准备着自己可能用不到的子弹?

"这些不起眼的事全是老凯做的。

"老凯和卜那那的双排练了很久了,应该会出成绩,我很期待。"

镜头给到卜那那。

"这是我们战队的Banana,突击位,也给他正名一下,他不是莽,是团队需要。

"要跟人刚正面的时候,都是他冲第一个,因为他需要帮我判断对方确切的人数和位置,保证我不会死。

"不是他想这样,是我要求的。

"没什么不能说的……我之前还用他当掩体和人对过枪,我们需要的是赢,其他我都不会考虑。"

"他以前都是跟我双排,近期和老凯磨合得还不错,希望可以出成绩。"

祁醉刚才皮了半天,把直播平台的管理都招来了,现在突然正式地解说起来,大家颇为不适,纷纷要求祁神继续开嘲讽,并表示祁醉稳中带皮的解说比官方的好一万倍。

"超管说了,不能群嘲,不能破坏团结,不能破坏和亚洲邻国的友谊。"祁醉扫了一眼弹幕,"今天比赛很正式很重要,希望大家别注意其他的东西,还是关注比赛本身,选手们为了这次的比赛都准备了很久,希望……"

镜头给到于炀。

"希望……希望……"祁醉看着于炀,心里那点儿严肃正经烟消云散,嘴

173

角不受控制地挑起,"希望……"

祁醉绷不住,轻声笑了。

弹幕疯狂地刷了起来。

"哈哈哈哈哈哈毒舌祁你这个语气不对了啊!"

"求你别轻笑,我戴着耳机呢!我受不了了!"

"什么情况?怎么到了这名选手这你就嘲不起来了?继续啊!"

"快介绍啊!这是谁啊?哈哈哈哈哈。"

"别这样啊祁神,我刚还跟人说你解说厉害呢,你这不行啊,你以后要是做解说,遇见某人就忘词怎么弄?"

"嘲啊祁神!继续!"

直播镜头里,于炀一张俊脸上半分笑意也无,他一脸冷漠,低头检查外设,确定没问题后抬眸扫了一眼他面前的摄像头,微微蹙眉,不躲也不打招呼,转眸看自己的显示器。

"这是……"祁醉深呼吸了下,看着镜头里的于炀,微笑道,"……Youth。"

AWM

第十一章

AWM 绝地求生

祁•FPS无敌王•少女杀手•群嘲毒舌王•电竞之光•同行职业生涯终结者•神之右手•单手solo王•醉的第一次的解说试水，成功搁浅在HOG十九岁小将于炀面前。

可能是因为于炀昨天的名次比较靠前，可能是因为于炀这张脸太吸粉，也可能是韩国媒体这边也听说了"小太子"的玩笑……总之，导播足足给了于炀九十多秒的镜头。

于炀从不怕导播给特写，全程面无表情，自己该做什么做什么。

酒店房间里的祁醉就不一样了，这九十多秒的时间，差不多终结了他往解说行业发展的可能。

在直接说这是Youth后，祁醉的直播间暴涨了三百万人气。

"他……"

镜头里，于炀不懂几个主摄像头的摇臂怎么都往自己脸前晃，似是有点不耐烦，冷着脸看了看镜头。

"他……"祁醉鬼使神差地，突然道，"他对我从来不是这个态度。"

弹幕上瞬间飘过一片。

"不是……有人问过你？"

"哈哈哈哈哈哈，谁问过你炀神对你的态度？"

"刚过来，听说祁醉喝多了？真的假的？"

"你在做什么？"

"祁神！你清醒一点！你还记得你在解说吗？！"

"妈呀，吓人……祁神突然错频了？"

第十一章

"惊恐得满地乱爬。"

"我突然开始担心我炀神每天在HOG过的是什么日子。"

"日常担心我的炀炀……"

"万人血书求祁神详细说一下Youth对你是什么态度,务必把细节描述清晰。"

"咳……"祁醉又喝了一口水,他戴上耳机,控制着语气,尽力客观严肃,"Youth,炀神,HOG新锐,擅长单排和四排,在队内担任突击位和指挥位,非常有天分、非常有耐力的一个选手,抗压能力强……韩国解说在说他很孤傲,扯淡,那是看对谁,准备比赛呢,是不是要他对着你们镜头比一个'耶'才能说明他平易近人?他性格好不好我很清楚,选手私下里脾气有多好难道也要告诉国外媒体?跟比赛有一点关系吗……Youth在昨天的solo赛上不敌周峰,错失前三,有点遗憾。"

祁醉嘲讽加解说两不耽误,直播间的粉丝们听得一愣一愣的,好一会儿才反应过来祁醉又夹带私货了,弹幕疯狂刷,让祁醉详细说说"私下性格有多软"的细节。

祁醉装瞎,不看弹幕,反正于炀在比赛也不会知道自己直播的事,祁醉彻底放飞,想说什么就说什么。

比赛马上开始了,祁醉表示很期待HOG的表现,顺便也祝福了一下中国其他五个战队。直播间弹幕节奏马上变了,大家一起狂刷自己喜欢的战队,纷纷祝福。

双排赛第一局开始。

祁醉注意力全在HOG两组上,Z城M城的航线,HOG两队一头一尾,卜那那和老凯去的核电站,于炀、辛巴跳的集装箱。

辛巴落地就死了。

"HOG战队吃鸡前一贯有献祭队友的传统,很正常。"于炀和辛巴都不擅长双排,且磨合时间有限,这次双排赛想出成绩太难了,祁醉早有预料,并不

177

意外，平静道，"下面看炀神solo吧。"

不知是不是被"毒奶"了，不光是于炀和辛巴，其他几个中国战队也打得异常艰难，骑士团和母狮战队都跳了P城，落地就开始内斗，TGC和FIRE则在第一个圈就相遇了，一番交手后一换二，只剩了周峰一个人进了圈。

国内双排练得少，到了大赛上短板瞬间全暴露出来了，刚第三个圈时，中国战队就全线血崩了，第四个圈缩毒的时候，中国十二个队伍就只剩下三个了，只有一个是满编的。

惨不忍睹。

惨的不只是中国战队，还有日本战队和泰国战队，在于炀有望进圈的时候，两个战队同时盯上了于炀，毒圈都要缩了也不走，非要吃下于炀。

祁醉原本还勉强解说着，后来看见于炀被泰国战神队和韩国队4v1，活活围死后，生生被气笑了。

"四个人跟Youth绕……居然还让Youth灭了一队……"祁醉彻底解说不下去了，这打的什么玩意儿？

于炀让人灭了，排名十七。

韩国的几个解说开始过大年，甚至还暗示，韩国战队昨天只是不适应，才让祁醉拿了第一。

祁醉破罐破摔，摘了耳机，不再听韩国的解说，拿起零食来，边吃边解说自己的。

导播把视角切到韩国队，祁醉点头："这个选手有想法，这么明显能辨别位置的枪声，他当没听见，还是苟在三楼上，可能是有信仰吧，不杀生。"

视角切到日本队，祁醉轻笑："这两个人跟刚才那个应该是同一个信仰的。"

视角切到另一个日本队，他们正跟韩国队互殴，两拨人隔着一条街你来我往对枪对了两分钟，一滴血没掉，把祁醉看得无话可说。

说菜鸡互啄……都是夸他们了。

第十一章

"在键盘上撒一把米……"祁醉扑哧一声笑了出来,"算了,不说了。"

弹幕贴心地把祁醉的未尽之言刷了出来:"在键盘上撒一把米,抱只鸡过来,鸡啄米的走位都要比这几个人强。"

所以说能力太强的人没法做解说,这只是做直播,要是让祁醉去现场解说,祁醉真的不确定自己会不会当场推开一个选手,现场教学。

相比之下,卜那那和老凯倒是稳扎稳打,作为最后的满编队,他俩一路杀进了决赛圈,第四个圈的时候,还顺便收了泰国战队的人头。

"不意外。"祁醉稍微提起了点兴致,"他俩双排配合得很好,也没少练……短板就在玩狙玩得一般,不过后期如果贴脸的话会有优势,卜那那的近战非常强。"

整天被人骂莽夫和哈巴狗,大概心里也是憋着火的,卜那那和老凯两个人私下没少努力。

如祁醉所言,最后一个圈的时候卜那那老凯异军突起,老凯帮卜那那架枪,卜那那和人突脸,配合得天衣无缝。可惜安全区刷得不友好,最终拿了第二名。

相较中国其他战队,也算是不错的成绩了。

积分统计出来了,祁醉看了一眼——前十名里就HOG一个中国战队,前二十名里四个。

祁醉不用去看论坛,猜也猜得到那些喷子现在骂得有多难听。

不光是论坛,直播间里都有人开始喷了,甚至还有人刷祁醉不顾大局,指责祁醉只顾个人成绩,打了个solo赛就撤了,不管战队双排成绩。

祁醉嗤笑。

祁醉的粉丝战斗力惊人,跟喷子撕了个你死我活,理智的粉丝不断劝架:"别内斗好吧?刚第一场而已,又不是没有翻盘的可能了!"

祁醉比他们更理智,摇头:"很难。"

第二局,卜那那、老凯总排名下降到第四。于炀、辛巴的总积分排名上升了

179

一名……第十六名，前三的边都沾不上。

第三局，骑士团积分上升，花落他们队伍打进了前三，卜那那和老凯依然是第四名，于炀、辛巴下降三名，排名第十九。

第四局，骑士团掉到第五，卜那那、老凯排名依然是第四，于炀、辛巴排名十五。

卜那那、老凯和第一名的韩国队差了五百多分，想要赶超是绝不可能了，现在目标是冲进前三，于炀和辛巴……

第五局，导播把视角切到于炀，祁醉看着于炀和辛巴的落点，微微蹙眉。

于炀和辛巴跳了机场。

已经是最后一局了，于炀和辛巴积分落后太多太多，他俩就是开场把飞机炸了，也不可能赢。

绝地比赛的后面几局，前三无望的战队基本都会开始消极比赛，报复心强的，则会去当搅屎棍，自杀式攻击，逮着谁跟谁干，死就死了。

于炀、辛巴排名十五，就是属于那种怎么拼都没用了的废队。

这种队伍导播基本不会再给视角，要不是于炀人气高，祁醉根本没机会看到他。

弹幕也开始刷，疑惑于炀想做什么。

"Youth最后一局要秀一把机场吗？没用了吧？"

"我炀神全程一拖一，把双排赛当solo赛打，他有什么办法？"

"不是甩锅，对我们来说，辛巴非常厉害了，但在这种比赛上……他确实不够强。"

"我还是好奇，他这么费劲地去机场做什么？辛巴根本打不了机场，又要落地solo？"

祁醉嘴角微微勾起，莞尔。

"Youth……他就是这样，"导播给到于炀视角的时间很短，画面一闪而过，祁醉紧盯着于炀的ID，"不管有没有希望，都会尽全力去打……"

第十一章

于炀当初为了进一队,冒着没有任何名次的风险,在几乎是零可能的情况下只身堵花落的那场比赛还在眼前。祁醉深吸了一口气,不得不说,这样的于炀,有种别样的魅力。

和输赢无关,于炀整个人好似天然带着一股韧性,他似乎从来不在乎环境已经多糟糕了,也不管自己是不是已经完全没希望了,只要比赛还没结束,他就能全力拼到最后一秒。

不知是不是因为最后一场消极比赛的人太多,于炀和辛巴奇迹一般地杀进了决赛圈。

导播大概也很意外,频频将视角切给他俩。

祁醉正在盯卜那那和老凯他们,相比于炀,他俩的情况更严峻,排名前三的队伍都还在,卜那那和老凯目前总积分还是第四,赶超还是费力,且卜那那和老凯这一场又遇到天谴圈!

导播几乎不切给他俩视角,祁醉只能通过上帝OB视角判断情况……没办法,没人看好这俩人。

祁醉的弹幕甚至都在刷:不觉得哈巴狗和莽夫胖子的组合能拿到成绩。

祁醉懒得多言,解释过了也没用,大家只看得到人头王,只看得到第一名,团队里默默付出的人本就不讨好。

但卜那那和老凯有多努力地日夜苦练双排,祁醉是看得到的。

不光祁醉……于炀、辛巴也看见了。

导播又把视角给于炀了,解说夸了几句于炀的竞技精神,又指出只有精神没用,还要有实力,并开始大肆夸耀韩国选手有多强,直接放言前三名已经被韩国战队包揽了……

而就在这一刻——

游戏里,辛巴帮于炀一路扔烟幕弹,开着自动一路架枪扫射,于炀拎着枪直接冲房。

韩国解说吓了一跳:"Youth不知为何突然冲动,他这个冲房几乎是毫无意义,就算攻上来了,他一打二也很难赢,而且他和他的队友硬闯房区,已经被好几个队伍盯上了,不可能全身而退……"

祁醉眼睛发亮,喃喃道:"他没打算全身而退。"

于炀就是去自杀的。

于炀耳力一流,通过击杀判断,他很清楚房子里的两人就是韩国的Ares队。

目前积分排名第三的Ares队!

祁醉心跳加快,他突然知道,于炀为什么这一局这么拼了。

不只是他性格如此。

于炀一路扫射着上楼,一换一,在等Ares一个队员把他打死前,于炀换掉了Ares队长,直接将人补死了。

于炀死前冲进了房间,已确定了另一个队员的位置,他迅速给还在外面的辛巴报点。辛巴知道自己什么水平,他没这些人厉害,更没有于炀1V2的近战能力,辛巴扔了个烟幕弹,拉了手雷的引线,根据于炀的报点,直接跟对方贴脸。

Ares队员被烟幕弹骗了,一顿扫射。砰的一声,Ares和HOG同归于尽。

"牛!"

导播愣了下,瞬间反应过来了,把视角切给了外摄像头,于炀的镜头前。

于炀双手已离开键盘,他抬眸看着镜头,微微勾唇。

刚才是谁说,前三被韩国队包揽了的?

HOG于炀和辛巴被淘汰了,但另一队HOG还在。

由于Ares的淘汰,实时总积分,卜那那和老凯已蹿至第三。

卜那那和老凯看见击杀信息就知道是怎么回事了。卜那那一咬牙,发誓不让于炀和辛巴白死,跟老凯拼了一把,巷战时不苟名次,直接刚枪,生生把排名第二的韩国队堵死了,顺利吃鸡。

五局比赛结束,卜那那和老凯拿到第二名的银锅,给了提前放言包揽前三

第十一章

的韩国解说一记狠狠的耳光。

Ares队两人凭本事拿到了第四名的好成绩,但并不开心,他俩脸色铁青,摔了键盘,外设没收就走了。

于炀背着自己的外设包,倚在一边,看着队友抱成一团。

卜那那乐疯了,抓着老凯和辛巴一顿揉。好在辛巴还算理智,手忙脚乱地帮卜那那和老凯整了整头发,大笑着提醒:"哥你们别闹……衣服都乱了,你们先去采访区,还好多事呢。"

卜那那点点头,他看向于炀,笑了下,伸出胖胖的拳头。

于炀抬手,跟卜那那不轻不重地对了下拳。

两人对视,昨日后台那点儿小摩擦瞬间烟消云散。

一切尽在不言中了。

"多亏了你俩!我看到你俩的击杀公告,当时就明白了!"老凯第一次在二排里出成绩,对他来说意义太不一般,老凯在辛巴肩上捶了下,"痛快!"

卜那那兴奋得满脸通红,他狠狠点头:"当时就都懂了,我说真的,我跟老凯当时泪都要下来了……还有这种操作?!我估计他们也蒙了,没想到咱们这边儿还有清道夫!"

"炀神从第四局开始就盯他们了,中间还阴了第一名的那个韩国队一拨,不过可惜……我拖后腿了。"辛巴惭愧道,"我开枪太早,暴露位置了,不然炀神还能多换几个。"

卜那那忙摇头:"别说这个,最后一局多亏了你和Youth了。"

"我们只做了第三名,第二名还是你们自己打的。"于炀摇摇头,认真道,"你俩双排是真的很厉害。"

老凯深呼吸了下,认可他实力的人太少了,虽早已习惯了,但一次次地被忽视被误解,不免意难平。

这个亚军,对他和卜那那意义真的不只是那点儿奖金和那口银锅。

183

老凯长吁了一口气，跟于炀对了一下拳。

"你们是要帅死我吗?!"贺小旭和赖华从下面上来了，激动得话都说不利索了，"Ares战队！哈哈哈哈哈，你们能信吗？他们拒绝采访！哈哈哈哈哈，笑死我了，Youth你知不知道国内媒体怎么说你呢？哇！刚才那个镜头，就你死了以后看摄像头那个镜头，被咱们俱乐部官博做成动图，在微博上转疯了，帅死了啊啊啊啊啊……"

辛巴红着脸跟赖华道歉："我拖炀神后腿了……"

"瞎说什么呢？"一向严肃的赖华揉了一把辛巴的脑袋，"你跟Youth本来双排就是短板，练的也不多，打到这个名次已经不错了，这次你就当积累经验了。"

"对对对，Youth也是替补出身啊，别泄气，多跟Youth学一下……而且你们也出力了。"贺小旭高兴了一会儿才想起采访来，忙赶卜那那、老凯去采访区，还不忘嘱咐于炀，"记得转官博啊，你那些姐姐粉都高兴疯了，就等着你发微博呢！那那、老凯别傻站着听我说话了！去采访！"

"一起一起，光我俩算什么。"

卜那那一把抓住辛巴，老凯扯住赖华，大家闹闹哄哄的，一起去接受采访。

"大家好，我们是莽夫和哈巴狗的混子组合。"卜那那在采访区咧嘴一笑，"今天不知道怎么的，一不小心，就混了一个银锅。"

贺小旭头顶生烟，掐了卜那那一把，卜那那浑身肥肉，贺小旭愣是没捏住，卜那那抖了一下肚子，甩开贺小旭，跟老凯一唱一和，连嘲带讽地把几个翻译累得晕头转向。

于炀没去采访区，他跟工作人员一起守着几人的外设包，走廊里没椅子，于炀就直接坐在地上，听贺小旭吩咐的，去转了个官博，顺便帮大家看着背包。

HOG的后勤人员再三过来询问于炀是不是要一起，于炀都摇头拒绝了。

第十一章

于炀远远看着被记者和摄影包围的HOG战队,心里禁不住想,要是队长在就好了。

于炀并不嫌弃辛巴,辛巴临时来替补,能做到发挥稳定已经不错了,而且他和辛巴也磨合过一段时间了,清楚他的水平,早预料到今天自己打不出成绩来了。

前几场,于炀尽全力了,他试过了,也知道了,确实不行。

后面两场,于炀一直在计划路线,避免和卜那那、老凯碰到,尽力去贴那几个韩国队,想方设法为卜那那和老凯清路。

这其实并不是Youth的风格。

于炀只是在想,如果自己是祁醉,会怎么做。

祁醉不在,自己就是队长。

于炀需要考虑的不再单单是自己。

于炀深呼吸了几下,收起手机,倚在墙壁上闭眼休息。

TGC的周峰和海啸走过,海啸笑着跟于炀打招呼:"炀神,今天这一手天秀啊!"

于炀睁开眼。

海啸真心赞叹:"我发现你们HOG是真的厉害,不管拿不拿第一,头条都是你们的。"

"别瞎说话。"周峰皱眉,问于炀,"你不去做采访?"

于炀摇摇头。

"又一个惜字如金的。"海啸左右看看,见没HOG的人,大着胆子道,"嗨!你是不是跟他们聊不到一起啊?我就知道!HOG就是个土匪窝,不适合你……你来我们战队吧!你跟我们队长一定合拍!你们都是哑巴!好不好……哎?!"

周峰在海啸后脑勺上扇了一巴掌,拎着人走了。

海啸贼心不死,嘀嘀咕咕:"队长你拉我干吗?祁醉今天又不在,我跟

Youth套套近乎,没准他就来咱们战队了呢?大不了多给他点签字费嘛!"

周峰语气平静:"有祁醉,没戏。"

海啸咋咋呼呼:"有祁醉怎么了?Youth给他签卖身契啦?"

周峰摇头:"没有,但差不多。"

海啸不懂:"什么意思?"

周峰平静道:"Youth是他的'小太子'。"

不远处,听力惊人的于炀满脸问号。

"哇!'小太子'?!这都什么年代了?!还有这事儿?"

"嗯,祁醉给定的。"

于炀难以置信地看向越走越远的周峰和海啸……

"这么封建的?"

"嗯,据说大家都很满意。"

"我去!不是,这都谁告诉你的?"

"业火。"

"谁告诉业火的?"

"soso。"

"谁告诉soso的?"

"花落。"

"我的娘,花神那个大嘴巴!岂不是全天下都知道了?那谁告诉花落的啊?"

"祁醉。"

"那看来是真的了,太便宜祁神了吧?队长,我也想要这种!"

"先拿到个金锅再想吧。"

"哎呀,好羡慕好羡慕好羡慕……"

周峰和海啸的话一字不漏,全灌进了听力王于炀的耳朵里。

在于炀不知道的世界里,每一天,都在上演着关于他和祁醉的传说。

第十一章

　　源自战队内部的一句玩笑,现在已经真真假假地传到了釜山……

　　于炀两眼放空,呆滞地坐在地上。经工作人员提醒,他才勉强站了起来,不小心,还跟跄了下。

　　于炀心里那点儿离愁别绪被这事儿挤得一干二净,回酒店的路上,于炀浑浑噩噩,卜那那他们嚷翻了天也没注意到。

　　于炀尝试做了几次情绪调节,努力让自己别太受影响,但老天爷并不准备放过他,坐在于炀身边的贺小旭突然像被猫挠了似的尖叫起来:"祁醉!你大爷!"

　　卜那那、老凯、辛巴他们还在讨论今天的比赛,闻言纷纷转过头来,贺小旭歇斯底里:"谁出的主意把他留在酒店?我不活了!"

　　贺小旭太过激动,手机掉到了脚下,于炀一侧身替他捡起来了,一眼看见了手机屏幕上的电竞头条新闻标题——

　　"PUBG亚洲邀请赛实况!祁神Drunk实时解说,但在面对电竞新秀Youth时零状态。"

　　"这是对战队新人的偏爱,还是另有私情?"

　　"素以毒舌著称的祁醉祁神在解说到HOG战队新秀Youth时为何频频失误笑场?"

　　"采访国内几大战队队长,队长们纷纷避而不谈,表示不愿参与祁醉家事。"

　　"是赛事还是家事?据传,Youth从小长在祁家。"

　　"炀神早年参加火焰杯曾与祁神同框,耐人寻味。"

　　……

　　于炀的脸一点一点,慢慢地红透了。

　　"贺经理手机上有虫子吗?"

　　卜那那伸出胖胖的两指,小心地夹住手机,从于炀手里抽了出来,跟老凯一起低头细看……

187

卜那那叹气："你们也是大意，就这么把这个痞子单独放在酒店，他能不搞事？"

老凯摇头说："我拼死拼活拿了个银锅，还没在酒店睡觉的人新闻多。"

"每当这个时候，我都庆幸我们并不被主流认可。"卜那那啧啧叹息，"不然就你祁神这有点事儿就恨不得全天下都知道的性格……早被封杀一百次了。"

老赖安抚于炀："这个我能保证！没有任何问题，电子竞技实力第一，没人管这些……"

"怎么没事？"贺小旭尖叫，"队服还卖不卖了？太太粉还要不要了？他就不能在酒店好好养伤吗！啊啊啊啊……"

于炀痛苦地捂住脸……

一会儿要怎么见祁醉？！

酒店里，比赛结果出来后祁醉就关了直播。

祁醉带着理疗师出门找了家中餐厅，点了不少中餐捎了回来，明天还有四排赛，祁醉没叫酒，只让酒店送了果汁上来。

众人回到酒店围着祁醉一顿发疯，尤其是卜那那，拉着理疗师的手跳了一支探戈，还频频往祁醉身边凑，试图让祁醉起来跟自己斗舞。

"滚远点。"祁醉蹙眉，左右看看，"于炀呢？"

"不知道，他好像有点……不能接受。"卜那那疯够了，坐在桌子上，捏了片蜜瓜塞进嘴里，通风报信，"他知道你直播的事了。"

祁醉哑然："这么快？你们比赛还能知道我在酒店做什么？"

"你以为呢？"老凯幽幽道，"队长，我出一次成绩不容易吧？头条都让你抢了。"

祁醉推开老凯，自己出来找于炀。

祁醉敲了敲工作人员的门，得知于炀没用车也没要翻译后放下心，人生地

第十一章

不熟的，于炀出去找个网吧都是靠手语，应该不会走远。

且于炀也不会做让人担心的事，这会儿……多半又躲在自己房间里了。

祁醉走到于炀门前，突然有点想笑。

熟悉的情节，熟悉的节奏。

祁醉敲了敲门，果然，几秒后，于炀开了门。

"对不住。"

祁醉认错态度挺诚恳："直播的时候看见你，脑子突然空了。"

于炀耳郭发红，他刚躲在房间里，就是在偷着看祁醉的直播录屏。

"老解说还有激动失态的时候呢，别说我了。"祁醉往走廊里看看，迟疑道，"我在你们口这样站着，要是被拍下来是不是不太好……"

于炀才反应过来，结巴道："请……请进。"

祁醉嘴角不自觉地往上挑，自然而然地又进了于炀的房间。

于炀的床上扔着一件背心、一条白色内裤，显然是早上赶时间没收拾的。祁醉扫了一眼忙偏过头，于炀还没发现，他略带局促地让祁醉坐下，给祁醉拿了瓶矿泉水，还替他拧开了。

"谢谢。"祁醉接过水喝了一口，"那什么……怎么没去我房间？饭菜都给你们买好了。"

"我……"于炀坐在茶几上，低声道，"你……"

"我错了。"祁醉不是第一次出直播事故了，四平八稳地道歉，"没走脑子，把实话说出来了。"

于炀没听出来哪里不对，他低着头，道："你怎么……"

祁醉抬眸，静静地等着于炀往下说，心里略有不安。

祁醉已经不是第一次单方面公开表达对于炀的在意了。

"你……"于炀不太好意思看祁醉，半晌轻声问，"你怎么……跟别人造谣'小太子'的事呢？"

祁醉一怔，难以置信地笑了："你是因为这个生气？"

于炀抿了抿嘴唇："也没生气，没那么严重……我就是……"

于炀低头玩手机，声音越来越低："我就是问问……"

"不知道他们怎么知道的，问我的时候我当开玩笑呢，就承认了，没想到后来越传越不靠谱……"祁醉轻声解释，挑眉，"有人找你说了？谁？"

"没谁。"于炀本来就没生气，回来这半天也消化得差不多了，"没事……"

祁醉一哂："怪我，我之前随便他们开玩笑，他们就真信了。"

于炀蹙眉，不太相信祁醉还能随便人笑。

"我巴不得你真是在我家长大的，所以任他们说……这事儿要是真的，"祁醉抬眸看着于炀，淡淡一笑，"你大约能少受点罪。"

于炀心里忽然就软了。

"咱俩也不会到现在还……"祁醉看看于炀再看看自己，示意两人隔着两米的距离，"还这么生疏。"

于炀的脸腾地红了。

祁醉憋不住了，低头闷笑。

"我……"于炀清了下嗓子，尴尬道，"等回去，我一定……"

"不急，我没别的意思。"祁醉一笑，"怕你不高兴，逗你笑的，饿了吧？吃饭……"

一直晃到了晚上睡前。

祁醉没忍住，给于炀发了条微信。

祁醉：睡了？

于炀回复得很快：没。

祁醉：不困？

于炀：还好，在复盘练习赛。

祁醉：都几点了？

于炀：明天不能输的。

第十一章

祁醉：睡觉。

于炀：再看一个小时。

祁醉：逼我？

于炀：怎……怎么了？

祁醉：你之前好像说过，不会对我撒谎。

于炀：是。

祁醉很好奇：你还看得下去吗？

于炀：看……看不下去了……

祁醉：那就睡觉。

祁醉：明天有我。

祁醉放下手机，下了床，拉开窗帘，走到小露台上，静静地看着于炀房间的方向。

两分钟后，于炀房间的灯熄灭了。

祁醉回了自己房间。

落在床上的手机上有条消息。

于炀：也有我。

祁醉笑了下，关机睡了。

翌日，HOG四战神早早抵达赛场。

两日比赛里，HOG先拿金锅再拿银锅，战绩傲人，已然是媒体关注的焦点。贺小旭心里有事，低调地谢绝了一切赛前采访，进了比赛场馆就带着队员直奔休息室。

"你们都知道，现在也没什么可瞒着的了。"贺小旭一改往日神情，脸色严肃，语气郑重，"赖教练不让我给你们压力，但我觉得没必要，你们抗压能力都很好，不怕这个，我就直说了。"

贺小旭看看祁醉，道："祁醉……前天我们就准备好了的，是你自己不同

意,要挪到今天来的。"

祁醉失笑:"不是吧你……"

卜那那愣了下,突然明白了。

于炀没听懂,皱眉看向贺小旭,贺小旭淡然:"你们队长明明有一个很好的机会宣布退役,但他拒绝了。"

贺小旭环视HOG四人:"他选择在今天赛后宣布这件事,你们能明白我的意思了吗?"

"你干吗啊?!"老凯忍了又忍,还是禁不住抱怨,"你就不怕我关键时刻再拖你后……"

老凯喉咙一哽,说不下去了。

卜那那扭过头去,鼻子瞬间红了。

"没你们想的那么夸张,只是宣布一件事。"祁醉无奈,"贺小旭,你疯了?你非要上场前说这个不可吗?"

"我就是故意的。"贺小旭昨晚通宵督促媒介部门安排祁醉退役的宣发,一条一条地看下来,自己都不敢相信,祁醉这些年为战队付出了多少,"这很可能是祁醉的最后一场比赛了……我不想让大家在懵懵懂懂的情况下来打,更不想……"

贺小旭语调变了,他平复了一下心情,继续道:"更不想你们在输了比赛后,才恍然想起这件事,遗憾一辈子。"

"尽全力去打,赢了输了,都是我们战队的荣耀。"

贺小旭眼眶发红,说完出了休息室,匆匆忙忙地去和临时赶过来的国内媒体打招呼。

休息室里,落针可闻。

"别太把他说的当回事……"祁醉最烦这种气氛,他起身打开自己的外设包,拿出一卷绷带来,缠着绷带时他突然一笑,看向于炀,"小哥哥,知道咱们战队'HOG'的意思吗?"

第十一章

于炀抬头,茫然。

"我们战队队名不是HOG,其实是三个单词的缩写。"祁醉慢慢缠着绷带,一字一顿,"Hand Of God……上帝之手。

"你进队有点仓促,贺小旭大概忘了跟你说。"祁醉咬断绷带,淡然道,"HOG里的每个人都是神之右手,没了我,还会有别人。

"只要HOG还在,神之右手就在。"祁醉懒懒地倚在桌边,语气好似无意,又举重若轻,"FPS赛场上,总会有我们的一席之地。"

AWM

第十二章

短暂的休息后,工作人员来提醒可以准备入场了,老凯推开门,愣了。

休息室外的走廊上,挤满了摄影和记者,长长的走廊,竟堵了个水泄不通。

老凯喃喃道:"不是……临时通知的吗……"

"要是在国内就通知,这场馆可能要被祁醉粉丝挤爆。"卜那那下意识转头看向祁醉,"队长……"

祁醉神色如常,给贺小旭打电话让他来处理,径自出了休息室,淡淡道:"赛后会安排采访,一会儿见。"

一向聒噪的媒体今天意外地安静,没提问没靠近。几家和HOG有点恩怨的平台记者也反常地没凑近挑事,只是默默地拍照、录像。

祁醉不许提前通知,国内媒体接到消息比较晚,不少都是下了飞机直接过来,走廊里堆着一片绑着托运单的行李箱,一直挤到了楼下。

辛巴从没见过这种阵势,惊得结巴:"这……这要是提前通知了……"

"估计真的要让官方来维持秩序了。"卜那那有点紧张,揉了揉脸,"这已经够吓人了。"

祁醉嗤笑:"出息。"

卜那那知道祁醉在调节大家情绪,顺势跟着嘲回去:"我就这点儿出息,说起来你也算可以啊,瞒得这么结实,还有这么多人过来……你是不是故意扎我赖神的心?"

赖华当年退役的时候,俱乐部提前半个月通知,但因赖华那段时间状态不好,成绩直线下降,粉丝流失严重,引咎退役简直是顺应民心,退役仪式简陋又仓促,媒体两三家,粉丝也没几个。

第十二章

祁醉懒懒道："客气,人气太高,没办法。"

"一会儿别哭。"卜那那揉了揉脖子,"我肯定绷得住,你别丢人。"

祁醉笑了:"哭?"

辛巴和于炀多多少少还在紧张,老凯邃也跟着插科打诨,认真回忆了下摇头:"还真没……从我上学那会儿看队长比赛,到后来进队朝夕相处,别说哭了,我都没见他眼眶红过。"

"所以说他是个没人性的啊。"卜那那后悔不迭,"只有我傻啊!当年赖队长退役的时候,我差点哭厥过去,现在网上还有那张丑图的表情包!他呢?当时就给了媒体一个背影,结果你们猜怎么着?赖队退役,热度最高的新闻是祁醉的那个背影照片,第二高是我坐在地上哭的表情包,第三是预测咱们战队会不会凋零,第四才是赖华退役!赖教练当时气得好几天不理祁醉,连带也不理我,我招谁惹谁了……"

辛巴一开始还有点心酸,越听越想笑,生生憋着。于炀没绷住笑了下,脸色好看了些。

"没你们泪腺发达。"祁醉走在最前面,"看见几个媒体来给我送葬就哭?什么毛病,我从来就没……"

祁醉脚步一顿。

于炀跟在他后面进了比赛场馆内场区,也一愣,停住了脚。

内场区,挤满了高举Drunk应援牌的粉丝。

站在最前面的一个男生眼睛通红,见HOG战队出来了,他站了起来,高举起了一个巨大应援牌——

"Drunk,不退役好不好?"

祁醉自嘲一笑,反手遮住了跟拍的摄像头。

粉丝们看见祁醉了,纷纷起身,举起应援牌和手幅——

"祁神我不在乎你赢不赢,不退役好不好?"

"Drunk对不起,我再也不说你偷懒了。"

"祁神我喜欢你八年了,我不求你娶我了,你别走就行,好不好?"

197

"Youth还太小，你再等他一年好吗？"

于炀偏过头，把头上的棒球帽檐压到了最低。

卜那那静静地看着场外的应援牌，似乎是忘了刚才自己说过什么，还没怎么呢，眼泪已经下来了。

"专心比赛……"祁醉并未失态，他看了看粉丝，并未打招呼，清了清嗓子，"走了。"

于炀抹了下脸，跟在祁醉身后，随着工作人员走到了HOG战队机位前。

祁醉听得懂韩语，他不想被韩国解说干扰，早早戴上了隔音耳机，调试了下外设，默默地看着屏幕，静静地等着比赛开始。

于炀摘了棒球帽，将头发扎起，戴上耳机，任由摄影机怎么在自己眼前晃也不抬眼，专心检查外设，调试DPI。

卜那那埋头在桌子上趴了一会儿，片刻后起身，抹了抹脸上的眼泪，转过头跟老凯温习每条航线的跳点选择。

十几分钟后，比赛开始。

第一局，S城机场线。

老凯这几天仔细研究过名次靠前的几个战队的选点倾向，飞速道："这条航线，韩国MOON队喜欢打野，TGC喜欢刚P城，Ares习惯高飘去G区，骑士团他们一贯钢铁厂核电站。"

祁醉看着地图，标了个点："跳，找车去集装箱。"

HOG四人几乎同一时间跳下飞机，于炀直接把视角拉到了最低，争取第一时间落地。

老凯早早地开了伞，一边慢慢飘着一边报点："一队在三秒前跳了，往上城区去了，咱们后面有一队，可能是要去水城，也可能是要走，留意抢车的。"

于炀轻轻摇摇头："不可能。"

于炀偏执狂一般地通宵反复练落点不是没意义的。地图上每个位置、每处建筑、每个可能的载具刷新点他都一清二楚，迄今为止，只有他抢别人的，还没人能从他手里抢过车。

第十二章

祁醉轻笑:"谁敢跟他拼落地……"

被祁醉委婉地夸了,于炀耳朵发红,落地后第一时间上车,依次接上队友。

"后面那队去水城方向了,安全。"老凯最后一个上车,呼了口气,"好险,真跟咱们抢点的话,我可能又要被打鸟了。"

于炀跟卜那那换了车位,卜那那开车,四人迅速往集装箱走。

于炀动态视力是四人中最好的,让他开车太浪费,他架着枪,随时留意周围是否有人,老凯则负责另一侧的视野。

几人尽量分担祁醉的工作,减少他手腕的负担,争取让祁醉打到最后一场。

HOG第一时间到了集装箱,除了老凯,三人下车迅速搜检装备,老凯则随手捡了把枪,上了个倍镜就守在了高处,监视着西北方向的那一队。

于炀搜检装备飞快,鼠标被他按得咔咔作响,卜那那笑了:"土匪进村了?给哥哥们留点。"

"知道。"

于炀跑到祁醉身边,把药品、四倍镜等丢在地上,又飞快地跑了。

卜那那眼睁睁地看着自己面前的一个急救箱被手速惊人的于炀捡起丢给了祁醉,眼红又嫉妒:"干吗呢?乌鸦反哺?羊羔跪乳?"

于炀呛了下,低声解释:"他手不舒服……"

卜那那愤愤道:"那也不是东西都捡不起来吧?"

"关你屁事。"祁醉打开地图看安全区位置,"少说话,留意车声。"

还在放哨的老凯道:"放心搜你们的,没人……不过我怀疑有人去医院了,可能是高飘去G镇,没抢到房区流窜过来的,没准就摸到下城区去了。"

于炀不能确定:"太远……没听到车声。"

"没事。"祁醉被于炀养得血肥,该有的都有了,"我盯着,老凯去找枪,要配件说话,药给你带着了,记得拿油。"

老凯答应着跳了下来,祁醉替他。

199

"下城区的人来了。"祁醉关镜,"接客。"

卜那那跳回掩体中:"走过来的?没听见车声。"

"走过来的,三个人,不确定是不是有自由人。"祁醉伏在集装箱上,找好掩体,开镜,"先别开枪,我确定一下位置,Youth绕后。"

于炀从集装箱最后侧绕了出去,准备偷一个后身。

祁醉依次报点,他和卜那那老凯分别盯住一人。

三秒钟后——

"开火。"

几人同时开枪,祁醉、卜那那分别击倒一人,于炀迅速把其中一人补了,另一个人爬进了掩体,被队友扶起来了。

"上城区的要来劝架了。"祁醉提醒于炀注意位置,自己摸了下来,"老凯别动,看上城区。"

不出祁醉所料,上城区的听到枪声后就过来了。

只有一点让祁醉挺意外,他们是直接开着车过来的。

"这年头劝架都这么嚣张吗?这是来执法的吧?"祁醉命于炀瞄着掩体里第一队的人,自己回手甩狙一枪爆了后来战队的车胎,"玩得这么刚吗?"

劝架队被祁醉逼停。出乎所有人意料,他们没下车找掩体,反而借着不受控往前滑行的废车,继续往HOG战队方向贴,俨然是要贴脸刚枪。

"不要命了?看不懂他们的套路……"卜那那扫了一梭子下去给他们修了修脚,"这是满编队吗?"

"是。"祁醉判断了下位置,"老凯过来替我,小心被他们夹,我去Youth那……"

四人里于炀已经跟大家脱节,前后都有人,他万一倒地是拉不起来的。

于炀已经在跟掩体里第一队人拼手雷了,祁醉让卜那那和老凯给自己架枪,他一路腰射着过了掩体,和于炀会合。

有队友在就好多了,于炀勤俭持家地把三级头摘了,低声道:"你别露头,我跟他对……我不信我对不过他。"

第十二章

祁醉开镜甩狙,一枪爆了掩体后一队一人的头:"戴上,不用这么会过日子。"

导播的OB视角正切在祁醉这,场上观众忍不住惊呼。

于炀轻吸了一口气。饶是跟祁醉组排过多次,每次看到祁醉甩狙爆人头,也还是会被惊到。

于炀对枪确实不如祁醉,他把位置让给祁醉,自己在祁醉身后扔雷,不到三分钟,把对面两人吃了。

但同一时刻……

屏幕上刷出两条击杀喊话。

"Ares-MURE炸死了HOG-Banana。"

"Ares-MURE炸死了HOG-Kay。"

"这个Ares!"卜那那推开键盘,大怒,"他卖了队友,自己捏着雷上来了,学辛巴玩同归于尽!我说他们怎么这么刚,他们是看了第一条击倒公告,专奔着咱们来的!"

老凯难以置信,半天没缓过神来:"第一局啊……就玩这个?"

于炀脸色瞬间变得铁青。

Ares在报昨天的仇。

于炀昨天为了给卜那那和老凯清路跟Ares刚了一拨是不假,但那是在他和辛巴已经没有可能进前三的情况下。

现在比赛才刚第一局,Ares上来就自杀式攻击,不为了赢,不为了任何战队,就是在知道祁醉今天要退役的情况下,针对性极强地要让HOG开场团灭。

于炀摘了耳机一把摔在桌上就要起身。

"坐好!"祁醉厉声道,"戴上耳机!"

HOG队的裁判上前一步,警惕地看着于炀。

祁醉头也不抬,低声说了一句韩语,裁判点点头,站了回去。

于炀嘴唇发白,双手不自觉地发颤,心里愧极怒极。他深呼吸了几下,极力控制自己,坐好拿起了鼠标,戴好了耳机。

201

卜那那砸了下桌子,气得肺要炸了:"我……"

"安静。"祁醉调整了下耳机,"那那看Youth视角,老凯OB我。"

卜那那和老凯愣了,难以置信地看向祁醉。

"不想听指挥就退出游戏界面,我不重复第二遍。"祁醉淡淡道,"Youth,报你包里的药。"

"三……"于炀攥了攥拳,长吁了一口气,竭力压下一腔邪火,"三三四。"

"够了。"祁醉开镜,"他们还有三个人是吧?来吧……"

"二对三,看看谁能灭了谁。"

于炀开了一枪,弹道偏移得可怕。

盛怒下,于炀两手都在不自觉地微微发颤,他现在根本压不住枪。

于炀抢了个先手跟人对枪,子弹飘得太高,一枪没中,倒让人打了半管血下去。

于炀不甘地咬牙,躲回掩体里。

于炀喝能量饮料回血,四秒的CD时间里他飞快放开鼠标,两手十指交叉,狠狠攥了攥手指,随即放开,略活动了一下,在CD结束前半秒握住鼠标和键盘。迅速往后撤了两步,躲到另一个掩体后侧,把视野留给祁醉。

"以前没注意……"祁醉甩狙打掉Ares一人的三级头,突然开麦道,"你还会说脏话呢……"

于炀怔了下,才反应过来自己刚才说了什么,忙道:"不是,我早改了,我……"

"没训你。"祁醉嘴角微微勾起,开镜确定对方位置,淡淡道,"乍一听,挺带劲儿。"

于炀迅速开镜打了一枪,修掉了对方三分之一的血,莫名有点难为情,道歉道:"我……我以后不说了。"

"说了没训你,毒要来了,把状态打满。"祁醉把能量饮料全喝了,"手还

第十二章

抖吗？"

于炀脸上已经有了点血色，他这会儿才发现自己的手已经不凉了，结巴道："好……好多了。"

祁醉收了语气中调笑的意味，一心两用，边盯着Ares边淡淡道："那就好。"

于炀才反应过来祁醉是在给自己调节情绪。

游戏里，于炀的人物角色无意识地看向Drunk。

Drunk反复露头，开镜，确定Ares的位置。

于炀没法想象，这个人的竞技心理素质到底强大到什么程度。

这种情况下，没有分毫被情绪干扰，甚至还能分心抚平队友的负面情绪。

简直可怕。

祁醉飞速道："他们有个穿风衣的往后撤了，可能是想绕咱们。标点了，架住了，别让人绕后。"

Ares的目的性非常强，不考虑自身损耗问题，就是要HOG团灭，一旦被绕后了，他们大概就是拼着团灭也要让祁醉、于炀死在这。

祁醉抿了下嘴唇："要不要玩一拨极限的？"

于炀状态已经恢复，架着枪："玩。"

"我狙倒一个，你卡他们拉人的最后两秒去贴脸刚枪。"祁醉眯了眯眼，"需要你一打二，敢不敢试试？"

于炀没有分毫犹豫："你打。"

祁醉开镜，低声道："这是方案一。方案二，你要是被击倒了，我不可能去扶你，甚至……"

于炀换了SCAR-L，想也不想道："我要是倒了，马上给你报位置，你扔雷把我们全炸了。"

祁醉微笑："聪明。"

卜那那看得一愣一愣的："你……你……"

"我怎么了？你以为我只会卖你？"祁醉甩狙，一枪爆头，"去！"

203

于炀的步枪早切了自动模式，他反复开镜，在确定Ares在拉人后直接冲了出去。

同一时刻，祁醉也换了步枪，起身扫射，几枪把被于炀逼出掩体的Ares队员击倒，另一边，于炀绕着掩体和Ares最后活着的队长贴脸火拼，电光火石之间于炀中了几枪，身上的二级甲被打烂，血量见底的时候Ares最后一人活活被于炀扫射死了。

同一秒，前面倒地的两个Ares队员直接被淘汰。

Ares团灭。

于炀轻轻吐了一口气，果然是极限……他额上已经全是汗了。

"漂亮！"卜那那开麦大吼，"谁灭谁了？谁教谁做人了？啊？！"

老凯不擅长和人拼近战，看着于炀的操作失声道："天秀！牛啊！"

于炀伏地，给自己打药回血。

"舔包。"祁醉收捡Ares几人的遗产，他抬眸，看看自己面前的摄像头，笑着说了一句韩语。

祁醉所料不错，导播切的就是他的视角，祁醉话音刚刚落地，场外观众轰然一阵躁动。

卜那那迷茫："你说什么了？"

祁醉轻笑："没什么……感谢Ares战队的快递。"

老凯哭笑不得："你就非要皮这一下不可？"

"走了。"祁醉给于炀分了点子弹，"跑毒。"

第一局，Ares第一个团灭，队伍排名倒数第一。HOG前期人员折损严重，拼决赛圈的时候大大不利，最终不敌韩国MOON队和中国TGC队，名次第三，总积分第四。

休息时间里，赖华眉头紧皱，脸色凝重："Ares已经完全没戏了……"

辛巴还没反应过来，乐颠颠道："那不好吗？谁让他们玩脏的了！"

于炀薄唇轻抿，低声道："所以他们要彻底当搅屎棍了……"

辛巴呆滞，讪讪地坐回自己位置上，不说话了。

第十二章

HOG目前积分排名第四,并不算低,若没有外界干扰,后面几局拼一下,还是有机会的,但现在他们已经被准淘汰的队伍盯上了,后面会越来越难打。

休息室里忽然安静了下来。

于炀咬牙:"全怪我。"

"跟Youth没关系!"卜那那忙道,"他昨天是为了我跟老凯才去清理Ares的,要怪也是怪……"

赖华不耐烦地打断卜那那:"没人要追责!"

祁醉倚在一边喝水,语气平静:"你确定不追责?"

所有人都愣了,下意识看向祁醉。

祁醉放下矿泉水瓶,看着于炀,"Youth,刚才那那和老凯死了以后,你摔了耳机,是什么意思?"

于炀大脑一片空白:"我……"

祁醉淡淡道:"你想碰高压线?"

祁醉语气并不严厉,于炀却像被人兜头扇了一巴掌似的,脸颊火辣辣的,迅速红了。

卜那那来回看着两人,于炀摔耳机要起身的时候,他其实也是吓了一大跳的,但他还是本能地想打圆场:"你干吗啊?于炀不也是因为你?好好商量对策,怎么突然……"

"我没跟你说话。"祁醉没理卜那那,看着于炀继续问道,"是不是想碰高压线?"

Ares的事追根究底还是于炀昨天惹出来的,于炀心里本来就又愧又悔,这会儿被祁醉问责,瞬间难受得喘不过气来。于炀把手里的矿泉水瓶放到一边,声音发涩:"是。"

祁醉皱眉,片刻后道:"你们出去下,我有事跟Youth说。"

赖华犹豫了下,没多话,先一步出门了。

卜那那干笑着和稀泥:"有事比赛后再说,于炀!先认错!"

祁醉静静地看向卜那那,卜那那瞬间怂了,低头出去了。

辛巴走在最后，心惊胆战地把门关上了。

HOG休息室里瞬间安静得可怕。

于炀嘴唇发干，瞬间觉得自己难堪无比。

于炀平时并不怕祁醉。

他对祁醉很尊敬，偶尔躲祁醉也只是自己性格原因，害臊罢了，但他从来没像青训生还有二队的人似的害怕祁醉。

但这会儿，于炀看着脸上半分笑意也没的祁醉，是真的有点怕了。

于炀声音干涩："我……我……"

"仅此一次。"

于炀错愕地抬头看向祁醉。

"下次……"祁醉轻声警告，"下次再敢碰高压线，我肯定要当着所有人骂你。"

于炀呆滞了几秒，苍白的嘴唇迅速回血了。

"控制好脾气。"祁醉拧开水瓶，又喝了一口，"每个队伍身后都站着一个裁判，两个队伍中间还有个记录员，旁边多少个摄像头盯着你……你离开座位那一刻，他们就可以警告你，严重了直接禁赛。"

"一场比赛，无所谓，关键是你自己呢？"祁醉看着于炀，"一时冲动，发展成暴力行为，要是被终身禁赛了，你……"

祁醉看着于炀，轻笑："你想陪我一起退役？"

于炀眼眶倏然红了。

"我……"于炀垂眸，"我错了。"

"不要用自己一辈子的事来给一时冲动埋单……行了，翻篇儿了。"祁醉本来就不忍心训于炀，见他知道深浅后及时转换话题，"你昨天去清理Ares没错，Ares今天来堵我们也没错，不用总是想着这个。"

于炀嗫嚅："就是我……"

"我说了，跟你没关系。"祁醉轻蔑一笑，"再说……我也不怕他们。"

休息时间马上过了，众人回到自己位置上。

第十二章

卜那那小心地看看两人的脸色，纳闷儿："于炀，你挨过训以后，怎么脸色更好看了呢？"

于炀咳了下，摇头："没……"

祁醉抽了纸巾擦拭键盘，懒懒道："没训他。"

卜那那鄙夷地看看祁醉："没训？你不是直接体罚了吧？"

于炀呛了下。

祁醉轻敲键盘，轻笑："你这话说到我心里了。"

老凯见两人并未起冲突，放下心道："没有就好，这局都换套衣服吧？那队肯定都记住咱们衣服了，还得来……"

"不用。"祁醉淡淡道，"让他们来……我今天就帮他们戒网瘾。"

目前战队积分排名第四，还有Ares的针对，HOG夺冠压力太大，老凯本来是紧张的，听到这话忍不住笑了："祁·职业终结者·醉，在役最后一天也要带走一个吗？"

祁醉笑而不语。

卜那那抹了一把脸，低吼了一声："来！加油！"

于炀沉默不语。

第二局，HOG战队总击杀14人，祁醉击杀4人，于炀击杀8人，卜那那击杀2人，队伍排名第一，总积分排名第二。

第三局，HOG战队再次和Ares战队相遇，老凯被击杀，Ares战队团灭。HOG单局排名第七，总积分排名第三。

第四局，HOG战队单局排名第二，总积分排名第二，和排名第一的韩国MOON战队相差235积分。

第五局。

卜那那抹了抹额头上不断沁出的汗，恨得牙根痒痒："Ares队再过来玩自杀，你们就走。我不捡别的了，只捡手雷，不是玩自杀吗？我陪他们玩！"

老凯眉头紧皱："不，我来，我死了你们也能吃鸡。"

"怎么？要抢指挥位？"积分大劣势的情况下，祁醉几乎没受到影响，"一

207

切照旧,不允许任何人私自行动。"

于炀不断地抿嘴唇,心中无数数字不断闪过,快速心算,判断要拿到多少击杀争到多少名次才能拉开这要命的235分。

老凯谨慎惯了,不得不提醒祁醉:"队长……MOON肯定是要苟名次了,他们没准都不跳一个点,分散了保名次,咱们……"

老凯壮着胆子,试探道:"咱们是稳妥一下,保一下第二名的名次,还是……"

卜那那意识到问题,慢慢道:"第三名是TGC,他们跟咱们就差75分……"

"不止他们,第四名的FIRE战队跟咱们差120分,也不是不可能。"老凯不得不提醒大家,"咱们其实并没稳在前三,咱们要是开场凉了,或者遇到Ares队了,没准……会被TGC和FIRE赶上来,到时候……咱们就是第四了。"

第四名,什么都不是。

老凯低声道:"苟名次的话,可以效仿二加二的模式,咱们分开打野,就算前期遇见Ares了,也不会损失太大……"

卜那那咬牙:"争名次就算了,还得防着这个队。"

"而且……"老凯不放心地看着祁醉,"你的手……"

进游戏了,所有人集合在素质广场,祁醉轻轻揉着右手腕,突然道:"Youth,那次打在线solo赛,你为什么没苟名次?为什么要跟花落死拼?"

突然被点名的于炀愣了下,沉默片刻道:"电子竞技,没有第二。"

祁醉微笑。

卜那那和老赖沉默片刻,骂了几句脏话,大笑:"干!"

第五局,Z城N港线,HOG想也没想,直接跳了机场。

Ares跟着跳了机场,全灭。

日本战队跳了观测站,全灭。

分开苟名次的MOON战队两人在东大桥和HOG相遇,全灭。

老凯紧盯着屏幕击杀公告,飞速算着前四名战队的积分。

于炀这一场已经稳拿了人头王,他问道:"还差多少?"

第十二章

老凯飞速道:"MOON还有一个在苟,名次积分不算,暂且算持平,他们战队击杀一人,动态积分比咱们还高145分。"

说话间空投刷新了,于炀眸子一亮,低声道:"车还有油吗?"

"有。"老凯不确定道,"你要……你……"

于炀因兴奋,声音微微发颤:"队长没把好枪,只有四倍镜……"

祁醉明白了,点头:"去吧。"

于炀把自己的三级头给祁醉,多余子弹给卜那那,多余的一把枪和药品丢给老凯,开车去追空投了。

祁醉站在高处替于炀架枪。

五局比赛,HOG场场天谴圈,每场还要被Ares战队骚扰,运气已经背到了极点,于炀就要拼一把,拼他不可能更倒霉。

于炀这次拼赢了。

空投奖励:大狙AWM、二十发马格南、十五倍镜、一支肾上腺素。

于炀顺利在其他队伍赶到前抢了空投,火速开车回来了。

祁醉换上AWM,活动了下刺痛的右手腕。

场外解说咋舌:"HOG战队的Drunk拿到了怪物大狙AWM!韩国战队太不小心了,把这把狙留给Drunk的话,这……"

另一个解说不太乐观道:"据说,Drunk玩这把狙,就没不吃鸡的时候……"

旁边的解说打了个哈哈:"幸好,他只有二十发子弹匹配AWM的马格南子弹,现在满编队伍还不少,按这个情况算,他最多能拿到四个人头吧。"

"差不多。但那也很恐怖了,他们战队的Youth刚机场已经拿了不少人头,他们现在是在用人头优势赶追我们的MOON战队,这太冒险了……积分主要构成还是名次积分,他们这么拼,万一交火时失利,那第二名的名次怕也保不住了。"

"先看他能拿到几个人头吧,就像刚才说的,目前满编队还很多,二十发马格南,也许四个人头都很难拿到。"

而祁醉拿到了整整八个人头。

但MOON战队的最后一个人还在！

"不算名次积分，还差65分。"老凯已经死了，在OB祁醉，"马上进决赛圈了，人头分不会有太多优势了，就看名次了！"

卜那那急得眼珠通红："MOON最后一人到底苟在哪儿了？！"

祁醉的AWM只剩一发子弹了，于炀突然道："我……我感觉我看到45度方向拼图楼二楼有个人。"

祁醉心里一动。

MOON只剩一个人了，所以选点会很谨慎，在二楼一直苟着，很有可能……

他只有一人，只要被击倒就会直接淘汰，如果那个人真是最后一个MOON队员……

只剩一发马格南了……

卜那那视力不如于炀，焦急道："你确定那有人？就剩一颗子弹了！"

于炀迟疑片刻，点头："有。"

"架枪，那那准备摸近点。"

祁醉换了个位置，伏地，开镜。

卜那那冒险摸到了拼图楼下面，马上被发现了，直接被另一队扫射倒地了。

"别救。"卜那那咬牙，"没用。"

于炀压力陡然增大，二楼的那个人要不是MOON队员，他们这一下损失大了……

卜那那最终掉血死了，二楼的那个人闪了一丝人影。

祁醉嘴角微微勾起——他想舔卜那那的装备。

他只有一个人，比任何人都需要药品，看着卜那那的盒子，他不可能不尝试着搜一下。

二楼窗口有个人影一闪而过，祁醉在心里默默记时间。

在那人走出楼的那一刻……

第十二章

导播切在祁醉视角上,选手们看不见,但场外上帝视角的所有观众、直播平台关注比赛的所有人都看得见,清楚地知道房里那个人到底是谁。

所有人禁不住屏息,等着看祁醉这一枪……

"砰!"

"HOG-Drunk使用AWM杀死了MOON-Honor。"

场外HOG粉丝、Drunk粉丝眼中噙泪,疯狂大吼,不用再往下看,这场比赛对他们来说已经结束了。

MOON战队最后一人死亡,MOON战队淘汰,彻底失去了和HOG角逐的可能。

而排名第三的TGC战队和排名第四的FIRE战队人头数远不如开了挂一般的HOG,这场比赛前三名名次已不会再有变化了。

祁醉放开鼠标,笑了下,叹气:"疼死我了……"

于炀闭了闭眼,忍了又忍,最终忍不住,左手离开了键盘,低头捂住了脸。

卜那那抬手狠捶了一下老凯的肩膀,抽噎两声,随即趴在了自己机位上,压抑地哭了出来。

第五局,HOG战队排名第一,人头击杀第一,总积分跃至第一。

毋庸置疑的第一名——HOG。

比赛结束,HOG排名第一,TGC排名第二,MOON排名第三。

祁醉静静地看着屏幕上第一名的结算界面,一动不动。

观众席的粉丝们在一遍遍嘶声大喊祁醉的游戏ID:Drunk、Drunk、Drunk……

祁醉右手因疼痛不住发抖,他解开绷带扔在一边,抬手轻轻抚摸键盘,一直没起身。

HOG其余几人已经离开自己位置,随着工作人员走到前台等待领奖和赛后采访,拥挤的比赛区此时空旷无比,只有祁醉依旧坐在自己的位置上。

所有摄像机对着祁醉,沉默地记录着。

后台HOG的所有工作人员全部上来了,赖华满脸眼泪,傻了一般,一句话也说不出来，但在贺小旭要去提醒祁醉领奖时，拉住了他，摇了摇头。

"别催他……"

不知过了多久，祁醉起身。

祁醉将自己的外设一件件收好，同八年来任意一场比赛一样熟练又从容，不紧不慢，不慌不忙。

祁醉的粉丝们甚至有一瞬间的错觉，觉得爆炸一般流传出来的退役消息只是流言。

他明明同以前一样轻松地赢了比赛，明明同以前一样泰然自若地整理外设，准备领奖。

直到拆键盘时。

祁醉拆下键盘，慢慢缠好输电线，在将键盘装入外设包前，祁醉突然低头，轻轻亲吻了自己的键盘。

场外一直高举着"Drunk，不退役好不好？"的男生崩溃一般蹲了下来，抱着他临时赶制的应援牌失声恸哭。

所有人都明白了，Drunk是真的要走了。

祁醉背着自己的外设包下来了。

于炀双眼通红，接过了祁醉的外设。

主办方在昨晚接到了消息，知道祁醉会在今天宣布一件事，他们临时通知所有赛后安排后移，将时间留给了祁醉。

祁醉上了领奖台，用韩语感谢了主办方，继而看向镜头，沉默了几秒。

嘈杂的赛场突然安静得可怕，所有人都在看着祁醉。

祁醉的粉丝们眼中含泪，还带着一丝希冀，盼着祁醉出面澄清谣言，希望祁醉能告诉他们这些全是假的。

HOG战神队明明刚组成，Drunk明明还能打。

前天的solo赛里，他明明刚拿了第一名。

今天的四排赛里，他明明绝地反击，给他们展示了什么叫作奇迹。

场内所有观众，国内守在直播平台的所有粉丝，都在等待……

第十二章

"对不起。"祁醉淡淡笑了下,"我知道大家现在想听我说什么……但这次,大概只能到这里了。"

祁醉的粉丝们早在祁醉第一场solo赛时就有所察觉,但都还怀着一丝侥幸,现在亲耳听到祁醉说出来,几个粉丝几乎崩溃,举着应援牌大哭出声。

后台,于炀坐在地上,双手抱着祁醉的外设包,将脸埋在了上面,双肩不住颤抖。

"嘘……"祁醉对粉丝们安抚一笑,"我其实不喜欢太郑重地说什么,但今天的录像大概要存档,在将来被反复剪辑轮放,还是正式点吧。

"八年前……"

祁醉停顿了下,继续道:"我还没成年,当时国内电竞环境很恶劣,几乎所有的俱乐部都在亏损,战队不是靠富豪们赔钱养着,就是选手们用爱发电,白天打工,晚上在网吧训练。当然,你们知道,我们战队比较特殊,是靠我用脸养着。"

几个女粉丝破涕为笑。

"开玩笑的。"祁醉自嘲一笑,"也是靠我们俱乐部这几个人自己砸钱。

"我那会儿跟着我的队长去网吧打过城际赛,见过逃课来比赛拿到奖金欢天喜地的学生,见过满怀希望一个男生宿舍就组起的战队,也见过吃睡在网吧终日训练但没有任何收入的殉道者。"祁醉环视场馆,微笑,"挺高兴,八年过去,电竞产业竟发展到了今天的程度。

"但可惜,我只能见证到今天了。

"关于右手的伤病,我不想多说,大概会有很多关于我的退役纪录片,细节部分大家会知道。

"在役八年,我已经足够幸运。"祁醉看了一眼台下的中国战队队员们,"我参与了一个飞速发展的黄金时代。"

周峰沉默地看着祁醉;花落眼中噙泪,忍无可忍地偏过头,将头抵在了soso肩头;业火难以置信地看着祁醉,嘴里念叨着别人听不懂的潮汕话;母狮战队和Wolves战队的队长是祁醉的铁粉,早已泣不成声。

"更幸运的是……"祁醉看向远处的HOG战队成员,"加入了我的战队,我的HOG,并用八年时间,以我之力,为战队付出了全部心血。"

"我知道,我离开后,又会有很多人猜测,HOG是否会凋零,会解散,会被其他战队吞并,我代表俱乐部,在此统一回答……"

"不会。"祁醉眼神坚毅,"我将同HOG战队历任队长一般,以另一身份继续留在HOG,Hand Of God,每个HOG在役队员都会是神之右手的继承者。"

"我,祁醉,HOG-Drunk……"祁醉声音发哑,郑重道,"今天正式退役,HOG队长一职将转交于Youth。"

"老将不死,薪火相承。"

"感谢大家这八年的陪伴,再见。"

祁醉谢绝了采访,在长久的一个鞠躬后,离开了。

后台,新任HOG队长Youth同样拒绝了采访。

有个媒体急于拿到头条,忙不迭地要拦于炀,被于炀冷冷瞪了一眼后,吓得不敢多话。

"大家体谅一下。"贺小旭尽量保持冷静,低声安抚媒体,"Youth一直以为……"

贺小旭停顿了下,压下喉间哽咽,克制着道:"Youth一直以为这是个开始,他进一队就是为了……"

"没想到……总之,请大家给我们的新队长一点时间。"

"谢谢大家。"

冗长的必经环节后,HOG战队带着金锅,上了战队的大巴车。

所有工作人员都上车后,司机开车,回酒店。

没人因疲劳困倦,没人玩手机,所有人沉默不语,车厢内一片死寂,完全不似一个刚拿了第一的战队。

"我以后……"祁醉打破寂静,突然问,"做点什么呢?"

死死克制着,不让自己哭出来的于炀沉默不语。

老泪纵横的赖华难以置信地看向祁醉,声音嘶哑:"你……你说什么?"

第十二章

"我说我不知道要干点什么。"祁醉抬头看着车顶,枕着自己的左臂,真情实感地发愁,"刚才大话已经说出去了,我要留在战队,但……咱们战队似乎并不缺人吧?"

祁醉偏头看向赖华:"你考虑辞职吗?我可以替你。"

赖华被祁醉气得忘了哭,怒道:"谁要辞职!我生是HOG的人,死是HOG的鬼!你以为教练好做?!"

祁醉回想赖华每天的工作,摇头:"算了,累了八年了,让我歇歇吧。"

祁醉灵机一动:"我可以去做解说……"

"想都别想!"贺小旭尖叫,"别以为你退役了就不用为战队卖身卖脸了,你得给我保持人设!我还要靠着你继续拉赞助呢!"

卜那那生生被气笑,他擦了擦眼泪,摊手道:"你饶了我们好吧?你去做解说,我们比赛的时候,你准备怎么介绍我们?

"大家好,这是我前队友,莽夫胖子。

"胖子旁边的瘦子也是我前队友,哈巴狗老凯。"

老凯抹了抹脸,幽幽道:"瘦子再旁边,是我'小太子',Youth。"

HOG新队长呛了下,咳了起来。

辛巴试图给自己找一点存在感,小心翼翼道:"我'小太子'旁边的是战队前替补,可爱又忠厚的辛巴。"

贺小旭抓狂:"闭嘴!现在还在跟拍呢!这么大的两个摄影机你们眼瞎看不见?!都给我哭!后期剪辑纪录片要用的!"

卜那那干挤了下,挤不出来了,放弃,转头看着祁醉,真心实意道:"不然做做直播?你要真的好好做直播了,肯定挤得他们没饭吃了。"

祁醉摇头。

"先做点正事吧。"祁醉看着坐在自己前面的于炀,轻笑,"先把'小太子'的事处理一下。"

于炀露出的半个耳朵,渐渐红了。

AWM

第十三章

亚洲邀请赛圆满结束,中国六个战队在晚宴后狂睡了一夜,翌日纷纷整理行李,准备回国。

"单排赛冠军,双排赛亚军,四排赛冠军……"

酒店大厅,赖华抓着祁醉这个便宜翻译去办退房了,贺小旭坐在沙发上,喝着茶算账:"两个冠军,一个亚军,一个人头王……按今天汇率算,金锅三十万,银锅十二万,人头王三万……一共才七十多万,这还不算税,辛苦这么多天,奖金还不够你们这一趟花销呢。"

辛巴没怎么跟着出来打过比赛,愕然道:"这还不够?"

"问得好。"贺小旭抬头,跟辛巴算账,"来的时候升舱了,这得自己掏钱吧?酒店房间升级,也是自己花钱,还有这些天的吃喝开销……"

辛巴干笑:"其实可以不用的啊……"

"不用?你问问你的前辈们同意吗?一队这几个金贵得要命。这些年,连着老赖都快被养成娇花了……"贺小旭看看不远处各自坐在自己大行李箱上玩手机的一队队员们,无奈,"这几个少爷一会儿还得去免税店,花起来更没数。"

祁醉办好退房过来了,把顺手在前台拿的糖果丢给于炀,问贺小旭:"什么没数?"

"说你们花销无度。"贺小旭收起手机,抱怨了几句还是忍不住笑了,"不过拿了名次,花就花吧,这次奖金俱乐部还是一分不要,另外给补贴百分之五十的奖金,回去以后打给你们。"

于炀闻言看了过来,想细问,但没好意思开口。

贺小旭什么看不出来?他主动道:"老规矩,奖金直接分给队员,谁拿的奖

第十三章

谁拿钱，团体赛平分，替补折半，俱乐部补贴的钱全部工作人员都有，比如于炀……不算税，应该是十二三万吧，其中三万是你那个人头王的奖金，单独算的，已经打给你了。

"你们队长肯定还是最多的，光solo赛冠军就三十万了，都加油吧，争取以后和祁醉一样。"贺小旭鼓励了众人几句，起身，招呼众人推着自己的行李箱出酒店上车。

众人一起去免税店购物。

贺小旭和老赖他们没什么要买的，提前带着众人的行李去机场了，留队员们自己逛。辛巴拿着七大姑八大姨给的一串购物单，忙得脚不沾地，老凯和那那去逛衣服了。祁醉接了个电话的工夫，不见了于炀。

祁醉给于炀发了条消息，问他在哪儿。

祁醉买东西从不找免税店，在哪儿都是看上什么就拿了，跟着过来就是给于炀当免费翻译的，不想还走散了。

祁醉担心于炀因为语言不通着急，联系到他以后马上找过去了。

没想去，想象中的画面并没有出现，于炀没有丝毫慌张，也没露怯。

他甚至还很自信。

于炀操着他那让人窒息的英文，面无表情地对导购道："我要this。"

"不是这个，你是不是听不懂英文？"于炀微微蹙眉，"我要这个white的，不是black的……白色的好看，黑色不好看。"

导购是个年轻的姑娘，看着于炀帅气冷峻的面庞，脸都红了，脾气出奇地好，低声细细询问。

但可惜，于炀跟她无法沟通，于炀着急在祁醉来之前结账，催促："你说英文，我听不懂韩语。"

一直在用英语试图和于炀沟通的姑娘一头雾水。

祁醉在不远处竭力忍着，不笑出声。

"多少G的？"于炀最终还是收了他的神通，没再用英语折磨导购，靠手语拿到了自己想要的新款手机，他事多得很，又比画了一下道，"我要存储器最大

的那个,给我拿一下。"

导购姑娘尴尬地微笑:"Come again? Sorry……"

于炀皱眉:"我要最高级的那个。"

导购绝望又无助。

还好,祁醉及时走了过来,用韩语跟导购姑娘沟通了下,顺利拿到了于炀想要的手机。

至于为什么用韩语不用英文……

祁醉憋笑,就让于炀觉得这个导购姑娘听不懂英文吧。

"谢……"于炀有点不好意思,"谢谢队长……"

祁醉拿出卡来,于炀忙道:"不,我自己买,我刚拿到奖金。"

买个手机也花不了多少钱,祁醉点头:"行,你自己买吧。"

于炀把手机递给导购:"要两个。"

祁醉下意识看向于炀。

于炀垂眸,轻声道:"你……还没换新款的……"

出国前的一个月里,HOG几乎变成封闭训练营了,手机出了新款好多天,众人也没时间出去排队买,都还用着以前的。

"我看你上一个就是白色的。"于炀尽量表现得自然点,"就……买的白的。"

祁醉心里一软,但嘴依然欠得很:"是,我前天就跟你说过了,我挺喜欢白的。"

几秒钟后于炀才反应过来祁醉说的是什么,想想自己那条内裤,脸颊腾地红了。

祁醉微笑,故意当着导购姑娘的面低声道:"谢谢你记得我喜欢什么颜色,我很喜欢。"

导购姑娘把两部手机装好了,把退税单等交给于炀,于炀脸红着,一把接过,跟在祁醉后面走了。

于炀记挂着还祁醉的钱,除了这两部手机没再花钱。倒是卜那那他们,卡

第十三章

险些刷爆,乱七八糟有用没用的买了一大堆,逛到登机前两个小时才走。

登机后,祁醉把sim卡从旧手机中取了出来,换到新手机上。

失去信号前,祁醉接到了一条来自战队心理咨询师谢辰的信息。

谢辰:Youth联系我了。

祁醉偏头看看也在换电话卡的于炀,嘴角微微勾起。

回国后,大概有很多事要做吧。

于炀坐在自己位子上,换好电话卡,开了机,认认真真地把自己的手机收好。

其实,于炀更喜欢那款深空黑的。

但最后还是买了白色,于炀不好意思跟祁醉说,他就是想和祁醉用一样的。

于炀想法很简单,他就想用第一次线下大赛的奖金,买一款一模一样的东西,送给祁醉。

但于炀不好意思明说,只能硬着头皮认了,自己喜欢白色。

可惜祁醉还不准备放过他。

祁醉自己坐了一会儿,突然问贺小旭:"你手机还有信号吗?"

贺小旭昨晚睡得晚,这会儿有点困了,他以为祁醉有什么事,迷迷瞪瞪地睁开眼,拿出手机来看一眼,摇头:"没了……这都起飞多半天了,怎么可能还有信号?你有事?"

祁醉默默地拿出自己的新手机,给贺小旭看看正反面,摇头:"倒没有。"

贺小旭费力地眨眨眼,随口道:"换手机了?新款……"

祁醉等的就是这一句,点头一笑:"于炀给我买的。"

贺小旭:"……"

于炀:"……"

贺小旭愤愤地转过头,蒙住头睡觉了。

祁醉遂扭头看向卜那那,拿出手机,举起来:"新款,你见过吗?"

卜那那:"Drunk,正常点。"

221

祁醉莞尔，看向经过的空姐，秉承着安全第一的想法，想拦住她询问一下，自己这款白色的最新款手机是否也需要关机……

"队长！"于炀忍无可忍，求饶，"别给别人看了……"

祁醉不解："你害臊什么？"

于炀红着脸，低声道："别……别说了。"

"我给你块表你还要直播一下呢，你送我个手机怎么不能说了？"祁醉心情太好，没人知道于炀主动联系谢辰这件事多让他开心，可惜无人能分享，只得安分地坐回去，"知道了，不说了……不过我一会儿落地发个朋友圈没事吧？"

于炀脸色通红，结巴道："都……都行。"

但可惜，祁醉新手机没多少电，落地后不久就自动关机了。

祁醉出门没带充电器的习惯。于炀把他手机接了过来，插在自己的充电器上，收进了包里。

HOG照常在赛后去聚餐庆祝，于炀这次在双排赛上立了大功，被卜那那和老凯好一通灌，于炀来者不拒，全喝了，几杯啤酒下去，于炀头有点晕。

这一晕，就把祁醉手机在自己包里充电的事全忘了。

后面的事，直接脱轨了。

吃饱喝足后，工作人员带着众人的行李回基地，一队这几人去熟悉的会馆里继续唱歌喝酒。于炀醉了，有点困，独自倚在沙发上，摸出了手机，拔了充电线，拿了起来……

于炀刷刷朋友圈，脑子里还全是祁醉。

比赛的祁醉，做解说的祁醉，拿奖的祁醉，受伤的祁醉……

于炀同往常一样，反复搜索介绍相关手伤知识的公众号，试图找到靠谱的医院。

于炀头晕得厉害，随手分享了几篇文章，准备等酒醒了以后好好研究……

同一时刻，TGC战队基地。

刚收拾好行李的海啸大呼小叫，招呼大家看Drunk的朋友圈。

同一时刻，魔都另一个会馆的包间里，骑士团、FIRE、母狮……这些没拿

第十三章

到奖的战队在聚众嘶吼,大唱《从头再来》。业火号了一个小时了,唱不动了,倚在沙发上刷朋友圈,突然站了起来,脸色凝重:"你们……看祁神的动态……"

众人摸索手机,刷新朋友圈……

Drunk在十分钟前分享了:《多吃这几个东西,小痛小病,想不好都难》。

Drunk在七分钟前分享了:《三个动作,让你活到九十九》。

Drunk在六分钟前分享了:《老中医临死也不肯交出的秘方,对手部劳损有奇效》。

Drunk在三分钟前分享了:《相信现代医学有奇迹,还是相信返璞归真?早起吊臂,有你想象不到的功效》。

众人看着祁醉这既安详又魔性的朋友圈,默默无言。

soso摇摇头,痛苦道:"我退役那年就提醒过他,他不信,你看……你们看……"

花落感伤:"说起来,我就比祁醉小一岁,下一个,大概就是我了……"

业火难以理解:"那也不能这么自暴自弃吧?他以后会不会去吃奇奇怪怪的保健药?"

爆流不确定:"退役这么可怕的吗?他以后该不会每天早睡早起吧?"

soso起了一身鸡皮疙瘩:"早上起床做什么?跳广场舞?"

"吓人……"

"他会放很大声的音乐吗?扰民那种……"

"或者带着蓝牙耳机跳,不声不响,不争不抢……"

"我看卜那那微博,HOG还在聚会呢,他就分享这个……"

"他们玩他们的呗。祁神自己很冷静,很克制。"

"冷静到分享这个……"

"也许他根本没喝酒……"

"也许喝了,但在啤酒里放了枸杞……"

"祁神就是祁神,退役了也要用啤酒配枸杞来引领夜店的风潮。"

两个小时后,中国赛区、韩国赛区、北美赛区、欧洲赛区,跟祁醉关系好

的职业选手们,都知道了:Drunk到年纪了,已经开始分享中老年养生造谣文了……

第二天,玩了一夜的HOG战神们下午两点才纷纷从自己房间出来,每人顶着一张宿醉脸,浑浑噩噩地洗漱后下楼等着吃饭。

照顾他们的阿姨早早洗好了水果,分装在一个个玻璃大碗里,一人一碗,放在众人面前,众人半睡半醒地拿起水果来吃,一时间一楼餐厅里只有咔嚓咔嚓的声音。

祁醉早起了半个小时,比他们几个清醒一点,他从一堆乱七八糟的外套、围巾、背包里翻出自己的手机来。

祁醉惦记着联系谢辰,打开手机,却等到了另一个惊喜。

祁醉表情自然地翻着自己的朋友圈以及来自五湖四海的问候,淡淡道:"昨天有人碰过我的最新款白色手机吗?"

祁醉昨天是喝了不少,但还不至于断片,祁醉确定这不是自己分享的。

众人麻木地继续啃水果,没人说话。

祁醉简单地回复了自己爸妈几句,用自己的键盘发誓,自己不会吃三无保健药,也不会去请什么大仙来给自己右手施法,并无奈答应了,自己这周末会回家。

把手机丢在一边,祁醉平静道:"现在承认,我不发火。"

餐厅里安静依旧,众人眼神空洞地吃东西,没人回答。

只有于炀,像是被人扎了一针似的,突然清醒了。

于炀睁开眼,缓缓地抬起头,动作轻得不能更轻,慢慢地从裤子口袋里,拿出了手机。

于炀费力地咽下嘴里的水果,打开微信,看了下自己昨天的动态——

空空如也。

再打开朋友圈,扑面而来的,是祁醉的刷屏。

于炀闭上眼,恨不得把这手机生吃下去……

第十三章

卜那那吃够了，推开水果碗，拿出手机来，眼神迷离地喃喃道："行了，不用秀了，知道炀神给你买手机了。"稍微照顾一下我们这些没收到礼物的人的情绪好吧？别整天……我的天？！"

卜那那的朋友圈和祁醉重叠是最多的，他看着那满屏的点赞和担忧问候，心碎地看向祁醉："队长……你表面那么云淡风轻，其实心里这么复杂的吗？"

祁醉漠然地看着卜那那。

卜那那顿了下，反应过来了，缩了缩头，低声嘀咕："你们谁做的谁自觉点啊，别连累胖胖的我。"

祁醉把手机丢在一边，双手插兜，倒数："五、四、三、二……"

"队长……"于炀转过身，看着祁醉，硬着头皮，"是我。"

祁醉："……"

祁醉突然扑哧笑了出来，他一边删那几条造谣文一边道："今天俱乐部媒介部门的人过来拍基地日常，不确定会拍多久，都整理一下自己的东西，别等着清洁工整理，忙不过来，还没洗澡的快点洗……"

于炀惴惴不安："我……"

"下不为例。"祁醉高高举起，轻轻放下，"吃饭，吃完饭整理内务。"

显然是不想追究了。

卜那那嫉妒得要死，忍不住拱火："唉，这就完事儿了？"

老凯还没反应过来，他擦擦手，跟着帮腔："这事儿不能就这么过去吧？那以后大家都随便玩对方手机了？"

于炀尴尬，低声道："对不起……"

祁醉笑道："关你们什么事？跟你们有关系吗？"

"怎么没关系？什么事都能过去，那以后没法管理了。"卜那那把水果吃得一干二净，又趁着于炀不注意从他碗里拿了个香蕉，一边剥皮一边道，"得有惩罚。"

老凯点头，郑重道："国有国法，家有家规，整天这么没规矩不行，长此以

往，国将不国。"

老凯突然拔高了主题，气氛突然就严肃了起来。

"小队长，双排赛上，我卜那那欠你一条命，我还记得，但一码归一码。"卜那那脸色凝重，一拍桌子，"这样，都是兄弟，处罚严重了不太合适，你……你给咱们祁队唱首歌吧？"

于炀："……"

老凯已经开始点歌："给他唱首《不要说话》！"

辛巴兴奋又期待："别吧……炀神愿意表演才艺吗？这样不好吧？真的好吗？队长需要伴奏吗？我去拿蓝牙音箱……"

"随随便便造谣，怎么能没惩罚？"卜那那一拍桌子，"快快快！唱一个，先把这个落实了。"

祁醉嘴角一点点勾起，实在憋不住了，低头笑了起来。

于炀脸色通红，呼吸明显比刚才快了许多。

卜那那催促："快快快，今天还这么多事呢。"

祁醉看向于炀，不太放心，怕他犯病，笑骂了卜那那两句，打圆场："行了，我俩手机一样，又都没来得及设密码，正常，别起哄了，都滚蛋……"

"我……"于炀咳了下，艰难道，"我……"

祁醉转眸看向于炀。

于炀摸了根烟出来叼着，他竭力遮掩自己脸上不自然的神色，尽力冷静道："我先欠着。"

祁醉忍不住，破功了。

卜那那和老凯嗷嗷狼叫，于炀拿起打火机，借口要抽烟，出了房间。

卜那那看着于炀仓皇而逃的背影道："好吃不过饺子，好玩不过……哎哟！"

祁醉把卜那那的背包丢在他头上，冷笑："再占他一个便宜试试。"

卜那那接过背包，嘿嘿笑："唱首歌怎么了？这么护着？"

"关你屁事。"

第十三章

祁醉若有所思地起身上楼了。

刚打过比赛,各战队还在休整期,约不到练习赛,贺小旭索性给大家放了假,随便大家做什么,自己练习也行,直播也行,打声招呼出门也行。

基地里懒懒散散,上下三楼,一时间做什么的都有。

祁醉一直留意着于炀。

于炀被卜那那、老凯他们调戏了一顿以后,避开人,又给祁醉道了歉。

祁醉知道于炀看这些是为什么,怎么可能生气,没多说什么,只让他别白费工夫了。

于炀没答应也没不答应,只是低声道:"哪有那么绝对的事。"

有时候祁醉是真的想不通,于炀怎么就有那么大的韧性,在他眼里,似乎就没有什么不可能的事。

祁醉清楚自己的右手是于炀心里怎么也过不去的一个坎,不再多言,随便于炀了。

一下午,祁醉看着于炀去整理了房间,配合媒介部门录了一会儿视频,去露台上抽了一支烟,回来后上了游戏,单排了几个小时,保持手感。关了游戏,于炀避开众人,下楼去了。

几分钟后,谢辰给祁醉发了消息,祁醉放下心了。于炀一去就是两个小时,祁醉在外面看着时间,不明白于炀怎么能坐得住。

祁醉从未做过心理疏导,不清楚这是怎么个流程,也想不透,聊什么能活活聊两个小时。

就在祁醉担心于炀已经跟谢辰聊出感情来时,于炀出来了,脸色差得可怕。

祁醉皱眉,回到自己房间,给谢辰打了电话。

"我的天……"谢辰擦了擦汗,唏嘘,"累死我了……"

祁醉:"什么情况?"

"细节需要保密,不能跟你说,只能告诉你……非常不乐观。

"于炀的情况比我想的要复杂。

"我判断有误,他不算是广泛意义上的焦虑症,怎么说呢……

"他因为一些我不能透露给你的事,有了一个思维误区。

"这个思维误区,长年累月地催眠他,让他没法接受别人的近距离接触了。

"他倒是够坦诚的,全说了……不过跟我交流的时候,他内心冲突非常激烈,但又克制得非常好,让我很意外……

"他因为小时候的经历,有个很严重的负性情结,是他的思维误区造成的,我刚才想带他感受他的心理原因,逐步松动调整一下他的感受,但是没用。

"他反而更激动了。

"你可能听不懂,简单说……我需要通过他的经历,往另一个方向给他引导,让他理解,让他接受,一开始还好,但我在试图……给一个人的行为做解释,安抚他的时候,他没法接受了。

"他不接受我为其他人的行为做出解释。

"他不接受我淡化以前的事,不原谅,也不想去理解……我承认,要是我,我比他更抗拒。

"但这样对思维引导无益。

"Youth……没法释怀,所以进行不下去了,他不接受我的疏导,甚至开始抗拒抵触我了。

"只能暂时中断了。"

祁醉沉默半晌:"所以说,你现在知道了他以前的事,但是不能告诉我,也没帮上忙,是吗?"

谢辰尴尬地说:"可以这么说吧……不然,你还是劝他去找个专业的医生?我只是咨询师,不是大夫啊。"

祁醉冷笑。

"别激动,我也有成果。"谢辰忙道,"我至少清楚他的情况了,怎么说呢……我给你两个建议吧。

第十三章

"第一,找个比我强一百倍的医生,再带Youth去治疗,但是……Youth这个情况,你要做好准备。还有,提前告诉大夫,慎重地去尝试转化他的误区认知,这个对他来说基本没用。"

"第二,试试脱敏治疗吧。"

祁醉皱眉:"脱敏?"

"慢慢来,从和别人靠近开始,并排走路,牵手,逐步增加牵手的时间……过程应该很长,但粗暴有效。"

祁醉嗤笑:"战队花这么多钱养着你,你治不了病,让他自己脱敏?"

"祁队长,你根本不了解情况好吧?"谢辰叫苦不迭,"他情况太特殊了啊!我就没见过他这么惨的……呃,不是,没事。"

祁醉心烦意乱:"他小时候到底出过什么事?!"

谢辰无奈:"对不起,这个……我爱莫能助,不能告诉你。"

祁醉骂了句脏话。

"不过你放心。"谢辰委婉道,"至少不是最坏的那种情况,就……我之前设想的,那种最坏的情况。"

祁醉淡淡道:"我没什么不放心的。"

谢辰干笑:"我还以为你是担心以为你在意。"

"我只担心他能不能好。"祁醉冷冷道,"我为什么要在意别的?"

谢辰讪笑:"那就好,总之……你可以考虑下第二种方法。"

"我考虑有用?"祁醉不耐烦,"他要是不愿意……"

"他愿意。"谢辰干脆道,"我确定。"

祁醉已经不太放心谢辰了:"你确定?"

谢辰犹豫了下:"这个应该能说吧……呃……于炀真的很想恢复正常。"

祁醉叹口气,挂了电话。

祁醉从于炀房间出来时,正撞见谢辰这个八卦男。

祁醉嘲讽道:"专门跑过来听墙脚的?"

229

谢辰干笑:"我不是怕出事嘛!我怕你从我这打听不到,去问他……"

祁醉往自己房间走:"没事,挺好的。"

谢辰还不放心,追问:"真没事?"

祁醉回了自己房间,摔上了门。

谢辰摸摸鼻子,笑了下,还好,祁醉很尊重于炀,并未打听于炀的隐私。

谢辰放下心来,下楼去了。

翌日,周六。

祁醉答应了父母要回家一趟,推托不掉,中午起床洗漱后换了身衣服,拿了车钥匙准备出门。

祁醉如今已经退役,出门不再需要向任何人打招呼,但他想了想,还是往训练室走去了……不用跟贺小旭请假了,也得告诉于炀一声吧。

三楼训练室里,原本俞浅夸的位置被辛巴顶上了,辛巴挺兴奋,起了个大早,摸摸这碰碰那,还抢了清洁员的工作,把训练室好好清扫了一遍,这会儿终于安静下来,跟一队其他几人组队打四排了。

祁醉走到于炀身后,扯过自己的电竞椅,坐了下来。

于炀瞬间坐得笔直。

昨晚祁醉走后,于炀好久都没平静下来。

于炀猜测,祁醉已经了解到一点自己童年的事了,但具体了解多少……于炀并不确定。

好在祁醉什么都没说,只是看着。

"没打练习赛?"

于炀摇头:"约不齐人……我们组排在美服随便打打。"

祁醉嗯了声,继续看着。

于炀如坐针毡,突然有种考试时被监考老师盯试卷的紧张。

祁醉看出他的不自在,没再问练习的事,只低声道:"我一会儿出门,回家,今晚应该是回不来了,明天或者后天回来。"

于炀磕巴了下,点头:"好……"

第十三章

卜那那扑哧一声笑了,边跑毒边道:"你回家,跟Youth打什么报告?"

"注意N方向。"于炀咳了下,指挥,"辛巴把车停到车库里去,别把车放在这……太显眼。"

几人提前进圈,占了一栋楼,分别盯着四个方向,等着别人来送快递。

祁醉扫了一眼几人的装备,于炀拿了一把M24配十五倍镜,显然是打狙击位了。

"你好像不怎么用这把狙?"

于炀点头:"捡得少,练得也少,八倍还行,十五倍……预瞄和抬枪有点费力。"

"就是个98K的升级版。"祁醉稍微靠近一点,"十五倍甩狙太难了,你先把托腮板撤了,开镜。"

于炀依言照做。

"别太依赖配件,比赛的时候遇到什么是什么,不同配件的手感都要熟悉……"祁醉抬眸,"那那,开车往P城走,给我当个移动靶。"

卜那那诧异地看向祁醉,难以置信:"你说什么?!"

"快点。"祁醉皱眉,"一会儿毒圈缩了。"

卜那那愤愤不平地操纵着游戏人物下楼,上了车,依言往P城开了过去。

"你试试。"

于炀屏息,一枪下去,只打到了车。

祁醉道:"可惜……"

卜那那气结:"可惜?你还想打到人?我就一个二级头一个二级甲!他那把重狙一枪就能给我打穿了!我死了你们会来拉我?"

"那么远,怎么拉?"祁醉吩咐卜那那,"往回开,左右开,随便你。"

于炀又试了两枪,不尽如人意。

"还是手感的问题。"祁醉起身,左手撑在桌子上,微微俯下身,"不太清楚你鼠标的DPI,我试试吧……"

祁醉将手放在了于炀右手上。

祁醉侧眸，一边留意着于炀的反应，一边握着于炀右手上——开枪。

砰的一声，卜那那应声倒地。

辛巴忍不住赞叹："牛！移动靶爆头！"

老凯笑笑，开车去拉卜那那。

祁醉放开于炀的手："差不多就是这个手感，抬枪压枪这些都吃手感，多练就行了。"

于炀不自在地活动了下自己的右手手指，结巴道："好，谢……谢谢队长。"

祁醉仔细留意着于炀的神色，确定他除了害臊以外，并没有太大的反应。

祁醉松了一口气。

被拉起来的卜那那满身负能量，他举起自己的胖手，愤懑地看着祁醉："教练，我也想让你这么教我。"

祁醉嗤笑，没理他。

"我先走了。"祁醉拿过放在一边的外套，"你们练。"

于炀抬头看祁醉，有点恋恋不舍，奈何这局游戏还没打完，只得静了静心，继续指挥。

训练室门口，祁醉回头看了看。

如今的一队正式队员，变成了训练室里的这四人。

阴差阳错，辛巴顶替了原先俞浅夕的位置，而年纪最小的于炀则顶替了自己的位置，正式接下了指挥位。

祁醉倚在训练室门口，想起了谢辰昨日跟自己说过的话。

他说Youth心里有两个执念。

一是幼时过往，二是祁醉。

祁醉揉揉右手腕，突然觉得自己对于炀实在不够好。

设身处地地想，祁醉觉得炀有多大的怨气都不为过。

但于炀没有，他就这么不声不响、自然而然地接下了祁醉的担子。

好像从来没有指望过能和祁醉同队一般。

祁醉轻轻地吐了一口气，下楼了。

第十三章

祁醉在车库里坐了许久,他估算着时间,等这一局游戏差不多完成时,给于炀发了微信。

祁醉:抵触吗?

于炀:是……是说碰手吗?

祁醉:嗯。

于炀:不……

祁醉笑了。

祁醉:别勉强。

于炀:没有!真的……没事。

祁醉:嗯,感觉出来了。

于炀:谢……谢谢队长。

祁醉:谢什么?

于炀:教我压枪……

祁醉:小事,你是新队长,还是我的接班人,这些东西原本就不能藏私,一点一点,我都会教给你。

于炀:没什么应该的,总之……就是谢谢。

祁醉抿了抿嘴唇,继续打字。

祁醉:我会的还很多,想不想学?

于炀:想。

祁醉:学费呢?

于炀:我……我还在攒,这次奖金我只买了两个手机,没乱花。贺小旭说我现在是队长了,要给我涨签约费,下个季度开始,签约费翻倍,所以今年还有一百万,算上奖金……

祁醉:可以了,我对你的工资卡没兴趣。

祁醉无奈,结交一个不掺杂金钱的朋友就这么难吗?

好好地聊着天,谁要聊签约费……

于炀讪讪:有点少吧?

233

祁醉磨牙叹气……给得再多，不如懂我。

祁醉：闭嘴。

于炀：对不起。

祁醉：没骂你……还想学吗？

于炀：嗯……

祁醉：下次……试试别的？教你可以，但不口述，说不清楚，还是这么教，可以接受？

于炀：嗯。

祁醉忍不住想笑。

于炀：你……怎么顺手怎么教。

祁醉：按我习惯来？

祁醉莞尔，炀神还是太年轻了。

半晌，于炀：我以前看你教别人，不是这样的……

祁醉：因材施教。

于炀彻底说不出话来了。

过了好一会儿于炀才回复：听你的。

祁醉笑出了声。

有了重大的进展，祁醉心情甚好，开车回家。

AWM

第十四章

晚间，贺小旭给祁醉打电话。

第一个电话没人接，第二个电话过了好久祁醉才接起来。

祁醉轻轻抽气，静了片刻不太耐烦问道："有事？"

贺小旭一怔，疑惑道："你不是回家了吗？干吗呢？！"

祁醉皱眉："说重点。"

贺小旭心中警钟大响，正色道："祁醉，你在哪儿呢？"

祁醉失笑："跟你说得着吗？你忘了？我已经退役了，贺经理。"

"退役没退战队吧？"贺小旭警惕道，"你好不容易有假期了，不在家好好陪父母，去做什么了？！"

祁醉道："有事说事，没事我挂了。"

贺小旭死缠烂打："开视频，我要看看你是不是做什么不正经的事了。"

祁醉直接挂了电话。

贺小旭气得头顶生烟，又打了过去，还好，这次祁醉马上就接起来了。

贺小旭无奈道："想问你，你什么时候回来，你的退役纪录片还缺点素材，需要拍摄点东西，你又不让拍家里，只能继续录战队日常了。"

"周一或者周二吧，没准。"祁醉想了下道，"算了，周二吧。"

贺小旭念念叨叨："替我向叔叔阿姨问好，好好休息，别退役了就出去浪，少喝酒，别蹦迪，说好了周二啊，早点回来啊！基地是你家，我们都爱它！想想你的Youth，想想你的键盘，还有你的Banana……"

祁醉直接挂了电话。

贺小旭收起手机，去三楼找于炀。

晚上八点，一队的不是在点外卖就是在吃外卖，要不就在一楼聊天逗贫，

第十四章

只有于炀还在机位前,边吃外卖边在自订服务器练枪。

和非假期里没有任何两样。

"世界邀请赛还早呢,你是不是有点太拼了?"贺小旭给于炀倒了一杯水,"歇会儿,去跟他们聊聊天。"

于炀抬眸看向贺小旭。

贺小旭尴尬:"好吧,你确实不爱聊天。"

于炀谢过他的水,灌了半杯下肚,一边吃外卖一边问:"有事吗?"

"哦,对,告诉你一声,之前拍的战队日常,你的个人小视频做出来了,官博马上会发,你转发一下。"贺小旭忍不住唠叨,"你也学学卜那那,有事没事发几条微博,自打你进队申请了微博,到现在就只转发过战队官博吧?"

于炀把两份外卖扒了个干净,抽了纸巾擦嘴,把纸巾、一次性餐具等全扔进食盒里用包装袋扎好,摇头:"还转发过队长的。"

贺小旭一心把于炀培养成下一个明星选手,哪能让他这么与世无争的,劝道:"发点自拍啊什么的,我们营销管道那么好,结合直播,连着之前亚洲邀请赛上你的表现,咱们造一下势……"

于炀摇头:"不用,耽误时间。"

贺小旭无法,只得一笑:"好吧,你注意作息,别太累……记得转微博啊。"

于炀答应了。

练枪主要练的就是肌肉记忆,最简单有效的方式就是一遍遍地不断重复一个动作,却也是最枯燥的。

但于炀就是能坚持几个小时,甚至十几个小时的训练,训练强度之大,让老凯这种天道酬勤型选手都诧异。

于炀自己并没有什么感觉,他一向如此,好似天生就比别人能吃苦。

老凯吃过晚饭最早上来,看着于炀摇摇头,职业圈里最可怕的就是这种人——比你天分高,还比你努力。

更让人绝望的是,这人才十九岁。

237

老凯叹口气，坐回自己位置上，戴上耳机单排练枪。

九点钟的时候贺小旭又来了，于炀才想起来自己还没转微博，忙转了。

于炀微博疏于打理，不知何时不声不响地涨了几十万粉丝，微博一发，评论转发马上上千。

于炀自己都没看视频，转发过就关了网页，继续打开了游戏用户端。

十点钟，于炀那条微博突然爆炸，在半个小时之内转发评论过万。

十一点钟，卜那那打完一局游戏，摸鱼刷微博，喃喃道："我的乖乖……这是个啥？"

于炀还在自订服务器上挂着，他反复更换部件，熟悉手感。

老凯摘了耳机，滑到卜那那旁边："怎么了？"

几分钟后，老凯抬头，干巴巴道："Youth……你文身了？"

于炀抬头，皱眉："你怎么知道？"

卜那那尴尬地指着手机："你那个视频……有个你穿背心的镜头，就是拍你刚起床的时候，也就几帧吧，屋子里是黑的，本来是什么也看不清的，但是你粉丝……"

老凯咽了下口水："你粉丝，把那几帧的图调出来，加大曝光度，看清了……你右肩上的字母……"

于炀垂眸，大意了。

于炀退出游戏，打开微博，仔仔细细地看了一遍视频，没看出什么来，打开评论看了一眼，评论里的图片虽然有点模糊，但是个人都看得清，于炀右肩上文了祁醉的游戏ID。

听到消息的贺小旭急匆匆地跑到三楼来了，抱怨："这些人怎么这么有时间？还一帧一帧地分析……也怪我，我就随便看了一眼，没注意。"

辛巴抬头，了解了个大概后抓抓自己胳膊，咋舌："这得多疼？"

辛巴打了个哈哈，看看贺小旭凝重的脸色，不解："不是……这怎么了？不能文身吗？"

"倒不是不能。"贺小旭头疼，"怪我，刚做别的事去了，没想到这种微博还要控评,这半天没管,论坛上已经说什么的都有了。"

于炀眉头紧皱,上了论坛。

得益于那次国内预选赛,于炀已经会逛论坛了。

"妈呀!有人看HOG官博新视频吗?我从评论里看到一张了不得的图!"

"Youth肩膀上的文身,要是揭秘没错……那是Drunk吧?"

"炀神身上有祁神ID文身,这是什么操作?"

"爆炸!我喜欢的男神也有男神!"

一小时前,论坛上基本上都在狂欢。

但从某个帖子出来后,讨论方向突然变了。

"小道消息,Youth入HOG是受人胁迫。"

"听电竞圈的朋友透露,Youth入队后被HOG找理由克扣了一百万,在还清这一百万前不能离队。现在祁醉退役了,HOG担心于炀会转会,逼他文身,强迫他表态,要为HOG卖身一辈子。"

"Youth做了什么就欠了HOG一百万?他又不傻,怎么会突然欠债?"

"先不说Youth有没有真的欠债,就算是真的欠债了,就能在Youth身上文身了?还那么多人在喊萌,没人觉得这事儿已经是虐待了吗?"

"要是真的,那是虐待无疑了,炀今年才刚十九吧?文身不知道什么时候刻的,给未成年人文身……没法接受。"

"突然觉得HOG水有点深。"

"刺激,我们电竞圈居然有这种事……"

"祁神心机有点重吧?我之前就觉得Youth出头得莫名其妙的,顶替了俞浅兮就算了,现在直接继任队长了,按资排辈应该是卜那那吧?这算什么?Youth欠债了,所以比较好控制?"

"当然好控制,自己ID都文上了。"

"好像是卜那那自己不要做队长吧?不记得了,但文身这个事是挺微妙的。"

"HOG这操作太恶心了吧?呕……"

于炀咬牙，差点把手机捏碎。

卜那那一头雾水，抬头看于炀："什么一百万？"

于炀咬牙，看向贺小旭。

贺小旭低声骂了一句，一百万的事儿战队里只有他和祁醉、于炀知道，战队外……只有俞浅夕知道了。

贺小旭不确定是不小心透露出去了，还是俞浅夕在浑水摸鱼带节奏。

贺小旭犹豫了下，对于炀摇了摇头。

没法解释，难道承认那一百万其实是于炀向俞浅夕买的入队门票？网上那些没脑子的喷子会信吗？就算信了，有了这个前提，他们还愿意承认于炀的成绩吗？

没意义。

"我自己文的……他后来才知道。"于炀低声道，"我发微博。"

"先别！"贺小旭处理这些事更有经验，"你说了有用吗？有证据吗？"

于炀停住手，心口憋闷得要炸。

文身是自己偷着文的，这些事跟祁醉有什么关系？！

祁醉粉多黑也多，他本身没什么黑点，故而每次有点什么事黑粉和喷子都叫嚣得格外厉害，于炀刷新了下论坛，这些人已经直接造谣自己被祁醉威胁施暴了。

于炀自入队以来所有照片、视频都被翻出来整理，喷子们精力旺盛，积极兴奋地寻找于炀身上其他的痕迹。

于炀低声骂了句脏话。

卜那那也在看论坛，气得捶桌子："这些人有病吧？黑子说什么都信！"

卜那那想了下："那我发微博怎么样？我给解释一下。"

贺小旭摇头："这些人只会说你也被祁醉控制，他逼你发的微博……更要说我们HOG水深了。算了，别再给他们热度了，他们最多讨论两天，隔壁LOL春季赛已经开始了，到时候他们有的聊，就忘了这事了。"

于炀哪里忍得了："队长他……"

第十四章

"你现在说什么也没用,他们没准直接说你微博是祁醉发的。"贺小旭无奈,抓了抓头发道,"算了,我刚给祁醉打电话,他都已经关机睡觉了,他明天起来知道了,没准热度已经淡了,也来不及生气了。"

贺小旭苦笑,晚饭那会儿他还觉得于炀太过低调,这下好了,一时间存在感爆棚。

"都别回应,这两天最好都别直播,非要直播,别提这个事。"贺小旭没别的好法子,只能冷处理,他看向气得脸色发白的于炀,叹口气,"习惯了就行了,错不在你,媒介部门还有我都有责任。"

卜那那知道于炀心思重,忙也跟着开解:"就是,跟你有什么关系,咱们队内什么情况我们都清楚,理他们呢。"

老凯和辛巴也跟着安慰于炀,于炀摇摇头,他破天荒地没通宵,提前回房间了。

老凯叹口气:"他不是气别人编排他,他是受不了那些人黑祁醉和战队,这真的说不清,算了。"

于炀一夜无眠。

天亮后于炀给附近医院打了电话,咨询洗文身的事。

于炀想了一夜,最好的办法就是把这个文身洗了,然后在直播的时候露一次肩膀,澄清一下,就说上次的并不是文身,是用马克笔画的,或者是什么别的东西,总之只是玩笑,跟祁醉和战队一点关系都没有。

等这事儿过去了,再文上就是了。

医生警告了于炀,洗文身要比文身还疼,于炀并不在意,但问题又来了。

要洗干净这几个字母,少说也要打五次激光。

且每次都要等上一次清洗造成的血痂完全脱落后才能进行,要洗得一干二净,至少要半年时间。

于炀哪儿等得了半年?!

于炀握着手机,几次想给祁醉打电话,都没打出去。

于炀不知该怎么跟祁醉解释。

祁醉家中。

昨日祁醉吃了片止疼药,吃过晚饭就困得睁不开眼,不到九点钟就睡了。睡得早,起得也早,清晨起来后他给没电的手机充上电,洗漱后回来看看手机,愣了一会儿后笑了。

"这事儿可真是太巧了。"

祁醉莞尔,掀起上衣露出了几块沾着些微血点的纱布。

祁醉将纱布拆了,自拍了一张,发给了于炀。

HOG基地,于炀手机振动了下,于炀打开……

祁醉:只有你文身,那是虐待,是被控制,那如果我也有呢?你也虐待控制我了?

祁醉:有来有往你情我愿的事,跟别人有一点关系?

祁醉发来的图片缓慢加载出来——

于炀怔住,祁醉小腹上赫然印着一处刚刻的文身:Youth。

于炀手机不断振动。

祁醉:该怎么训练怎么训练,过两天我伤口好了,会发微博发自拍澄清。

祁醉:本来也想文在肩膀上,但细想了下,文在那我也看不见,就算了。

祁醉:文身好看吗?

祁醉:吃饭去了,中午等你醒了给你打电话。

祁醉放下手机就去吃饭了。

祁父早出门了,祁母早饭吃了一半,见祁醉下楼来了抬了抬眼皮,偏过头吩咐阿姨给祁醉把桌上吃剩的面食再热热。

祁醉莞尔:"这待遇……还没我在基地好呢。"

"谁想到你能早起。"祁母一边看新闻一边跟儿子商量,"你什么时候搬回来?正好找人好好看看你的手。"

祁醉用贺小旭的话来对付着:"退役又没退队,事太多,走不开。"

祁醉对祁母一笑:"我就是回来了不也自己待着?你跟我爸有空陪我?"

第十四章

"你几岁了？用我们陪？"祁母并不勉强他，"随你，反正我跟你爸爸都管不了你，你那手怎么办？"

祁醉拿了个面包，咬了一口慢慢道："能找的大夫都找过了，劳损得太严重，想要完全恢复是不可能了，还是保守治疗吧……好在现在不用训练了，挺轻松的。"

"是舍不得吧？"祁母默默插刀，"当年就跟你说过，这是碗青春饭，端起来容易放下难，你不听，好好的大学不上，辍学跑去玩游戏……"

家里的阿姨忍不住笑，祁醉纠正道："是打职业。"

祁母无所谓道："随便吧，现在年纪不大不小，就这么退休了……"

祁醉再次纠正："这叫退役。"

"有区别吗？"

祁醉无法反驳："没有。"

祁醉磨牙，非常想跟那些骂他的人说，他那一手泼冷水搅气氛的本事，真不是性格使然，而是家学渊源。

退役后的祁神并不能感受到家庭的温暖，反要被逼转职再就业。

祁母语气从容："你外婆五十多岁退休还被返聘回大学继续教书了，你才二十多，准备再做点什么？接着上学？"

祁醉被气笑了："饶了我吧。"

"我估计你也不去……"祁母拿过餐巾按了按嘴角，"我听说你们俱乐部那个最大的股东，最近看上一个什么……忘了，好像是做信息项目的公司。"

祁醉抬眸。

"有消息说，那家公司要上市了，你们老板人心不足……想搭个便车，做个夹层投资。"祁母放下餐巾，淡淡道，"我闲着没事替他算了算，他大概是有个不小的资金缺口。"

祁醉眼睛微微发亮。

"你们那个玩游戏的小团体没了你，价值减半，他现在最想脱手的可能就是……"

祁醉忍笑:"那叫战队。"

祁母点头,不甚在意:"你爸爸听来的消息,他一直想买,但你的钱要是够的话……"

"别太小看我了。"祁醉喝了半杯水,微笑,"跟你们是比不上,但这些年我也攒了点积蓄。"

"希望是。"祁母道,"我肯定不会帮你,消息已经告诉你了,自己看着办吧。"

祁醉笑了,真心实意道:"谢谢妈妈。"

"不用,我又不帮你什么,真接手过来……也有你忙的了。"正经事已经交代清楚了,祁母端起水杯喝了一口,开始闲话家常,"听说,你在外面养了个儿子?"

祁醉呛了一口水,猛地咳了起来。

祁母母爱有限,留祁醉在家两天就烦了,她也确实挪不出时间来陪祁醉,祁醉周一就回了基地。

祁醉前脚进了自己房间,于炀后脚就跟了进来。

"这么主动?"祁醉脱了外套,"关门,我要换衣服。"

于炀愣了下,下意识道:"我……我出去。"

"不用。"

说话间祁醉已把上身T恤脱了,于炀忙移开眼睛,替祁醉关好了门,背对着祁醉,直到祁醉换好衣服才转过身来。

"做什么?"祁醉笑了,"你过来不是看我文身的?"

"是。"于炀心里说不出的愧疚,"都怪我……"

祁醉轻笑:"这有什么怪你的?我又不是因为这事儿才文了,从看到你身上的文身后就想过,一直没时间……来。"

祁醉见于炀束手束脚的,笑道:"你确定要看?"

于炀迟疑了下,点点头。

祁醉嗯了声:"行。"

第十四章

祁醉刚把衣服上的扣子解开,于炀就把眼睛闭上了。

祁醉笑了:"不看了?那算了……我也觉得有点怪。"

于炀忙摇头:"别,我……我想看看。"

祁醉倚在桌子上,一笑:"看吧。"

祁醉的文身恢复得很好,才两天,已不再渗血和组织液了,旁边的皮肤也干干净净,没有丝毫红肿,文身还未结痂,看上去和文了许久的无异。

于炀紧紧皱眉,忍不住责问他:"你……你怎么文这么大的?"

五个字母,每个都有两寸大小,还都是粗线条的,比于炀肩膀上那两处文身大了一倍。

祁醉看着于炀一笑:"好不好看?"

于炀心疼得说不出话来,蹙眉道:"疼不疼?"

祁醉笑笑,点了点头。

怎么可能不疼?

但一想到于炀得知自己将退役后避开众人独自去文身的情形,这点儿疼真的就不算什么了。

祁醉想想从祁母那得到的消息,轻声道:"放心……战队的事,我不会真让你自己扛。"

于炀注意力全在祁醉的小腹上,没听出什么来。

于炀心焦道:"你吃止疼药了吗?"

祁醉摇头:"就第一天吃了,我吃了止疼药就犯困,懒得吃。"

于炀着急:"那多疼!"

祁醉不想让于炀纠结愧疚,岔开话题道:"谢谢那些黑粉,我爸妈终于知道你了。"

于炀猛然抬头:"知道什么了?!"

"知道你是我钦定的'亲儿子'啊。"祁醉失笑,"网上传得沸沸扬扬的,我爸妈怎么可能不知道。"

于炀瞬间紧张起来了。

245

祁醉笑笑："别多想，我爸妈特别开明，也知道那些喷子嘴里没什么真话。"

"以前不行。"祁醉坐下来，懒懒道，"当年退学来打职业，家里不同意。我妈虽然一句话也不说，但根本不让我出家门，我爸那么好脾气的人，都跟我动手了……"

祁醉感慨："我当年没被活活打死，是真的命大……也是年轻，身体好。"

于炀心里默默感谢祁醉父母，留了祁醉一条命在，让自己遇到了他。

"其实还好，闹了两年，也就过去了。"祁醉挑眉笑笑，"也是打出成绩来了，那会儿脾气不太行，过年的时候故意把赚的钱全取出来，拉了一行李箱回去给他俩，气得我爸大过年的把我干干净净地赶出来了。"

于炀迟疑道："钱呢？"

祁醉："我妈妈留下了。"

于炀忍笑忍得肚子疼。

"我还算好的，老凯是他们学校的高考状元。这个成绩出来打职业，把家里结结实实地气着了，他整整两年没能回家，去年才缓和关系，今年才见他总是跟家里联系。"祁醉看看于炀，不着痕迹地试探，"你呢？刚入行那会儿，我是说火焰杯之前，怎么样？"

于炀沉默片刻，道："挺好的。"

祁醉淡淡一笑，心里明白，于炀只是不想说。

几乎每个职业选手都有一段和父母抗争的经历，但于炀没有，他无从抗争。

别人选择打职业是放弃一条稳定的路来探险，于炀不是，他没得选，他是来活命的。

"我真的开始打职业的时候，大环境好多了，赛事很频繁，奖金给得也多，扣钱的老板也少了，比我以前……"于炀没往下说，只道，"火焰杯之前，每年打比赛也能赚十几万，火焰杯之后有了点小名气，找我打比赛的就更多了，到这边来，就更好了。"

第十四章

于炀还惦记着欠祁醉钱的事,轻声道:"等到今年年底,我就能攒不少钱了。"

祁醉莞尔,没告诉于炀,等到今年年底,你的钱可能就是我来发了。

外面有人在敲门,祁醉皱眉:"进。"

贺小旭推开门,看着于炀愣了:"你……你们……"

"有话快说。"祁醉烦死贺小旭了,"怎么专门等别人说话的时候过来?"

贺小旭来气了:"还不是有事找你!Youth说你也文身了?"

祁醉点头:"别让我给你看啊,恶心。"

贺小旭气炸:"我恶心?!"

祁醉失笑:"你到底有完没完?"

"没完!这么大的公关问题,不得合计合计?!"贺小旭愤愤不平,"别腻歪了!出来!开会!"

会议室,祁醉坐首席,贺小旭坐次席,后面依次是于炀、卜那那、老凯、辛巴,还有临时被拎过来的赖华。

辛巴兴奋又紧张:"我……我现在也可以参加咱们战队的高层会议了吗?"

卜那那慈祥地一摆手:"是的。You can."

贺小旭敲了一下卜那那的头,冷着脸道:"人都到了,别嬉皮笑脸了,这是本季度HOG第一次内部高层会议,我来主持,辛巴做笔录。"

辛巴荣幸之至,火速翻出来一个记事本和一支笔,期待地看着众人。

"本次会议研究重点是,"贺小旭表情肃穆,语气冷漠,"如何自然又不经意地把前队长小腹的文身以健康积极的面貌展露在公众面前。"

辛巴咔嚓一声,把笔撅了。

赖华正在着急新一季青训的事,整天忙得脚不沾地,一听这个扯淡的题目,气得摔门走了,临走还警告了众人,没正事别再找他。

于炀无言地看着赖华的背影,十分希望赖教练能想起他来,带他一起走。

比起在这参加这种让人脸红尴尬的会议,他宁愿去加训。

247

祁醉满意地点点头:"好了,目前战队里唯一还在做正事的人终于走了,我们可以继续了。"

老凯深以为然,唏嘘:"这战队没了赖教练可怎么好哦。"

"挺好挺好,咱们放开了好好讨论。"卜那那贴心地拎了两大瓶矿泉水过来,依次给众人倒上,顺便去抓了两把瓜子,给每人分了一把,笑吟吟地说,"别客气别客气。"

于炀:"……"

辛巴双手捧着分给自己的瓜子,局促地左右看看,不明白好好的高层会议,怎么就突然变成了茶话会。

"呸!"贺小旭凶狠地吐了瓜子皮,"整天让这些黑粉气到死!我查了,好多都是其他战队的死忠粉,嫉妒咱们这次比赛名次好,趁机来浑水摸鱼。我也是受够了,明明人家战队队员都不生气,他们也不知道哪儿来的劲儿。"

卜那那后怕:"那他们要是知道祁队私下是怎么当面嘲讽周峰、花落他们的,还不得买核弹把咱们基地轰了。"

"什么都不知道,乱喷!"贺小旭气得头顶冒烟,"我这么用心维护你们的人设,把你们塑造得一个赛一个的完美,这些人就非要找碴儿。这次公关后,祁醉和于炀不知道又要少多少太太粉。"

祁醉自己是无所谓,卜那那跃跃欲试:"没事,可以引导她们来粉我。"

贺小旭一撩眼皮,摇头:"这不可能,谁也不瞎。"

卜那那暴怒,祁醉蹙眉:"还商量不商量了?"

卜那那又坐了回去,忍不住出馊点子:"你给粉丝拍个半裸福利吧,顺便就露出来了。"

"根本审核不过去好吧?"老凯想了想道,"不是要拍日常视频吗?和拍Youth一样吧,从早上起床开拍,把衣服掀一掀,自然而然地就拍到了,也不觉得刻意。"

辛巴尝试着加入话题,小声道:"拍个做理疗的视频?我看按摩师给赖教练按腰的时候,赖教练只穿了一条内裤,感觉是拍得到的。"

第十四章

贺小旭若有所思:"也行,这个就自然多了,还能让粉丝们心疼你……祁醉你腰疼不疼?给你安排个火罐、针灸一条龙服务?保养一下?"

祁醉拒绝得很彻底:"不用,我腰挺好。"

贺小旭烦躁:"你这人怎么这么不配合工作呢?不都是为了你?拔两个火罐怎么了?"

祁醉对此格外坚持:"不用,我平时没少锻炼,拔什么火罐。"

卜那那看看祁醉,明白了。

贺小旭不依不饶:"我就不信了,你整天坐在计算机前,腰能一点儿毛病没有?"

"还真没有。"祁醉嗑了个瓜子。

"最……最近在比赛,我亚服的第一好像被顶了,我去把分追回来。"

于炀狼狈起身,落荒而逃。

众人扯了一会儿淡,觉得几个方案都可行,贺小旭给总结了一下:"反正一定要自然,不要刻意,别引得他们翻来覆去给大家洗脑那些所谓的'黑料',就是好朋友相互文身怎么了?"

祁醉嗤笑。

贺小旭冷冷道:"或者说那是你失散多年的亲儿子?"

老凯和卜那那笑作一团。

贺小旭白了祁醉一眼,没收了祁醉还没吃完的瓜子,骂骂咧咧地走了。

本季度第一次高层会议算是勉强结束了,祁醉起身,晃晃悠悠地去了训练室。

于炀果然在冲分,祁醉走到自己机位前,看见了一小罐药膏。

药膏下面垫着一张纸条,写着文身后的注意事项。

祁醉偏头看看于炀,笑笑,将药膏收起来,把纸条也叠好,放进了自己队服口袋里。

祁醉开机,连着比赛和回家,他已许久没动这台机子,游戏用户端堆了好几个更新包,等更新的时间里祁醉拿过手机,翻看自己之前拍的几张文身照片。

  这些还是在家里拍的，当时是为了给于炀看的，拍得都还行，没露太多，文身看上去也不像新刻的，干净又漂亮。

  可惜用不上了。

  祁醉在犹豫是忍辱负重拔火罐还是曝个起床照的时候，习惯性地打开了于炀的直播间。

  不出祁醉所料，于炀在加时直播，弥补前些日子出门比赛欠下的时长。

  祁醉索性不上游戏了，专心看于炀直播。

  于炀在单排，开摄像头了，但没开麦。

  他已直播了半个小时，人气基本稳定，屏幕上不断滚过弹幕，大多数是于炀的粉丝在表白，也有路人在夸他技术，也有……无处不在的黑粉和喷子。

  "文身解释一下吧？文身解释一下吧？文身解释一下吧？"

  "据说祁神在你身上刻字了，是真的吗？哈哈哈哈，怕你跑了是不是？"

  "Youth开播啦？还不解释吗？你肩膀上的文的是什么？还有别的文身吗？"

  "祁神私下对你怎么样？你受胁迫了吗？欠债的事是怎么回事？"

  "文身疼不疼？是不是祁醉逼你文的？"

  于炀直播间的房管在飞快地封号禁言，但还是挡不住随时换小号重来的喷子。于炀的粉丝战斗力也蛮强，一来二去撕了个昏天黑地，整个直播间里乌烟瘴气的，几乎全在掐架。

  祁醉偏头看向于炀。

  于炀明明开了弹幕助手，但他好似什么也没看见一般，该怎么打怎么打。

  不知是真无所谓，还是这几天已经被喷习惯了。

  祁醉其实早在第一天就跟贺小旭打过招呼，告诉他网上如果说得太难听的话，贺小旭可以提前在官博上发通知澄清，免得于炀在这几天受影响。

  贺小旭说，于炀说没事。

  祁醉面无表情地看着弹幕，切身体会于炀的"没事"。

第十四章

祁醉手机振了下,贺小旭的信息。

贺小旭:联系过了,摄影他们明天中午过来,还是拍起床吧,我跟他们说过了,务必拍得自然又不经意,只露一半儿就行,其他的反正有粉丝去译码,咱们这边就尽量低调,等你纪录片出来以后,这事儿自然而然地就过去了,忍一时风平浪静,别看别听就好了。

祁醉回复:OK。

祁醉放下手机,看着于炀直播间里充满污言秽语的弹幕,打开微博。

几分钟后,于炀直播间的画风骤变。

"妈呀!快看微博!"

"眼泪汪汪,祁神那个文身看上去就好疼。"

"脸红了,祁神怎么文在那个地方哈哈哈哈哈。"

"惊天大逆转,没想到你是这样的祁神,居然文在这种地方。"

"我爆炸!突然懂了炀神ID的魅力,我现在看见这几个字母都脸红。"

于炀微微蹙眉,突然明白过来,飞速缩小游戏用户端,打开了微博。

于炀首页的第一条微博——

祁醉发了张自拍,照片里,祁醉懒懒地看着镜头,撩起衬衣叼着,小腹上是比于炀肩上文身粗大几倍的字母文身。

祁醉微博文字:Youth。

(未完待续,下册精彩继续!)